CÍRCULOS
SEGREDOS E SAGRADOS

Editora Appris Ltda.
1.ª Edição - Copyright© 2022 da autora
Direitos de Edição Reservados à Editora Appris Ltda.

Nenhuma parte desta obra poderá ser utilizada indevidamente, sem estar de acordo com a Lei nº 9.610/98. Se incorreções forem encontradas, serão de exclusiva responsabilidade de seus organizadores. Foi realizado o Depósito Legal na Fundação Biblioteca Nacional, de acordo com as Leis nos 10.994, de 14/12/2004, e 12.192, de 14/01/2010.

Catalogação na Fonte
Elaborado por: Josefina A. S. Guedes
Bibliotecária CRB 9/870

T256c 2022	Tedesco, Samantha
	    Círculos : segredos e sagrados / Samantha Tedesco.
	    1. ed. - Curitiba : Appris, 2022.
	    303 p. ; 23 cm.
	
	    ISBN 978-65-250-3285-6
	
	    1. Ficção brasileira. 2. O Sagrado na literatura.
	3. Misticismo na literatura. I. Título.
	                                                   CDD – 869.3

Appris editora

Editora e Livraria Appris Ltda.
Av. Manoel Ribas, 2265 – Mercês
Curitiba/PR – CEP: 80810-002
Tel. (41) 3156 - 4731
www.editoraappris.com.br

Printed in Brazil
Impresso no Brasil

Samantha Tedesco

CÍRCULOS
SEGREDOS E SAGRADOS

Appris
editora

FICHA TÉCNICA

EDITORIAL
Augusto V. de A. Coelho
Marli Caetano
Sara C. de Andrade Coelho

COMITÊ EDITORIAL
Andréa Barbosa Gouveia (UFPR)
Jacques de Lima Ferreira (UP)
Marilda Aparecida Behrens (PUCPR)
Ana El Achkar (UNIVERSO/RJ)
Conrado Moreira Mendes (PUC-MG)
Eliete Correia dos Santos (UEPB)
Fabiano Santos (UERJ/IESP)
Francinete Fernandes de Sousa (UEPB)
Francisco Carlos Duarte (PUCPR)
Francisco de Assis (Fiam-Faam, SP, Brasil)
Juliana Reichert Assunção Tonelli (UEL)
Maria Aparecida Barbosa (USP)
Maria Helena Zamora (PUC-Rio)
Maria Margarida de Andrade (Umack)
Roque Ismael da Costa Güllich (UFFS)
Toni Reis (UFPR)
Valdomiro de Oliveira (UFPR)
Valério Brusamolin (IFPR)

SUPERVISOR DA PRODUÇÃO
Renata Cristina Lopes Miccelli

ASSESSORIA EDITORIAL
Manuella Marquetti

REVISÃO
Nycole Mattoso e Nathalia Almeida

PRODUÇÃO EDITORIAL
Raquel Fuchs

DIAGRAMAÇÃO
Jhonny Alves dos Reis

REVISÃO DE PROVA
Raquel Fuchs

CAPA
Julie Lopes

COMUNICAÇÃO
Carlos Eduardo Pereira
Karla Pipolo Olegário
Kananda Maria Costa Ferreira
Cristiane Santos Gomes

LANÇAMENTOS E EVENTOS
Sara B. Santos Ribeiro Alves

LIVRARIAS
Estevão Misael
Mateus Mariano Bandeira

GERÊNCIA DE FINANÇAS
Selma Maria Fernandes do Valle

Para os que mantêm o calor do sol e a profundidade da lua em seus corações.

AGRADECIMENTOS

A alegria de publicar um livro não costuma ser atingida por muitos escritores talentosos por vários motivos, entre eles a falta de apoio e incentivo em pôr no papel parte de sua essência. Felizmente, ao longo dos anos encontrei o conforto de abraços calorosos e frases motivacionais em pessoas especiais que sempre acreditaram em mim. Agradeço, de início, à minha avó Maria José Tedesco, dona dos olhos verdes mais bonitos de Belém, com os quais sempre enxergou o melhor de mim, e garantiu que eu tivesse as ferramentas e oportunidades para alcançar meus desejos. Agradeço à Maria Madalena, uma irmã de alma, minha fiel confidente tanto de sonhos e projetos fantasiosos como de meus medos e inseguranças; às minhas amigas Lygia e Letícia, sem elas eu não teria nem mesmo começado a escrever este livro, pois foram elas que enxergaram o potencial do projeto de imediato, quando contei meus pesadelos que deram origem à estória, e se alegraram a cada etapa concluída. Agradeço ao meu colega de profissão Rui Paiva, que me auxiliou para a publicação, e a todos que de alguma forma colaboraram e/ou torceram para que esse livro chegasse até aqui.

PREFÁCIO DE CÍRCULOS

Fé e incerteza. Purificação e aparência. Verdade e mentira. A vida na Europa medieval mantinha ou tentava manter a vida em sociedade sob a condução moral da Igreja e do clero aliado ao poder em tempos que ficaram marcados na história. Entre discursos com vieses meramente moralistas, havia algo que se escondia em boa parte das famílias – segredos. Alguns, inclusive, capazes de levar à falência moral e até material das famílias abastadas em diversas regiões prósperas e de movimentação econômica na Itália do século XVI.

Círculos ultrapassa o que meramente se pode ver. Resgata uma espiritualidade movida pela intensidade de se viver e de se resguardar a vida em um período em que até a frase "Eu te amo" poderia ser considerada pecaminosa. Mostra o escondido e o aparente. Descortina janelas de castelos e mansões familiares em que interesses, amores, paixões, magias, promiscuidade, inseridos em relações de poder entre homens e mulheres em busca de salvação incerta em que o clamor por perdão e misericórdia, talvez, soasse mais como uma palavra arremessada ao vento aos olhares dos julgadores com o poder de dizer quem sobreviveria.

Há, no entanto, algo mágico, simbólico, enigmático. Os bosques e florestas escondem energias vibrantes que se movimentam por trás da escuridão das copas de árvores, das folhagens altas de mato, por debaixo da terra e de águas paradas, e muito mais. O poder da visão ou simplesmente conhecer o acesso a tradições milenares pode ser uma arma diante de um mundo cego e preso a dogmas, ainda mais naquele período histórico em que se desenvolve essa história de mistérios em um mundo permeado por vibrações astrais e físicas, e outro mundo, não de ilusões, mas da vida de pessoas que sentem, sofrem, pecam, apanham, sorriem, se apaixonam, enfim, também amam de forma intensa.

Mulheres. Uma família de bruxas. *Streghe*[1]. Advindas de uma tradição que corre nas veias com a mais intensa vontade de se transformar e de transmutar para lutar por convicções da existência entre a terra e o céu, não na simples vontade de acreditar, mas de viver diante da força dos elementos naturais que compõem a vida na Terra – fogo, terra, ar e água. Elas aprenderam a ler a realidade desses elementos que Deus deixou a

---

[1] *Streghe:* palavra de origem folclórica do norte da Itália usada para denominar mulheres com conhecimento de ervas, feitiços, forças da natureza. Atualmente é usada como sinônimo de bruxas. *Streghe* é o plural de *strega*.

todos. Aprenderam com a tradição a se incorporar na floresta em busca de energia produzida por um verdadeiro universo paralelo. Um bosque em que os elementais transformados conduzem os efeitos àqueles merecedores em apreciá-los. Aprenderam a abrir outras portas de um universo paralelo em que o tempo e as formas têm outro significado.

A floresta vive no coração das *streghe* e não para de se transformar até os últimos momentos da existência. E os destinos? Estão lá, no meio desse universo, e interferem de uma forma ou de outra na vida perceptível e imperceptível. Essas mulheres, no entanto, têm uma missão espiritual de cumprirem seus destinos, tanto com as obrigações do mundo material que as pessoas veem e, também, no mundo invisível, astral, em que tudo é traçado ao lado das palavras mágicas da liberdade ao ser humano – o livre arbítrio.

Os tempos, porém, eram outros naquele século XVI. Havia necessidade de se proteger, sobretudo aquelas que ousassem fugir da lógica estipulada pelos donos do poder. De alguma forma os olhos do rigor e dos julgamentos estavam espalhados por toda parte, à espreita até dentro da própria casa. Desafiar a sociedade era o mesmo de desafiar a igreja, o poder instituído. E para aqueles homens, isto é, a interpretação de "a vontade de Deus" era suprema e capaz de levar muitas cabeças à forca ou à fogueira. O destino, quase sempre, era a morte. E para quem resolvesse mexer com rituais de magia, não seria diferente – fogueira.

Entre magias e portais, há outro fato inconteste que *Círculos* traz à tona – o poder da mulher. A dignidade de ser mulher está na obra em diversas histórias de vida em relacionamentos e na maneira de viver na sociedade medieval. Mas não fica somente nesse aspecto, há outras abordagens que mostram a força da mulher em se manter frente ao poder e de enfrentar verdades e mentiras numa sociedade de aparências em que as feridas nunca saradas de um machismo bestial conseguem ultrapassar os séculos e chegar ao século XXI. A força da mulher é tão transformadora que nunca a violência foi capaz de calar sua boca, pois está nos verbos a dignidade de ser mulher.

E a lição de *Círculos* pode gerar diversas interpretações que vai do lado espiritualizado, místico, esotérico até os sentimentos humanos, dos mais vis até os mais sublimes. E assim é a construção da vida, pois Deus escreve em diversas linhas e deixa Sua marca para o destino. A marca do amor e da significação, da transformação de corações ratifica que viver o amor é entender primeiro o verbo respeitar... com ou sem magia.

Rui Afonso do Nascimento Paiva
Professor e escritor

É preciso ter o caos dentro de si para gerar uma estrela dançante.

(Friedrich Nietzsche)

SUMÁRIO

Introdução...17

Capítulo 1..21

Capítulo 2..23

Capítulo 3..27

Capítulo 4..31

Capítulo 5..35

Capítulo 6..45

Capítulo 7..47

Capítulo 8..55

Capítulo 9..63

Capítulo 10...67

Capítulo 11...79

Capítulo 12 83

Capítulo 13...87

Capítulo 14...93

Capítulo 15 101

Capítulo 16 109

Capítulo 17 113

Capítulo 18 123

Capítulo 19 129

Capítulo 20 131

Capítulo 21 145

Capítulo 22 157

Capítulo 23 165

Capítulo 24 171

Capítulo 25 175

Capítulo 26 183

Capítulo 27 187

Capítulo 28 195

Capítulo 29 205

Capítulo 30 211

Capítulo 31 215

Capítulo 32 221

Capítulo 33 225

Capítulo 34 227

Capítulo 35 233

Capítulo 36 239

Capítulo 37 241

Capítulo 38 247

Capítulo 39 251

Capítulo 40 255

Capítulo 41 259

Capítulo 42 265

Capítulo 43 269

Capítulo 44 275

Capítulo 45 277

Capítulo 46 283

Capítulo 47 289

Capítulo 48 295

Introdução

O divino fala

O conhecimento os condena, a verdade os liberta e a fé os salva. Assim como na terra e no céu, o reflexo das estrelas se encontra na janela da alma. Os olhos que descobrem a verdade são salvos pelo o que não pode ser visto.

Há muitos séculos me dão vários nomes e títulos, alguns me desprezam, fingem que não existo, como se isso pudesse poupar-lhes frustações ou fazer com que se sintam seguramente no controle total de sua vida, outros, no entanto, me glorificam e esquecem-se do que sou feito, o que significo, outros, ainda, lutam por mim e matam por mim, mas muitos sabem que ao fazerem isto estão destruindo a si próprios. Estou aqui desde que o começo se chama começo e o mundo se tornou mundo. É verdade que sou uno, pois a energia é neutra, vocês também são; é verdade que sou dual, pois há o alto e o baixo, o frio e o calor, a verdade e a mentira, o sagrado feminino e o sagrado masculino, a noite e o dia, o vivo e o morto; sou também triplo, assim como a sagrada trindade, o passado, presente e o futuro, a donzela, mãe e a anciã. Sou quarto, como as quatro estações, como os quatro ângulos estáveis de um quadrado, como as quatro fases da lua; sou quinto, como o humano, feito de ar (pensamentos), terra (matéria), água (emoções), fogo (instinto) e éter (espírito). Sou sexto como a perfeição do hexagrama; sou sétimo como o mistério; sou oitavo como o infinito; sou nono como desfecho.

Trago aqui as lembranças daqueles que viveram e morreram por mim, que se esqueceram de que são unos como eu. Sim, vocês são meu reflexo, são perfeitos e imperfeitos como uma ironia do destino. São o que movimenta essa dimensão, a qual criei especialmente para que seus espíritos pudessem se conectar e aprender o real sentido de sua existência, ainda que seja tão pouco tempo que desfrutem do paraíso ou queimem no inferno em que residem. Há os indecisos também, inertes no purgatório, observando o céu, desejando-o, mas sem conseguir se desvencilhar do ardor que já são acostumados a sentir em suas costas. Aliás, o tempo nem sempre é linear como a gravidade aponta. Alguns de vocês conseguem ver as projeções realizadas pelos outros elementos antes da matéria. Vocês são unos como eu, porque também me carregam em sua composição, assim como uma obra criada por um artista sempre tem a marca de quem a fez. São duais como eu, uma deusa e um deus habitando em um corpo. A índole que regerá as ações consideradas boas ou más. Assim, entenda que a deusa é a energia e o arquétipo equilibrado feminino, onde representa o autoconhecimento e a intuição, o carinho e o cuidado, a delicadeza e a empatia. A figura de deus é a energia masculina em sua forma mais sublime, tanto quanto a sua oposta descrita anteriormente, o arquétipo do deus é a energia forte e viril, ativa e rápida, corajosa e guerreira. Equilibradas pela balança da justiça dão poder a quem as tem. Essa balança não é visível na terra. Muitos confundem justiça com vingança, outros dizem que a justiça é utópica... bem... os olhos viciados pelo óbvio não enxergam a perfeição da lei do retorno.

Em memória de todos que despertaram sua chama interna, que entenderam o real sentido da sua existência e que lutaram até o fim pela honestidade e por si mesmos, dedico meu infinito amor. Para aqueles que ainda estão por se descobrir, fechem os olhos por um instante, o véu do esquecimento só cobre as lembranças mentais, mas as da alma e do coração seguem camufladas, aguardando uma oportunidade de se mostrarem. Agora, desperte! Desperte para o que você veio fazer aqui, para o que você é, para que sua luz possa iluminar seus irmãos, seus iguais e seus diferentes também. Lembre-se de que o pior cansaço nunca é o físico, mas sim o da alma. Quando nós sabemos do que somos capazes e nossa chama está desperta, os demais cansaços são mais fáceis de suportar. Veja, como humano, você mais uma vez carrega a sabedoria dos números consigo. O que motiva cada homem e cada mulher está baseado em três pontos: amor, poder e prazer. Muitos confundem os três. É verdade que um leva ao outro em vários casos. Aqueles que encontram o amor verdadeiro, que amam sem amarras, sentem o prazer, não necessariamente o sexual, mas o prazer da existência de saber a verdade. Quem já foi amado e sentiu que era de fato amado, sentiu a leveza e o relaxamento do corpo, como quem sabe que nos braços daquela pessoa está protegido. Também é pelo amor que os grandes apaixonados sentem que tem o poder para vencer os obstáculos da vida e ter o prazer, mais uma vez, de ter ou encontrar a pessoa amada. As mulheres ao se tornarem mães também conhecem essa sensação. Já aqueles que são motivados pelo poder, acreditam que o controle em si tem o mesmo significado, mas quem de fato tem o poder consegue sentir a satisfação, o prazer resultante dele, que também pode ser reconhecido através do amor pessoal, pois a busca isolada e obsessiva pelo poder não é o que resultará no verdadeiro ápice. Para os que vivem pelo prazer, diferente do que é difundindo, saibam que o verdadeiro prazer está nas sensações, na profundidade dos significados, no amor pelo presente e no poder de se expressar livremente. Os sacerdotes e sacerdotisas de cada fé, que são vocacionados para essa posição, tem os três pontos ao mesmo tempo. Entendem os mistérios da vida, são condenados à tristeza e à responsabilidade do peso do saber, são libertados, ao mesmo tempo, das crenças limitantes pela verdade, mas é a fé que os salva daquilo que a razão ou a matéria não podem proporcionar. A fé é o que torna o impossível possível, a ilusão em realidade.

Esta obra é construída a partir de cinco elementos: o que você pode tocar, seja lá como estiver lendo; a matéria em si; as palavras, instrumentos da razão; os sentimentos e as paixões guardadas por muitas gerações e encarnações, mas, sobretudo, pela alma. Que vocês possam conhecer quem os antecedeu, quem entendeu o valor do sacerdócio e quem ainda não o descobriu. Que você possa ver os três pontos de que sou feito. Sou o amor, o poder e o prazer. Sou quem vive dentro de você e quero que conheça agora algumas das minhas faces e minhas criaturas.

Capítulo 1

11/06/1588

Em um bosque próximo a Savona.

"Finalmente uma trégua", pensou Diana enquanto contemplava o verde das folhas das árvores mais altas e cheirosas que balançavam com o vento forte e quente do verão. Assim que fechou os olhos, relaxando o corpo, escutou um estalo vindo de trás.

— Quem está aí? — se levantando e olhando em volta com uma expressão de alerta. Escutou risos e imediatamente reconheceu:

— Tinha que ser você, Fillus! Esperei por você e os outros ontem!

A expressão de Diana relaxou novamente e, ao limpar o vestido sujo de terra, viu o duende habitante do bosque. Todas as bruxas dizem que se deve tomar cuidado com os caprichos dos seres da floresta, em especial os duendes, entretanto Fillus e alguns outros elementais sempre estiveram com ela desde que abriu os olhos pela primeira vez nesse mundo. Enquanto sua mãe estava ocupada com os afazeres domésticos, eles brincavam com Diana e a mostraram o bosque. Fillus, no entanto, é o único dentre eles que fala a língua dos homens.

— O que deseja fazer hoje?

— Qualquer coisa que me tire de perto da cozinha, não aguento mais separar os grãos de trigo que mamãe quer levar para a cidade.

— Então podemos procurar um presente para você. Amanhã é seu aniversário! — disse Fillus dando ênfase na palavra "aniversário", onde abriu os braços e espalmou as mãos pequeninas saltando de maneira engraçada e teatral.

— Você lembrou! Amanhã finalmente serei filha da deusa. Eu nem sei como será a celebração... Mamãe e Gaia não me dizem nada. Devo ter medo? Vai doer?

— És a bruxinha mais agitada que conheço! — o duende ri.

— Fala assim porquê não é você.

Fillus balança a cabeça ajeitando seu chapeuzinho pontudo roxo, onde guia Diana por um caminho bosque adentro. Depois de um tempo, chegam em um pequeno lago de água cristalina. Enquanto ele pula de rocha em rocha para chegar nas pequenas plantas submersas do lago, Diana se abaixa com calma até a beira para lavar as mãos onde vê seu reflexo. "Toda descabelada, nem parece que fiz uma trança... será que Aradia vai gostar de mim estando em seu lugar por uma noite?" pensou. A única coisa que sabia até aquele momento é que iria fazer seu papel na celebração com alguém que seria seu marido por uma noite...

— Toma, isto é para combinar com seu vestido.

Diana piscou duas vezes e se deparou com um colar que continha uma medalha formada de pequenas esmeraldas.

— É de todos nós... — complementou Fillus. Diana surpresa pelo gesto e pelo valor do presente respondeu:

— É a coisa mais linda que eu já tive na vida... digo material... ob... obrigada, eu nem sei o que dizer...

De repente, uma voz vinda de não muito longe preencheu o breve silêncio que as palavras de Diana deixaram.

— Dianaaaa! — era Gaia que estava a sua procura.

— Tenho que ir, nos vemos amanhã... Vocês estarão presentes, certo?

— Claro! Fique tranquila.

Capítulo 2

Em Savona

No jardim de entrada da casa de Cassius

— Irmão, que bom que está aqui! — diz Cassius muito alegre para Varinnius.

— Não perderia seu aniversário por nada!

A postura elegante e expansiva combinada às vestimentas impecáveis indicavam o papel de Cassius no local enquanto ele se dirigia ao encontro de Varinnius. Cassius é um dos homens mais importantes e ricos de Savona, por conseguinte, ele controla todo o comércio da região, é um negociador de sangue nobre no sentido literal, filho caçula de um marquês, indo de encontro à lei romana. É o herdeiro de toda a fortuna do pai e, apesar de Varinnius ser o primogênito, este prefere a vida aventureira a doméstica, assim também como os prazeres de tavernas a uma esposa e filhos.

— Que bela visão, melhor do que seu aniversário só a anfitriã! — Varinnius cumprimenta Mayela, esposa de Cassius.

— Sabia que você não perderia uma boa festa, apesar de também saber que não é do seu costume este tipo, espero que esteja tudo do seu agrado — respondeu Mayela.

— Feito por suas ordens e para a alegria de meu irmão, com certeza é do meu agrado —Varinnius beija a mão de Mayela e vira-se para abraçar Cassius. Os dois seguem juntos para o centro da cidade.

No centro de Savona:

— Segure firme! — exclamou Gaia.

— Estou segurando! Não está vendo? — Diana respondeu com a voz mais aguda tentando manter o equilíbrio entre seu corpo e os sacos que foram fortemente amarrados e balançavam conforme o movimento da carroça.

Gaia guiava a carroça sentada à frente enquanto Diana segurava os sacos cheios de grãos e sementes para vender no centro da cidade.

Gaia comandava toda a compra e distribuição dos alimentos, tanto por ser dois anos mais velha que Diana quanto por ser mais rígida ao exigir o pagamento. As duas se entendiam muito bem, embora Diana, antes mesmo de realizar as vendas, preferia se divertir na cidade, ou até mesmo ficar enrolando os longos fios loiros de cabelo com a ponta dos dedos contemplando cada movimento dos demais comerciantes. Muitas vezes ficava conversando com estrangeiros indicando serviços e pontos de referências. Gaia, por outro lado, sempre muito responsável, ia puxando a irmã para os serviços.

O dia estava ensolarado, como era de se esperar no verão. Gaia parecia reluzir sob a luz do sol colocando o tronco estendido um pouco para trás e a cabeça mais inclinada ainda. "Gaia é uma mulher muito bonita" pensava Diana. Não era só o temperamento das duas irmãs que as diferenciava: enquanto a irmã caçula era um pouco estabanada e agitada, com os cabelos ondulados, quase formando cachos loiros, seu rosto em formato de coração, sardinhas perto dos olhos verdes bem redondos, dando aquele ar inocente e ingênuo; Gaia tinha seus cabelos negros e longos, os olhos castanhos amendoados muito sedutores, o corpo e o rosto alongados e um andar silencioso ao mesmo tempo imponente, que a deixava grandiosamente elegante, mesmo para uma camponesa, Gaia era uma mulher notável.

Embora as duas irmãs preferissem não mencionar o assunto, estavam preocupadas com a noite que estava por vir, pois era a tão sonhada consagração das bruxas em que Diana participaria. A consagração acontece no décimo sexto aniversário de toda *strega*[2]. Ela passaria por um ritual onde se entregaria às forças da natureza e vice-versa, mas somente quem já havia passado pela consagração é que sabia o que iria proceder no ritual. A única coisa que Diana sabia é que na primeira parte interpretaria a deusa e que possivelmente seria esposa de um bruxo por uma noite, isso porquê as bruxas e bruxos se mantinham "intocáveis" até o completar seus dezesseis anos, afim de manterem a sua energia vital e sexual pura. Ao interpretarem a força feminina chamada de deusa e a força masculina chamada de deus por uma noite, estariam homenageando os mesmos e

---

[2] *Strega:* palavra de origem folclórica do norte da Itália usada para denominar mulheres com conhecimento de ervas, feitiços, forças da natureza. Atualmente é usada como sinônimo de bruxa em italiano, dependendo da região ainda há variação pelo dialeto local.

se revelando aos outros bruxos como parte de seu *coven*[3]. A cópula, neste caso, seria a primeira vez em que sua energia seria trocada com a de alguém. Ela estaria se conectando com essa outra pessoa, mais experiente, para que possa viver os prenúncios da magia de uma forma mais intensa e profunda, servindo também como uma prova da sua disposição em aprender com o outro e desenvolver empatia.

Gaia parou a carroça no local de costume onde a família montava a tenda para as devidas vendas. As duas não deveriam ficar ali por mais de duas horas já que, três dias antes, o pai havia feito um acordo com um nobre de outra cidade, o qual tinha feito o pagamento adiantado pela maior parte das sacas. As irmãs se posicionaram uma ao lado da outra enquanto Diana acompanhava o movimento e Gaia tentava arrumar a trança da caçula sem muito sucesso, pois um dos cachos sempre se soltava.

Montados a cavalo, Varinnius e Cassius chegaram à área de comércio procurando algum item inusitado para a festa que ocorreria de noite, e também para Cassius verificar a fiscalização no porto e distribuição dos produtos advindos de estrangeiros árabes.

— Ou meus olhos estão me enganando ou é a aparição do ano! — diz Tiberius em tom alto e alegre indo de encontro aos irmãos.

— Imagino que esteja aqui pelo aniversário de Cassius!

— Assim como espero que você também — respondeu Varinnius.

— Sim, mas na verdade também vim fazer uma alta compra, em Triora devido às últimas inquisições tivemos certa queda na produção de alimentos e o povo anda sofrendo com isso.

— Você realmente acredita que eram bruxas? — pergunta Cassius interessado.

— Bom... não cabe a mim o julgamento, mas é preciso manter o mínimo de ordem e sustento para minha cidade — respondeu Tiberius.

Tiberius se despediu de Cassius e Varinnius, caminhando em direção à tenda próxima à entrada da cidade.

— Boa tarde, essa é a tenda de Varo? — perguntou Tiberius olhando ligeiramente para o local e para as duas moças.

---

[3] *Coven*: palavra de origem celta/inglesa que significa grupo ou clã de bruxos. Ressurgiu seu uso na década de 20 e ganhou notoriedade nos livros de Gerald Gardner, depois se popularizou com séries e filmes de terror como a *"American Horror Story"*. No folclore italiano há várias palavras equivalentes dependendo da região, porém hoje a palavra *coven* é a mais utilizada tanto por influência da mídia quanto pelos admiradores de Gardner.

Diana assentiu rapidamente enquanto dava um salto para frente de forma um pouco estabanada. Tiberius contemplou por milésimos de segundos a natureza daquele semblante puro e inocente que o fazia lembrar das jovens que haviam sido levadas de Triora por acusação de bruxaria, algumas nem deveriam ter tido a experiência da menarca enquanto os vizinhos as inculpavam de copular com o diabo. "Seriam elas capazes de machucar outra pessoa? Com aqueles rostos tão angelicais e humildes? É bem verdade que o inimigo, para aproveitar e usar da tática de persuasão, se apresente como alguém inofensivo, mas nesse caso, como seria possível distinguir os verdadeiros dos falsos?" eram perguntas que sempre rondavam a mente dele.

— Somos as filhas de Varo, sua encomenda está aqui. Pode conferir os sacos, os mantimentos estão em boas condições para um longo período se assim for preciso — disse Gaia em tom sério e firme puxando um pouco o braço de Diana para trás onde elevou a própria postura a fim de se impor perante possíveis manifestações indesejáveis de seu cliente.

— Ótimo, seu pai me foi muito bem indicado, vejo que é deveras certo.

Tiberius se aproximou das sacas e avaliou o conteúdo superficial, entregando o pagamento para Gaia.

Enquanto o lacaio do nobre fazia o rápido carregamento dos alimentos, Diana sentia o sangue subir ao rosto deixando-a mais corada, os dedos agitados mexiam no colar que havia ganhado poucas horas antes de estar ali e suas pupilas dilatadas percorriam a imagem daquele homem, ao mesmo tempo em que sentia a reciprocidade do olhar dele para com ela, mesmo que discreto.

— Belo colar! — disse Tiberius fazendo um gesto discreto para se despedir.

Diana balançou a cabeça e sorriu abaixando o queixo, envergonhada, o colar não estava muito aparente, pois várias mechas cacheadas tinham se soltado da trança e cobriam quase todo o colo e pescoço, isso significava que ou o cliente tinha um olhar muito apurado ou tinha fixado o olhar nela mais do que deveria e, por mais que aquilo parecesse um fato bobo ou irrelevante para os dois, Diana ficou feliz por alguém ter notado mais a ela do que a irmã.

Capítulo 3

Ao anoitecer, na casa de Cassius.

Enquanto Mayela discutia sobre o pequeno atraso dos músicos em chegar à festa, Cassius parecia feliz em comemorar o vigésimo quinto aniversário ao lado do irmão. Os dois tinham feito sauna juntos, banharam-se e fizeram a barba, agora, com as melhores vestes, o anfitrião desfilava pela entrada de braços dados com o irmão cumprimentando todos os que adentravam a sua casa.

— Pelo visto o dia foi agitado com os preparativos, espero que essa noite também seja com a diversão, meu caro — Tiberius cumprimenta Cassius, que o recebe com um abraço forte.

— Mayela se esmerou nessa festa. Você deveria arranjar uma esposa, quem sabe nos convida para uma festa assim em breve? — disse Varinnius em tom alto e brincalhão.

— É verdade, Varinnius tem razão, você tem que pensar na sua estirpe, em breve creio que será minha hora de ser pai, gostaria de alguém para dividir as reclamações e admiração sobre os pequeninhos.

— Por ora, ainda falta uma mulher para admirar a beleza enquanto bebo vinho e discuto com vocês dois.

Cassius assente com a cabeça e indica o salão principal para que o acompanhem.

Mayela observava do outro lado do salão os três cavalheiros adentrando sorridentes, finalmente ela havia deixado os músicos tocarem após ameaçá-los de descontar do valor acordado.

...

Ao mesmo tempo, no bosque.

— Que vento frio é esse? Nem parece verão.

— Calma irmã, são só as fadas fazendo uma corrente de proteção, faz parte — responde Gaia segurando a mão de Diana.

— Você está linda, não tem com o que se preocupar, só relaxe porque a noite é sua! — complementou Gaia.

Diana caminhava pelo bosque ao lado de Gaia em direção a um grupo de *streghe*[4] que as esperavam com uma coroa de louros, velas, incenso e alguns tecidos bordados. Todas eram significantemente mais velhas que Diana. Entre elas, a que tinha em suas mãos a coroa de louros deu um passo à frente quando as irmãs se aproximaram do grupo.

— Oi, vó.

A resposta foi olhos brilhantes arregalados e lagrimejados de emoção. Fazia muitos anos que a avó tinha se recolhido para a floresta e tinha pouco contato com as netas. Apesar de Diana sempre dar um jeito de fugir dos afazeres domésticos para se divertir na natureza, não era muito comum que encontrasse as *streghe* mais velhas. Diana se perguntava se elas estavam realmente vivas ou se talvez pudessem ser só espíritos.

As *streghe* mantêm como um de seus princípios o respeito à tríade. Para elas o número 3 era um número sagrado e, por conseguinte, de muito poder. Desse modo, elas se organizam da seguinte forma: suas vidas são divididas em três fases. A primeira acontece do nascimento até completar os dezesseis anos. Ainda quando bebês, são apresentadas ao *coven* sendo protegidas pelos mais velhos no decorrer dos anos. Aprendem a magia de forma individual, ou com o auxílio da família e dos seres da natureza. Ao completarem dezesseis anos inicia-se a segunda fase de suas vidas, como Diana estava prestes a fazer. Participam de uma celebração pela noite e fazem reverência ao deus e à deusa. Já a terceira fase surge quando a fertilidade e vigor diminuem, dessa forma algumas das bruxas e bruxos preferem se recolher na floresta enquanto outros têm um papel de ordem e apoio aos mais novos.

Apesar da crença popular propagada por vigários inquisidores e religiosos extremos de que apenas o sexo feminino pertencia a um grupo mágico familiar nem todo *coven* é necessariamente preenchido somente por mulheres, os homens tem sua participação constante, porém o que diferencia é que a *stregoneria*[5] segue uma ordem de rituais totalmente interligada com a natureza e o ciclo feminino, portanto os bruxos são

---

[4] *Streghe*: palavra de origem folclórica do norte da Itália usada para denominar mulheres com conhecimento de ervas, feitiços, forças da natureza. Atualmente é usada como sinônimo de bruxas. *Streghe* é o plural de *strega*.

[5] *Stregoneria*: é um termo usado para a antiga bruxaria italiana, como também para se referir a um movimento moderno neopagão surgido na Itália e nos Estados Unidos a fim de resgatá-la.

orientados e adequados ao tempo feminino e passam por todo o processo que as bruxas também passam.

Após a celebração Diana sabia que finalmente pertenceria ao *coven* e poderia participar dos demais rituais em grupo. Enquanto os outros integrantes se mostravam, Diana buscava entre os rapazes identificar quem interpretaria o deus naquela noite e seria seu par. Um calafrio subiu por suas costas e, numa tentativa de se acalmar, a jovem olhou para o céu e ao voltar a visão para o grupo percebeu que Fillus estava entre os bruxos, imediatamente um alivio percorreu seu corpo.

Em um círculo, o *coven* girava em torno de uma pequena fogueira, Diana dançava e cantava com os outros enquanto segurava a mão de Fillus que, para sua surpresa, tinha assumido uma forma mais "humana", ganhou altura e estava mais "encorpado". Os duendes e gnomos podiam mudar de forma para agradar mais os humanos, em especial as bruxas, a imagem transmitia uma espécie de confiança maior para estabelecer uma relação. Algumas pessoas de pequenas aldeias falavam com gnomos e duendes e não percebiam que eram seres mágicos.

Na medida em que os cantos se intensificavam, Diana se sentia mais confortável com aquela situação a ponto de começar a dançar sozinha no meio do círculo enquanto os demais jogavam pétalas de rosas sobre ela, foi quando as *streghe* mais velhas deram os lenços bordados para as fadas que os posicionaram formando um tapete para a mais nova integrante.

Diana sentia como se estivesse bêbada, porém, ao mesmo tempo, estava muito atenta, era uma sensação diferente, um frenesi tomou conta dela até que Fillus pegou sua mão e a conduziu pelo tapete. Os dois percorreram uma parte do bosque até chegar à beira do rio onde Fillus tinha dado o colar mais cedo para ela. A essa altura o *coven* continuava a celebração sem os dois, como já era de se esperar.

Ao girar o corpo, Diana viu que tinha uma tenda com os incensos que as *streghe* portavam quando as encontrou no início da noite. Ela caminhou e entrou na tenda, sabendo que ali encontraria seu parceiro da noite. Dentro da tenda havia três lamparinas e algumas almofadas no chão com pétalas de rosas, mas faltava algo, faltava o seu parceiro. Eis que Fillus entra na tenda, Diana não se lembrava de tê-lo visto tão atraente, mas isso era óbvio, ele era um duende! E era seu amigo desde a infância. Foi quando percebeu, com um sorriso meigo de Fillus, que naquele momento ele era o deus e ela era a deusa.

— Sei que esperava um bruxo, mas os duendes servem as bruxas em vários sentidos —disse ele acariciando o rosto dela e beijando-a delicadamente.

Diana correspondeu o beijo, naquele momento ela entendeu porquê Fillus foi o escolhido, ele estava ao lado dela desde sempre! Era seu melhor amigo, tinha sido designado desde o princípio, quem melhor para compartilhar sua energia que alguém que a conhece melhor que qualquer pessoa?

Quanto mais Diana abraçava e se entrelaçava a Fillus mais notava o quanto ele havia se moldado a um estereótipo de beleza masculina. Alguns duendes desenvolviam grandes feitos dentro do estudo da alquimia... Isso incluía a prática da magia e o poder da metamorfose por algumas horas ou dias. Diana já tinha visto Fillus se transformar em vários animais e até em crianças humanas, mas nunca em um homem alto, forte, moreno... a única coisa que permanecia igual eram os olhos brilhantes, âmbar. Mas ela não estava exatamente focada nos olhos dele.

Capítulo 4

Não muito longe dali, ainda no bosque.

Os demais integrantes do *coven* permaneciam dançando em constante movimento, como havia de ser o culto ensinado por *Aradia*[6]. Desde que os cristãos se tornaram maioria, os camponeses que não se convertiam oficialmente eram perseguidos pela nobreza e pelo clero. Como era uma noite especial tanto para o *coven* quanto para o detentor da cidade, as *streghe* podiam ir ao bosque de noite já que o foco estaria na comemoração do aniversário de seu nobre valente, Varinnius.

...

Deitada sobre a relva observando o luar, com a ponta dos cabelos enrolados aos dedos, Gaia se lembrava de quando, há algumas luas, foi iniciada. Na época estava apaixonada por um jovem comerciante do centro, mas é claro, não nutria esperanças, pois a família do mesmo já havia preparado um noivado. Sendo ele o primogênito, deveria levar adiante o nome de seu pai, um homem extremamente devoto da Igreja, não podendo assim, ter sua descendência mesclada com o sangue camponês das *streghe*. Diante da situação, Gaia tinha que escolher se teria sua iniciação completa ou se preferiria passar as próximas estações curando o coração e postergando sua iniciação para o próximo verão. Gaia não era o tipo de pessoa que recua frente a um desafio ou uma missão, ao mesmo tempo em que havia o sofrimento de não ter chance alguma com o seu amado, ela não deixaria de lado a oportunidade de se sentir como a deusa mãe terra. Aliás, as netas de Lygia tinham os nomes de deusas por indicação divina, elas representariam nesta dimensão a face da deusa que seu nome carregava.

...

— Você viu isso? — exclamou Otávia.

---

[6] Referência à filha de Diana e Lúcifer, a encarnação da rainha das bruxas segundo o livro: *Aradia, O Evangelho das Bruxas*, LELAND, Charles Godfrey, 1899.

— Vi, impossível dormir com você me cutucando — respondeu Isolda levantando-se brevemente para apoiar o braço e sustentar a cabeça ao lado de Otávia enquanto a olhava.

Fazia bastante vento para um verão. Segundo os contos pagãos significava a ação das fadas... a dança das mesmas por alguma ocasião especial... Bom, era noite de lua cheia, então de fato deveria haver algo acontecendo no bosque. Otávia estava curiosa demais, como sempre, para descobrir do que se tratava, mas na mesma intensidade em que desejava descobrir os segredos dos bosques, ela amava observar as estrelas, dizia querer um dia se transformar de fato em uma para iluminar o céu na escuridão da noite.

— Você ainda não será o astro principal — disse Isolda com a voz calma lendo a fisionomia e percebendo os pensamentos de Otávia.

— Eu sei, mas não sou aqui também. Pelo menos estarei rodeada de outras estrelas brilhantes e as pessoas aqui em baixo vão sempre me ver como algo encantador e mágico... Talvez um dia eu tome o lugar da lua e os apaixonados façam juras de amor enquanto se encontram às escondidas, apenas sob a luz que estarei emanando.

Um gato preto apareceu próximo às duas moças e Isolda tratou de fazer o sinal da cruz como se com esse gesto acreditasse que o gato, ou o espírito maligno em forma de felino, pudesse desaparecer. O gato apenas soltou um miado melancólico e se esfregou na perna de Isolda fazendo-a estremecer de medo, porém quando olhou nos olhos da jovem pequena ela o carregou no colo como se tivesse esquecido por completo o pavor de segundos atrás. Otávia riu. Sabia desde sempre que Isolda era apaixonada por animais, embora a jovem com o gato magrelo em seus pés, há pouco tempo havia criado o hábito de ficar desconfiada de tudo que fosse magnético a ela, pois, segundo o pároco, poderiam ser os demônios enviados por satanás para arrastá-la ao inferno.

Uma voz familiar chamou as duas jovens para se recolherem. Otávia suspirou, pois amava ficar no campo alto da propriedade, gostava de ficar ali para contemplar o céu e quando criança escutava junto com Isolda as histórias das *streghe* que a mãe de Isolda contava. A senhora Mércia descendia diretamente de um grupo místico da região. Embora não fosse propriamente uma *strega*, tinha contato frequente com os integrantes do *coven* do bosque. Há duas luas apresentava febre alta, mas isso não era exatamente uma novidade, já que toda vez que se opusesse a ceder o corpo

Círculos:
Segredos e Sagrados

para um espirito dar o seu recado ela adoecia em seguida. Isolda culpava as bruxas no início, dizendo que elas tinham amaldiçoado a mãe, mas depois com a visita de uma anciã chamada Lygia, que amenizou os pesadelos do irmão mais novo, Matteo, e curou algumas das febres seguintes de dona Mércia, Isolda passou a ter um respeito grande pela tal mulher de voz rouca e serena. Foi Lygia quem cuidou de Isolda para que os espíritos de baixa vibração não forçassem a filha a ter o mesmo destino da mãe.

O pai de Isolda descendia de gladiadores do império romano e o pai de Otávia tinha a mesma fama, porém ao ganhar a liberdade pela sua performance na arena o ancestral passou a trabalhar para um general que, por sua lealdade e por ter salvado sua família de um incêndio orquestrado por inimigos, deu sua única filha como esposa e toda a sua fortuna como herança. Há boatos que a filha do tal general já chamava o ex-gladiador para seus aposentos muito antes do noivado, mas o fato é que daquela união em diante a família prosperou e todos os descendentes, tanto homens como mulheres, tinham intenso acesso aos estudos, naturalmente só destinados a membros da Igreja. O pai de Otávia é um sujeito peculiar. O Sr. Guido tem a habilidade de convencer qualquer pessoa a fazer negócios com ele, além de ser incrivelmente simpático e carismático. Otávia havia herdado tais habilidades dele, sem sombra de dúvida. A família toda era composta por membros ruivos. Os pais da jovem eram primos de primeiro grau, se conheciam desde pequenos e desde sempre foram apaixonados um pelo outro. Já a Sra. Marika era um tanto mais discreta que o marido, embora o carisma ficasse evidente em seu rosto em formato de coração com covinhas.

Otávia e Isolda foram levadas para o quarto da ruivinha por uma das serviçais da casa. O senhor Guido estava ansioso por apresentar Otávia a outros comerciantes ricos que tinham sido convidados para a comemoração do vigésimo primeiro aniversário do nobre Cassius. O patriarca da família desejava aproveitar o momento para arrumar um jovem marido para sua filha caçula, a única que lhe restava preparar o destino fora das paredes do lar em que cresceu, e essa era uma oportunidade que não podia deixar escapar.

Otávia havia completado dezessete anos a seis dias e nunca se encontrara tão bela como agora. No seu aniversário ganhou de presente do pai a visita de um pintor famoso de Roma, que quando viu a jovem ousou dizer que ela era um reflexo da imagem da deusa Vênus... Isso causou certo alívio ao Sr. Guido, pois mesmo sabendo da beldade que sua filha havia se tornado receava o fato de ainda ser solteira aos dezessete sem previsão de casamento, podendo assim não conseguir, pelo tardar do tempo, desposar um homem a sua altura.

Isolda ajudava Otávia a se despir e arrumar os longos cabelos ruivos ondulados, depois ao entrajar a jovem com um vestido verde esmeralda e colocar suas joias deu um passo pra trás e um suspiro contemplando-a. Os anos haviam passado e as duas praticamente não se desgrudavam, eram parceiras em todos os momentos exceto quando a posição social não permitia. Otávia deu um giro mostrando o resultado final completo para Isolda.

— Queria que você fosse comigo também.

— Sabe que não posso... não fui convidada e mesmo se fosse acabaria por atrapalhar você.

— Isso seria impossível, sabe como sempre dou um jeito de ser o centro das atenções, mesmo que o anfitrião seja outro — as duas riram entre elas.

Otávia se direcionou para mais próximo de Isolda e pegou na cintura dela:

— Olha só você, nem precisa de modelagem! É tão bonita! — com tom de admiração e encanto.

— Pare de bobagem! Seu pai vai ficar brabo se não formos logo! — respondeu Isolda envergonhada e impaciente.

Otávia se virou para o espelho, sorrindo com malícia vendo seu reflexo. De fato sabia que chamava a atenção, não só porque era bela, seus longos e ondulados cabelos ruivos fartos combinavam com sua pele alva e rosada, e mais ainda com seus olhos castanhos dourados... Era uma jovem curvilínea, de estatura mediana, porém ainda assim mais alta que a mãe e o esperado pelo perfil da família.

— Vai sentir minha falta essa noite? — disse virando-se para Isolda.

— Claro, como todas as noites em que você não está!

Capítulo 5

Casa de Cassius

Varinnius e o anfitrião conversavam sobre as aventuras do primo-gênito enquanto Tiberius fugia do assunto e se encostava em uma coluna perto do salão principal, onde observava Mayela e as outras damas interagindo. Imaginou se um dia conseguiria sentir algo por outra mulher. Sua noiva havia falecido três dias antes do casamento, era a irmã gêmea de Mayela. Na época sofreu bastante a morte da futura esposa, até que cerca de um mês depois do enterro recebeu uma carta revelando que a jovem tinha vários amantes e que contraiu enfermidade por um deles... um soldado que Tiberius conhecia por acaso do destino. Aquilo seria um grande golpe na honra da família da falecida e, por consideração a Cassius e a própria Mayela, manteve-se em silencio para não sujar a reputação daquela que tinha o rosto e o sangue da ex-noiva.

Varinnius pousou a mão no ombro de Tiberius oferecendo-lhe, em seguida, uma taça de vinho.

— Obrigado meu amigo! — disse Tiberius erguendo a taça como quem brinda.

— Você parece estar precisando de bebida e talvez, de uma com-panhia mais feminina... — os olhos de Varinnius pareciam acender-se ao falar essas palavras ao mesmo tempo em que o sorriso se abria com certa indecência.

—Você precisa mais do que eu! — retrucou Tiberius.

— Eu posso ser o primogênito, mas você é filho único! Meu irmão logo irá gerar herdeiros caso eu não os faça oficialmente — respondeu Varinnius.

— Tommaso[7] morreu de levar a vida como você faz agora.

— Bom... se for assim espero que eu vá para o outro lado encontrar Tommaso, papai e mamãe junto com o nosso Senhor Jesus! Só torço para ver meu caro amigo com o coração curado, ou pelo menos bem servido com as damas da noite. De qualquer modo, é preciso para nós homens

---

[7] Tommaso, o irmão do meio entre Varinnius e Cassius.

sermos a imagem e semelhança do senhor, sermos amantes da vida, pois essa passagem terrena é curta!

Tiberius balançou a cabeça e deu de ombros. Mais tarde foi ao jardim pegar ar fresco, longe da agitação e falatório dos nobres e dos ricos (e dos não tão ricos assim também). De repente avistou uma luz azul e prata com a silhueta de uma mulher, porém quando tentou se aproximar para verificar se estava delirando ou se era real, a luz ficou fraca e ao piscar os olhos a mesma sumiu. Sentou-se no pátio, por um momento pensou poder ser o espirito da ex-noiva, mas àquela altura ela deveria estar queimando no fogo do inferno. Esfregou a testa pensando estar embriagado, porém a luz voltou e se sentou como uma pessoa no banco ao seu lado. Assustado, se levantou bruscamente cambaleando, mas a luz tinha uma energia atraente e calma como ele nunca havia sentido na vida... Seria aquilo um demônio? Obra de satanás? Não, não poderia ser... Aquela serenidade só poderia vir de um anjo em forma de mulher.

— Tiberius! É hora do brinde! — gritou um comerciante ruivo conhecido.

Tiberius se virou para o homem e depois para o banco procurando pela luz, mas havia desaparecido novamente. Então se pôs a entrar na casa junto com o Sr. Guido e sua família.

Havia muitos arranjos com flores que perfumavam os cômodos onde os convidados se entretinham.

— Mayela, sempre caprichosa! — afirmou a Sra. Marika com um sorriso terno e um tom de voz alto.

As damas logo se aproximaram como que fazendo um grupo exclusivo e íntimo. Entretanto, Otávia deslizava pelo salão com seu pai transbordando tamanha harmonia e graciosidade que inevitavelmente todos os olhares se voltavam para ela.

— Ora, ora, quem é o rapaz alto, loiro e esbelto ali? — perguntou o pai de Otávia.

Varinnius atravessou o breve caminho entre ele e os dois ruivos a sua frente. Ao mesmo passo surgiu Cassius ao lado de Otávia e disse:

— Senhorita, permita-me que apresente o meu irmão mais velho, Varinnius —percebendo a intenção dos olhares de ambos.

Varinnius cumprimentou primeiro o pai de Otávia e depois a moça com um beijo em sua mão e um olhar saliente. Não tinha interesse em desposar uma jovem, muito menos alguém que não tivesse o sangue da realeza. O que desejava mesmo era seduzir a mulher mais atraente daquele local. Já havia feito isso inúmeras vezes com diversas damas da alta nobreza. Queria amantes e prazer, não esposa e dever. No último ano quase perdeu a vida por cortejar a filha de um nobre francês. Tinha a fama de galanteador e não era à toa. Os maridos evitavam ao máximo encontros com Varinnius em que levassem suas esposas, da mesma forma que os pais das jovens que tinham acabado de desabrochar evitavam apresentar suas filhas ao nobre, pois era mais certo um casamento com alguém de poses inferiores à do sujeito do que arriscar a possibilidade de uma mancha na honra da família. Entretanto, o Sr. Guido conhecia muito bem a filha que tinha. Sabia que Otávia, apesar de muito jovem, era uma mulher astuta e que caso virasse amante de Varinnius saberia como tornar isso a seu favor. Até mesmo quando criança, Otávia já sabia como encantar qualquer pessoa, fosse homem ou mulher. Era como se pudesse hipnotizar ou ouvir seus pensamentos, seus anseios e até medos. Se tivesse nascido com sangue real, conseguiria ser rainha sem grandes esforços. "Não tem sangue real, mas tem ascendência melhor... a dos deuses" pensou. Claro que não poderia dizer isso em voz alta, seria considerado um herege, amarrado na fogueira, como tantas pessoas especialmente mulheres.

Um homem forte, com aspecto viril, com o cabelo raspado quase a modo romano se aproximou e Guido virou para o dito cujo perguntando sobre Triora.

Tiberius abriu um sorriso discreto mostrando os dentes bonitos e a boca carnuda levemente rosada sobre o rosto de pele morena clara. Balançou a cabeça e disse que já teve épocas melhores. Contou sobre a perseguição às jovens bruxas e a onda de doenças misteriosas da região. Muitos dos seus servos faleceram, pois era como se as plantas, mesmo sendo regadas e plantadas com cuidado e zelo, não vingassem... Havia um desiquilíbrio na região e o vigário local culpou uma jovem, acusando-a de bruxaria após uma discussão, pois, segundo a moça, a Igreja tinha mantimentos suficientes para ajudar a família dela e não o fez, visto que ela teria vivido em pecado. Ao chamar o vigário de pecador por ter sido egoísta e mentiroso, ela foi presa e uma onda de acontecimentos estranhos foi desencadeada.

Varinnius bateu palmas quando Tiberius deu o número de pessoas queimadas. 40 mulheres e 13 homens.

— Quarenta mulheres para cada dia que nosso senhor Jesus passou no deserto em jejum... e treze homens como a idade de Maria quando recebeu o anjo em seu quarto. Nada é por acaso meu caro amigo! Veja como os planos de Deus seguem perfeitos! Expulsando tais criaturas da sua terra e colocando-as no seu devido lugar! No fogo!

— Acha mesmo isso? Uma mulher morreu, pois estava pedindo ajuda de um sacerdote e ofendeu o ego do homem que deveria ser o bom exemplo do nosso Senhor Jesus Cristo. — disse Sr. Guido com a voz serena, ainda que com uma expressão sarcástica, virando o rosto para Varinnius.

A intenção do Sr. Guido ao fazer isso era manter a conexão com Tiberius e criar uma nova com Varinnius. O nobre de Triora era, aos olhos do patriarca, um homem cristão bom, zelava e amava seu povo como se fossem seus filhos, já o rapaz alto e loiro era um fanfarrão que não se importava com ninguém a não ser os seus de sangue ou o próprio Tiberius com quem aprendeu a lutar quando se fez a hora.

Ouviu-se um grito de mulher e todos olharam para o corredor mais próximo que interligava boa parte dos cômodos.

Otávia estava descalça em cima de um banquinho com uma taça de vinho na mão propondo um brinde. Primeiro ao aniversariante e sua esposa, depois ao seu irmão loiro e ao amigo nobre pelos "grandes" homens que eram e, depois de algumas palavras bonitas e engraçadas, fez sinal aos músicos para que acompanhassem sua canção ao mesmo tempo em que ela começou a dançar uma dança local com ritmo forte e animado no centro de todos... Depois começou a puxar as damas e todos começaram a dançar juntos. Era incrível como Otávia manipulava qualquer evento para chamar a atenção e, mesmo isso sendo considerado um comportamento inapropriado para mulheres, ninguém era capaz de pensar isso da ruivinha, pois sempre que alguém mais discreto ou rígido se aproximava de Otávia, ela conseguia deixar o sujeito se sentindo como uma criança sorridente dando-lhe atenção, até que sempre a associavam à felicidade.

...

Diana levantou-se suavemente observando Fillus enquanto este se mantinha em sono profundo embaixo dos lençóis coloridos. Ainda estava na sua versão humana. Belo, continuaria assim até ao amanhecer ou em toda a situação que requeresse essa imagem. Mais do que amigos,

Círculos:
Segredos e Sagrados

agora tinham se comprometido em serem leais um ao outro na jornada de Diana rumo ao encontro com a deusa e seu poder completo.

Há poucas horas Diana teve sua iniciação feita e já sentia os efeitos sobre seu corpo, mente e espírito. Ao mesmo tempo em que sentia-se leve e em paz, uma onda de calor que causava arrepios se instalava. Não por medo, mas pela expectativa de ser uma *strega* e desvendar os mistérios do mundo visível e do invisível, tornando-se a morada da sua senhora e espelho dela.

Ao sair da tenda, Diana fixou o olhar em uma luz vermelha e dourada, pensou a princípio que poderia ser o sol nascendo, mas ao se aproximar constatou que era uma fonte independente. De repente sentiu algo toca-la, virou-se rápido pensando ser Fillus, mas se deparou com uma visão que não esperava. Dianus Lucifero[8], ou simplesmente o Deus portador da luz estava a sua frente, encarando-a nos olhos. A única vez que Diana viu tal ser foi anos atrás quando ainda era uma criança e pediu sozinha às três horas da manhã que Lucifero trouxesse de volta o pai de uma viagem perigosa. O pedido foi aceito e Varo voltou no dia seguinte perto do sol alto. O pai contou que havia sido abordado por salteadores no caminho de volta para casa e ficou sem carroça e sem dinheiro no meio da estrada escura quando por fim um cavalo selvagem surgiu e ele pode montar e voltar para seu lar. Mas isso tudo era, em maior parte, a experiência de seu pai com o divino masculino mesmo que com a interferência de Diana, ela ainda desejava um dia ter o contato com o deus sendo ela o reflexo da deusa e parecia que esse dia tinha chegado. Não sabia bem o que deveria fazer, porém quando fez menção de falar, ficou paralisada enquanto a luz vermelha e dourada em forma de homem disse:

— Encontre-me onde o improvável é alcançado.

Foi assim que Diana acordou ao lado de Fillus, que estava exatamente igual ao seu sonho. Então, levantou-se e reproduziu o mesmo movimento de quando estava dormindo... Abriu a tenda e pôs-se em pé do lado de

---

[8] Dianus Lucifero ou "Lúcifer", traduzido para o português, é a deidade que representa o polo masculino na antiga religião de culto pagão italiano. O nome Lúcifer foi associado a Satanás pela Igreja somente por volta do século X, muito provavelmente para demonizar o culto dos pagãos seguidores de Aradia. Antes disso, até mesmo houve a beatificação de um bispo católico chamado San Lucifero ou San Lúcifer Calaritanus, a igreja dedicada a ele fica na Sardenha e sua comemoração é no mês de maio pelo calendário da igreja católica. A associação da deidade pagã a Satanás também se deve pela semelhante vaidade e dita "beleza" e brilho da deidade pagã com o anjo revoltado antes de sua queda. Dianus Lucifero foi adorado por acreditarem que era a primeira luz da manhã, por volta das 3h da manhã é possível em alguns lugares enxergar o brilho do planeta vênus, para os antigos esse brilho era Dianus Lucifero anunciando o dia que estava por vir.

fora, olhou para as estrelas e abaixou a cabeça devagar até avistar uma luz ao longe, vermelha e dourada. Quando sentiu alguém tocar suas costas virou-se rapidamente, mas para sua surpresa era Fillus lhe avisando para voltar para a tenda pois alguém, talvez algum caçador, estava próximo deles e Fillus iria bagunçar o espaço para evitar que fossem vistos por tais pessoas de fora.

Diana assentiu, olhou mais uma vez para o céu e depois para o próprio corpo ao sentir um arrepio pela brisa suave, tinha se esquecido de que estava apenas com xale em volta de si e nada mais por baixo. O colar dado pelas anciãs mais cedo estava gelado em contato direto com os seios o que deu quase que o ímpeto de tirá-lo, mas considerando que a estação era o verão, Diana pensou que logo seria agradável ter um objeto assim no corpo quando a brisa passasse e o calor voltasse.

Ao voltar para a tenda, sentou-se confortavelmente encostando-se em uma pilha de almofadas tão coloridas quanto os lençóis. Era incrível como os ciganos conseguiam vender facilmente aos *covens* esse tipo de coisa. Com exceção do xale que usara fora da tenda em "cor", ou falta de cor, marrom terra, tudo ali tinha cores vivas e brilhantes, a começar por Diana. Diana tinha uma combinação perfeita de pele aveludada e rosada, o cabelo louro dourado, cílios bem grandes que mesmo claros eram bastante perceptíveis, os olhos tão verdes... Sua aura também estava resplandecida em um tom de rosa claro. Fez duas tranças finas com mechas da frente, mais por uma distração, como alguém que estava brincando com o cabelo, do que por interesse de prendê-lo e fazer um penteado adequado para sair. Veio à mente a imagem do nobre de Triora mais cedo no centro da cidade, por alguns segundos cogitou perguntar se Fillus poderia assumir a forma daquele homem, mas sacudiu a cabeça retrucando para si mesma que era uma péssima ideia. Depois pensou se o nobre compraria outra vez algo de Varo... Queria poder vê-lo mais uma vez, mesmo sabendo que só poderia desejar isso de alguém de uma posição tão diferente da sua. Sacudiu sua cabeça mais uma vez "o que está acontecendo comigo? Será efeito da iniciação?", se deitou e continuou a pensar "bem, hoje foi um dia atípico... devo me concentrar nas palavras do Deus no meu sonho? Ou foi apenas um sonho? A vontade de ter contato com ele?". Fillus entrou na tenda.

— Despistei os homens, pode ficar tranquila.

Círculos:
Segredos e Sagrados

A expressão de Diana parecia a de alguém com a mente longe, apenas se deu a manifestar um comentário.

— Que bom.

Fillus puxou Diana para seu abraço, deitados disse:

— Esqueça os pensamentos confusos, você tem muita novidade para absorver nos próximos dias, comigo e com as anciãs, mas agora concentre-se apenas no aqui.

Diana assentiu mais uma vez e beijou Fillus, dessa vez com mais intensidade e segurança do que quando chegaram à tenda, continuando assim a fazer o que se propuseram.

...

Quando Isolda chegou em casa deparou-se com ela vazia. Resolveu procurar o irmão aos arredores, pois sabia que vez ou outra ele saia de madrugada para a praia, procurando catar pedras e as lapidando em seguida, fazendo desenhos desconhecidos aos olhos de qualquer um, o que poderia levantar suspeitas de bruxaria, pois ele dizia que o significado de cada rabisco simbolizava uma resposta as suas perguntas. Tratava-se então de um oráculo, porém, não se assemelhava em nada com os já vistos e comparados aos dos povos ciganos ou das streghe. Indo em direção à praia, Isolda avistou o irmão. Ao se aproximar do jovem magricelo por trás o mesmo se virou como quem já parecia estar esperando-a.

— Tive pesadelos... Os guerreiros loiros gritando não me causa medo... mas a dor da perda sim. Vim parar aqui para escutar o canto dela e ver o que significava tudo isso — falou Matteo apontando para as pedras lapidadas no chão dentro de um mapa com três círculos interligados desenhados na areia.

— Ela quem? A dor? Porque você quer escutar a dor?

— Não, a dona dessas pedras... a bela senhora montada na carruagem puxada por gatos[9] selvagens. Ela me traz consolo... e me mostra as respostas...

— Se ela te traz as respostas então quais são suas perguntas?

— Se meus sonhos são reais... ela sabe que você não crê nela... el a sabe do amor que você carrega no coração.

---

[9] É uma referência à deusa nórdica Freya, presente em vários mitos da cultura viking. Pode-se saber mais sobre ela pela narrativa de A. S. Franchini e Carmen Seganfredo, As melhores Histórias da Mitologia Nórdica, 2013.

Isolda deu de ombros.

— Ah é? E o que mais ela diz?

— Hoje senti angústia... antes de dormir... Deveria saber que era apenas um prenúncio do que viria a seguir. Vi apaixonados se despirem de medo e serem queimados vivos pelo amor e pelo ódio. Vi um filho perder seu pai em uma tragédia... vi árvores caindo e rolando das montanhas... vi a traição de onde menos se espera... Mas ao mesmo tempo em que tudo parecia ser tão próximo a mim e ao meu presente, ainda sim havia uma dinâmica de percepções diferentes. Dona Lygia diz que isso são as linhas dos mundos e realidades que se chocam e se mostram em sonho...

— Você falou com a dona Lygia?

— Sim... antes da mamãe sair com ela.

— Você deixou a mamãe sair com febre e com essa mulher?! — perguntou Isolda com a entonação agressiva e impaciente.

— Não faça drama e nem seja ingrata! Mamãe sempre melhora com a presença dela! Quantas vezes ela já nos ajudou? Quantas vezes se doou para nós?

Isolda respirou fundo enquanto tentava demonstrar uma imagem calma e pacífica.

— Eu receio pelas notícias do centro... receio que acusem nossa mãe de andar com essa gente e acabar na forca. Não é só ela que será perseguida... Se a caça às streghe chegar aqui, a fama de quem é próximo ao coven a condenará, ou a fogueira ou a morrer de fome em exílio, ou quem sabe, em uma gaiola como um bicho — respondeu Isolda com preocupação.

— Você abandonaria a mim ou a mamãe? Abandonaria Otávia se ela fosse acusada de tal feito?

— Otávia não corre esse risco... É rica e tratada como uma nobre mesmo não sendo. Fora o fato de que ela e a família são todos muito astutos. Nós é que devemos nos precaver... já houve tempo em que você teve fama de ser atormentado por espíritos malignos, lembra? Devemos agir de forma mais discreta possível.

Os olhos grandes e entristecidos de Matteo a fitaram por um momento e depois abaixaram a vista, voltando-se com atenção para as pedras. Sentou-se e por fim disse:

— Então é tudo verdade.

Círculos:
Segredos e Sagrados

— Já que não podemos fugir do futuro, vamos aproveitar o presente — disse Isolda tentando empolgar o irmão.

Isolda tirou a capa e os trajes, soltou o cabelo longo negro e entrou no mar apenas de camisola. Mesmo de noite, somente com a luz do luar iluminando a água, podia-se ver a pele morena bronzeada da moça, os olhos grandes e verdes como dois faróis... tinham um ar dramático e imponente. A testa alta exposta evidenciando o rosto de uma mulher segura. Matteo ficou onde as ondas batiam apenas em seu calcanhar até que foi surpreendido por alguém pulando em suas costas. Quando caiu no chão e levantou a cabeça pode ver a beldade que o colocou nessa posição. Os três jovens riram.

Isolda nadou até ficar de pé e com a água medindo pouco abaixo do quadril. A camisola molhada mostrava bem o corpo, evidenciando suas curvas discretas e o corpo magro. O colo e os ombros estavam totalmente nus, os cabelos totalmente jogados para trás, as mangas caídas e o laço frouxo.

— Olhando assim você está igual a uma cigana. Se usasse um vestido de cor seria facilmente incluída no grupo deles — disse Otávia.

— Você não deveria estar com a sua família agora? — perguntou Isolda.

— Já fiz o que tinha que fazer, foi tudo conforme o esperado. Agora me diga: está muito frio aí para dar um mergulho? — o sorriso da jovem preencheu o rosto com sarcasmo.

Era óbvio que não estava frio demais para o verão e Isolda levantou a mão como quem convida alguém para dançar, então a outra jovem na areia tirou seus trajes também e entrou no mar ao encontro de Isolda. Matteo andou apenas alguns passos a mais para perto das moças, deu um leve mergulho, depois se despediu levando consigo as pedras lapidadas e apagando com o pé os rabiscos da areia.

Capítulo 6

Diana foi ao encontro das anciãs, como toda neófita deve agir na manhã seguinte à sua iniciação. Subiu uma longa escadaria caracol, feita pela própria natureza, foi da tenda até o meio da montanha. Parou em frente a um panteão abandonado esperando algum sinal. A construção era um simplório templo à deusa erguido no início do império romano. Por fora as cores e os desenhos estavam em boa parte apagados pelo tempo, eram pássaros, ninfas, guerras e a história da homenageada. Ao redor havia muito mato e nada atraente o suficiente para chamar a atenção de alguém da cidade que fosse curioso ao entrar em um bosque dito como "amaldiçoado", já que o musgo escondia muito bem até as colunas. Havia bem em frente uma fonte com a estátua da deusa com flechas, acompanhada de um cervo e um lobo, e a marcação de algo que no passado poderia ter sido o jardim. Uma senhora de cabelos grisalhos muito longos e de idade bem avançada, alta e muito magra, vestida com uma túnica cor de vinho, surgiu de dentro do prédio com uma coruja no braço. Deu um sorriso e fez sinal para que Diana avançasse. Conforme adentrava o panteão e se afastava mais da porta, era possível perceber que as pinturas de dentro estavam mais bem conservadas. A anciã parou em frente à estátua principal, depois se virou e apontou para o chão.

— O que consegue enxergar? — perguntou a mulher.

— Pouca coisa... círculos... desenhos, mas estão velhos demais... — fez uma pausa.

— Velhos demais para que possam ser interpretados? — respondeu a senhora percebendo o motivo do lapso da jovem — Olhe nos meus olhos e depois olhe para o chão!

Diana encarou os olhos expressivos da anciã. Eram de cor violeta. A princípio ficou admirada pela cor, mas ao observar bem e se desligar um pouco da visão óbvia, pode perceber que o desenho do piso estava refletido dentro dos olhos da mulher. Ao encarar de novo o chão percebeu que o desenho estava diferente.

— Não entendo.

— Preste atenção... O que vê?

— Vejo os astros... os deuses antigos... mas eles estão em posições diferentes das dos seus olhos. O que isso significa?

— Olhe para cima agora.

Diana levantou a cabeça devagar. A cúpula iluminava a construção por dentro, era cercada de espelhos extremamente limpos e em perfeito estado.

— Os homens ignoraram os reflexos da terra, do céu e de si mesmos quando negam a conexão entre essa dimensão, outras e o próprio ser. Nós, streghe, não. Somos mensageiras dos portais, pois enxergamos nós mesmas, nosso reflexo e nossas ações aqui e em outros mundos. O que você enxerga quando olha nos meus olhos é a imagem dos astros e seu posicionamento quando eu vim a respirar pela primeira vez nesse mundo. É o reflexo da minha alma e da minha jornada nesta vida. O que você enxerga no chão é o seu reflexo assim como o que vê acima de você.

Diana ficou pensativa por alguns segundos, absorvendo aquela informação. Entendia que aquilo era sua primeira lição, mas a velha senhora logo apareceu do seu lado sem que percebesse e, tocando levemente em seu ombro, disse como quem podia ler seus pensamentos.

— Na verdade sua primeira lição foi não julgar algo somente pela aparência. Isso ficará mais claro adiante. Sim, pois mesmo a aparência podendo ser manipulada ainda pode revelar muito sobre o que desejamos saber pela intenção de quem manipula.

A coruja cinza voou para o topo da cabeça da estátua maior, então anciã conduziu Diana para trás da deusa e abriu uma porta secreta por onde as duas passaram.

Capítulo 7

Após cerca de 15 minutos andando por um corredor estreito e baixo que começava pelo subsolo do panteão, Diana entrou em um salão redondo grande com símbolos mágicos nas paredes rochosas que davam para duas portas tão estreitas quanto a que ela tinha passado há pouco tempo atrás. A temperatura ali era bem mais fria, como se o outono já tivesse chego.

— A porta a esquerda nos levará ao nosso destino junto às demais anciãs.

— E a direita?

— Levará a uma longa caminhada até Triora. Mas, de todo modo, você só tem essas duas portas como escolha certa para cada destino uma vez. Ao longo do corredor pelo qual passaremos haverá outras portas para serem escolhidas até o destino final, essas portas não são fixas... os duendes e outros elementais as trocam de lugar para confundir possíveis invasores, somente as *streghe* conseguem fazer a opção correta pois escolhem de acordo com a sua intuição. De Triora para cá, também, há duas portas sendo à direita a que segue para cá e a esquerda para outra... realidade.

— Que tipo de outra realidade? — indagou Diana curiosa, com o semblante animado.

— Para cada *strega* é diferente. Pode ser o mundo dos mortos ou simplesmente sua casa... pode ser outro tempo no mesmo lugar... É sempre muito arriscado e, a menos que a deusa ordene, você nunca deve abrir essa porta, entendeu?

Diana assentiu com a cabeça, embora por dentro se sentisse entusiasmada com a possibilidade de um dia a deusa ordenar que abrisse a tal porta secreta.

A anciã abriu a opção esquerda e as duas caminharam mais alguns minutos até chegarem frente a uma porta em formato oval feita de ouro puro com escrituras por cima feitas de prata. Dentre as frases, a que mais chamou a atenção de Diana era bosque fortuna adiuvat[10].

---

[10] A sorte está ao lado dos corajosos.

Diana aprendeu a ler graças a uma freira que havia se mudado para Savona quando a pequena só tinha oito anos. No dia em que a Irmã Letícia chegou e assistiu a primeira missa na primeira fileira, o padre local a apresentou aos fiéis e Diana, que era considerada uma criança com rosto angelical, se aproximou da mulher. Não foi difícil conquistar a atenção da jovem freira, logo conseguiu convencê-la a ensinar-lhe como ler e escrever, dizendo que sonhava com um futuro igual ao de sua professora ou que de alguma forma pudesse ajudar a Igreja recitando poemas religiosos que aquecessem o coração dos fiéis. Quando Diana estava prestes a completar 11 anos, a Irmã Letícia tentava convencê-la de que era uma boa idade para ser levada ao convento, a freira teve uma febre aguda de três dias e três noites, falecendo na última.

Outras escrituras faziam menção a nomes de outras deidades que Diana não conhecia, porém, antes que pudesse perguntar sobre o que eram ou quem eram tais nomes e frases, a anciã empurrou a porta, mesmo parecendo ser extremamente pesada a velha o fez com facilidade.

Do lado de fora, após subir alguns degraus, Diana pode sentir novamente o calor do sol, a brisa tocar sua pele e seus cabelos, deixando alguns fios bagunçados. Deparou-se com um belo jardim com todos os tipos de flores que podiam existir. Havia um poço com jarras de prata ao lado que brilhavam tanto que era até difícil olhar para os objetos. Alguns bancos e mesas esculpidos de madeira escura e outros de pedra branca ficavam na área abaixo da sombra de grandes árvores. Havia fontes em um grande paredão de mármore amarelado, dividido ao meio por onde surgia uma ampla escada, as fontes tinham sido feitas em forma de esculturas de leão, de modo que a água saia da boca destes.

Quando as duas terminaram de subir a escadaria, Diana virou-se para ter a visão de cima e teve uma surpresa. Conseguia ter mais de uma visão ao mesmo tempo... Enxergava o jardim e a porta por onde saiu, mas também enxergava uma espécie de mapa ao seu redor com pequenas luzes que tinham cores diferentes.

— Agora você pode ver o que mais ninguém pode... Cada luz dessas representa uma vida, o mapa é a terra, é uma dimensão... Você está vendo os encontros e desencontros das luzes? São pessoas ainda vivas em sua jornada. Por aqui temos o passado, presente e futuro de cada uma... Se conseguir se concentrar em uma por uma, conseguirá saber tudo sobre o indivíduo, mas claro que isso demanda certo esforço e dedicação.

Círculos:
Segredos e Sagrados

— Porque algumas brilham mais que outras ou alternam o tom da coloração? — perguntou Diana intrigada, franzindo a testa.

— É a frequência de cada pessoa... seu humor, seus pensamentos, sentimentos, o quanto se afasta da sua verdadeira essência ou o quanto se aproxima. Consegue se achar no mapa?

— Mas estou aqui com você... como posso aparecer no mapa?

— Uma coisa não impede a outra, você não deixou de existir só porque veio parar aqui. Seu coração ainda pulsa fortemente e saudável. Um castelo não deixa de existir simplesmente porque o rei está estudando o mapa do seu reino dentro do próprio castelo.

Diana observou atentamente as luzes se movimentando... Sentiu-se um pouco tonta de início, mas depois enxergou uma luz azul turquesa com uma vibração oscilante, entendeu que a instabilidade daquela luz eram suas incertezas e seu próprio temperamento, já que costumava oscilar bastante o humor de acordo com os pensamentos agitados mesmo que não fosse tão aparente. De repente sua atenção foi totalmente para outra luz que parecia vir na direção da sua. Era vermelha e dourada... assim como a do Deus. Diana começou a se questionar se aquilo era uma alucinação ou uma imaginação fruto da sua vontade, afinal o Deus não era uma personalidade encarnada de fato e sim uma energia de polo positivo. Balançou a cabeça fechando os olhos como quem queria afastar tais pensamentos, ficando levemente irritada consigo mesma por não saber dar a si uma resposta satisfatória. A anciã tocou o ombro de Diana indagando o que houve, mas Diana desconversou e pediu para que a velha senhora prosseguisse com seus ensinamentos e com a jornada.

Os cômodos do casarão por dentro eram semelhantes aos dos que Diana já conhecia, porém sem cruzes ou santos espalhados, havia feito alguns serviços em casas de nobres, tanto levando mantimentos quanto, vez ou outra, ao ser chamada para ajudar uma grávida junto com sua mãe. Era difícil acreditar ao primeiro momento que camponesas poderiam ter esse luxo de lar, mas aquilo tudo fazia parte de anos de proteção dos mistérios das *streghe*, quando em outro tempo podiam desfrutar de mais bens sem perseguição por seus dons. Mantinham tudo em perfeito estado, não por serem elas a desfrutarem, mas sim porquê em algum momento a deusa enviaria uma rainha, filha dos dois polos ativo e passivo. Uma profecia, muito mais do que um desejo ou um sonho, seria a salvação daquele conhecimento místico e espiritual do povo e, enquanto isso, Diana batizada com o nome da deusa, deveria cumprir seu papel.

Além da anciã que a acompanhava desde a entrada no panteão, outras três se apresentaram, cada uma vindo de um cômodo da casa. Uma delas era Lygia, sua avó, ambas se entreolharam com um sorriso e expressão terna. As outras duas estavam na noite de sua iniciação.

A que parecia ser menos velha era baixinha e gorda, tinha a pele muito branca, o rosto redondo, olhos grandes e muito pretos assim como o cabelo, apesar de já ter uma grande mecha grisalha, a maior parte dos fios eram de um negro profundo e brilhante. Era sem sombra de dúvida a mais simpática, e foi a primeira das quatro anciãs que a abraçou sem hesitação e a convidou calorosamente para tomar café. A outra era negra, magra e de estatura mediana, tinha os cabelos grisalhos e crespos, estavam presos em um coque alto com um broche de ouro em formato de um inseto, semelhante a uma abelha. A aparência mais diferente entre as anciãs era a da última... Isto devia-se ao fato de que Savona tinha um porto movimentado e forte e, mesmo o porto de Gênova sendo o principal atualmente, era pelo porto de Savona que os romanos traziam inúmeras especiarias e povos de origens diversas, tanto para o comércio quanto para serem comercializados.

Exceto a avó de Diana, as outras três anciãs se apresentaram formalmente fazendo um gesto que lembrava uma reverência. A primeira que a trouxe ali se chamava Laura, a segunda, baixinha e carismática, Paola, e por fim a de origem estrangeira que se chamava Aisha.

...

Tiberius ficou hospedado naquela noite na casa de Cassius, pois já era tarde. Tinha enviado os mantimentos comprados na praça de Savona pelo servo que o acompanhava. Não era muito comum o homem fazer esse tipo de serviço já que quem era responsável pelas demandas, organização do lar e a compra dos alimentos eram as mulheres. Entretanto, como a situação era crítica em Triora, faltando mantimentos, Tiberius achou prudente seguir curta viagem para a cidade mais próxima a fim de trazer o necessário, tanto para a sua morada quanto para aqueles que estivessem em situação pior em seu território. Além do mais, não tinha esposa e sua serva mais velha, Antonella, que era responsável pela gestão das outras servas em seus afazeres domésticos, estava terrivelmente debilitada. Tudo em sua vida parecia ter se transformado em caos em poucos meses. Primeiro foi o pai, os dois tinham um relacionamento um tanto frio e, no entanto, poucos dias antes do pai partir tiveram uma pequena aproximação. A mãe de Tiberius havia falecido quando ele completou 13 anos, era uma mulher doce e bondosa, amada por todos que a conheciam, a pureza em pessoa, e mesmo que o marido a destratasse ou fosse frio com ela em muitos momentos, sem se dar conta, ela continuava firme em seu papel, estimulava o afeto entre pai e filho, mesmo com todas as barreiras criadas pelo velho homem que a amava e a perdeu com profundo remorso no segundo parto, onde ela e a criança não resistiram. Algumas poucas semanas depois do pai ter falecido, veio a notícia da noiva Sophia, irmã gêmea de Mayela.

Tiberius sentia-se sozinho, mas ao mesmo tempo em que a solidão parecia penetrar seu coração durante a noite, tinha um alívio por não ter que compartilhar seus pensamentos com mais ninguém, pois seria melhor se manter calado do que ser incompreendido ou julgado pelos poucos que haviam restado em seu convívio. Ficou sentado na varanda do quarto de hóspedes que Cassius e Mayela lhe dispuseram. Era um belo cômodo, assim como toda a casa. A grande senhora mandou que os servos preparassem sua cama como se fosse para os próprios donos, era grande, com espelho bem trabalhado em madeira pura, com cortinas azuis claras combinando tom sobre tom com o azul mais intenso dos lençóis. Tinha também uma escrivaninha grande com cadeira e lamparina, um baú para guardar os pertences, uma mesa maior para possíveis refeições no quarto, que inclusive tinha algumas uvas, pão, geleia e leite. Tiberius tinha se recolhido ao fim da festa e confessado a Mayela que não estava sentindo-se muito bem... Talvez pelo excesso de vinho unido ao tempo exposto diretamente debaixo do sol, que foi praticamente o dia inteiro. Fora o fato de que na noite anterior não tinha dormido bem e já partira de Triora um tanto cansado.

Tiberius era sem sombra de dúvida um homem muito diferente dos demais de seu tempo e de sua posição. Conhecia bem o seu dever como nobre e gestor de Triora, assim como seu dever em repassar seu nome, poses e legado do seu pai a futuros herdeiros, afinal, ele não viveria para sempre. Era um excelente guerreiro, tinha ótimo manuseamento da espada e outros instrumentos de guerra, apesar de não precisar entrar em confronto, já que seu posicionamento era sempre de mediador, sendo chamado muitas vezes como conselheiro e pacificador. Havia ganhado respeito por sua inteligência e sua generosidade. Sua capacidade de unir nobres e sua lealdade aos seus servos o faziam um senhor de riqueza imaterial. Sua personalidade carismática e pacificadora dava-se também ao fato de que, mesmo sendo um excelente combatente físico por obrigação, em seu íntimo era um apreciador da escrita e das belas artes. Um filósofo não descoberto, um idealista. Quando sua mãe faleceu, prometeu a si mesmo que jamais deixaria sua esposa na mesma condição emocional que o pai a deixou a vida toda. Desejava que um dia encontrasse uma esposa que fosse mais do que seu dever, seria sua amante com quem poderia compartilhar sem medo seus anseios, sonhos, indagações e amor verdadeiro. Imaginava que poderia ter tudo isso com Sophia, estava certo disso, até a decepção vir. Sophia nunca o tinha amado, todas as breves conversas e cartas eram mentiras, nem mesmo a arte ela amava a não ser a de atuar. A mentira afetava não só a esperança e o desmoronar dos sonhos, mas também o ego. Um homem tão perspicaz não conseguia enxergar a víbora que estava a sua frente, prestes a se casar? Que vergonha! Era impossível não relembrar o sabor amargo do ego ferido na casa de Cassius, logo ele, casado com a irmã honesta! Ele sim era um homem de sorte! Ou talvez, quem sabe, mais inteligente que o amigo. Tiberius não contou nada sobre Sophia para a alta sociedade não somente porque Mayela e Cassius seriam prejudicados, mas também por ter que encarar a dura verdade de que foi enganado esse tempo todo. Como poderia se encantar e se unir a outra mulher por amor depois disso? Talvez fosse a hora de amadurecer de vez e deixar o coração sonhador se aquietar, para focar no que era concreto. A mulher que desejava era inalcançável, não queria uma esposa qualquer, queria uma deusa e deusas não existem, são mitos e crenças que a Igreja condena. Um bom cristão deve aceitar a vontade do Senhor e cumprir o seu papel sem pestanejar, e se era seu destino morrer sozinho ou sem amor então ele que se contentasse. Já era afortunado demais perante tantos outros que não tinham nem o que comer ou vestir e o bom Senhor Jesus Cristo lhe deu mais do que precisava para sua subsistência. Como podia ser tão ingrato e egoísta? Não sabia dizer, mas resolveu se levantar depois de toda a onda de pensamentos e lembranças que o perturbavam, se despiu e foi para a cama sem dificuldade para cair em sono profundo.

...

No dia seguinte, ao raiar do sol, Tiberius se levantou com batidas na porta. Uma das servas a mando de Mayela foi lhe avisar que o café da manhã estava servido, e que o casal, juntamente com o irmão do senhor da casa, estavam esperando-o.

Mais tarde, depois da primeira rica refeição do dia, o tempo ainda estava fresco, Tiberius montou em seu cavalo marrom e partiu para Triora. O contato breve com os amigos tinha um efeito revigorante, mesmo com o humor ácido de Varinnius e a insatisfação escondida no fundo de sua alma por ainda ser um homem solteiro e sem previsão de ter família.

No caminho de volta para casa, Tiberius se lembrava do que sua mãe sempre dizia "Aprecie sua jornada rumo ao seu objetivo, pois antes da chegada o aprendizado vem na caminhada o preparando assim, para seu destino". Era bom lembrar-se disso não somente pelo significado literal ou pela metáfora, mas porque fazia o nobre lembrar-se da voz de alguém que amava incondicionalmente e sabia ser recíproco. Quando o clima voltou a esquentar, pois já passavam das 9h da manhã, Tiberius deixou-se levar apenas pelo momento presente e apreciou, ao diminuir o ritmo da cavalgada, as plantações de girassóis. Observar a paisagem e a beleza da natureza era algo que o revigorava, não importava o quão ruim poderia estar, era como se a adrenalina que inibe a dor de uma ferida ou machucado grave no momento, lhe desse uma sensação eufórica e atenta. Sentia-se vivo e com fé todas as vezes que ficava sozinho apenas admirando a paisagem, sentindo os quatro elementos... Podia ouvir a própria alma e reconhecer a sua essência, a esperança de um futuro que não punisse seu coração. Estar ali sozinho era uma grande ironia, pois era o momento em que menos se sentia só, estava preenchido de amor e de sonhos mais uma vez. Então teve um impulso de descer do cavalo e ir ao encontro dos girassóis como quem procurava algum conhecido, foi quando percebeu um caminho por uma floresta passando a plantação, uma faixa estreita de terra no meio da plantação interligava a estrada à floresta, Tiberius se questionou como nunca havia notado isso em tantas viagens de Triora para centros vizinhos, talvez aquilo fosse recente, obra dos camponeses neste verão. Concluiu que o caminho já poderia ter sido feito há mais tempo, mas como havia alguns girassóis pendentes mais na frente teria passado despercebido, essa era a resposta racional que utilizou para se convencer. Ao começar a andar pelo tal caminho não tinha mais como montar, pois o peso e o andar do cavalo poderiam quebrar a plantação, estranhamente, era possível que ele andasse a pé na frente conduzindo cavalo lentamente, era como se alguém tivesse preparado aquilo especial-mente para ele naquele dia. Quando chegou à frente da floresta teve uma leve hesitação em entrar, mas estufou o peito respirando fundo e amarrou as rédeas do cavalo em um galho grosso. Não sabia exatamente o que estava fazendo só sabia que uma grande curiosidade e atração surgiram para desbravar o que existia ali dentro.

Capítulo 8

Otávia tecia um vestido novo com certa dificuldade na varanda de seu quarto quando ouviu vozes conversando no andar debaixo. Uma empregada bateu na porta do quarto e Otávia deu um pulo da cadeira em que estava, apressando-se em jogar o vestido novo em cima do baú.

— Entre!

— É para senhorita, o cocheiro entregou agora pouco, seu pai está conversando com ele.

Otávia reconheceu de imediato o brasão que constava no selo. Duas serpentes verdes em volta de uma espada. Abriu delicadamente o envelope com um sorriso malicioso e um olhar de quem já previa o que iria suceder com aquela carta.

"Do homem de coração mais puro até o maior pecador, os lábios doces de quem lê é causa do seu clamor." — Espero vê-la em breve.

Otávia fechou o bilhete levantando a cabeça, e dando um riso confiante, porém leve, colocou o envelope pequeno em seu vestido, escondendo-o nos seios. Nos segundos seguintes ouviu o barulho de mais alguém batendo na porta.

— Tenho boas notícias querida, abra.

Dona Marika entrou com uma expressão doce e alegre como a de uma criança após receber a autorização da mãe para ir brincar. Estava vestida com um traje azul-claro novo que favorecia a beleza do seu rosto meigo.

— A Sra. Mayela está grávida do seu primogênito e o nobre Cassius, seu esposo, está nos convidando para daqui três noites nos juntarmos a eles para uma comemoração aberta aos amigos. Segundo o cocheiro, a Sra. Mayela está mais emotiva e gostaria da presença de damas de confiança para fazer companhia à ela. É uma oportunidade ótima para você se aproximar da família e ganhar notoriedade entre os demais nobres e os ricos em ascensão.

Otávia assentiu com um sorriso como se estivesse surpresa, e segurou com as duas mãos as de sua mãe. Porém, tanto ela quanto a mãe, D. Marika, haviam notado uma diferença de comportamento da dama. Otávia andou pelo quarto dando uma volta e tocando discretamente no bilhete por baixo do tecido para ter certeza de que estava seguro. A matriarca olhou o vestido, ou melhor, a "tentativa" de um, jogado encima do baú da filha e o pegou gentilmente como se fosse uma criança e não um tecido.

— Ora, ora... assim, nesse ritmo, não vai acabar nunca esse aqui.

— Não estou com muita disposição para costura hoje — respondeu Otávia desviando o olhar.

— Só hoje?

— Sabe que prefiro cavalgar ou alguma atividade mais sociável...

— Então porque não vai treinar um pouco harpa? Será útil e bem apresentável para achar um marido influente.

— É uma boa ideia, mas antes vou chamar Isolda para colher umas frutas.

— Isolda tem muito trabalho agora, chame-a depois, vocês cresceram juntas, mas não podem viver grudadas o tempo todo, logo logo cada uma terá uma casa para cuidar, um marido para amar e um dever a ser cumprido — falou D. Marika em um tom sério, mantendo a voz calma mesmo assim.

— Tudo bem... Eu só queria um pouco de ar fresco antes de cumprir com as minhas obrigações — fez uma reverência e sua voz soou com um tom de brincadeira.

— Mais tarde mando chamá-la — falou a mãe referindo-se a Isolda, onde virou-se para a porta a caminho da saída do cômodo.

Otávia esperou a mãe sair e fechar a porta. Assim que ficou sozinha se jogou de costas na cama como se estivesse exausta. Ficou olhando por alguns segundos o teto do quarto, depois a penteadeira e em seguida um bloco de papéis que estavam em cima dela. Levantou-se e foi em direção a eles. Lembrou-se de que costumava escrever um diário quando era mais nova e resolveu iniciar um naquele momento.

Diário de Otávia 12/06/1588

Sinto que mais dia, menos dia meu destino se cumprirá. A palavra da deusa mãe nunca erra. Terei o que desejo e ainda sim perderei o que amo no mesmo instante. Me preparo paro o que há de vir com a certeza de que irei desfrutar a vida conforme mereço. Varinnius me escreveu um bilhete... um sinal claro de seu interesse luxurioso, é assim que muitos homens se perdem e muitas mulheres se encontram. Ao que tudo indica minha mãe e meu pai não têm ciência da segunda mensagem do cocheiro... é claro que ele pagou algo a mais para a empregada não abrir a boca. Devo me concentrar agora em criar um plano para sair daqui antes que o vigário investigador chegue e persiga minhas irmãs e Isolda... Ah Isolda, como farei para protegê-la? Se nem aceita nossa condição? Melhor evitar estes pensamentos agora e voltar minha atenção para a harpa.

...

Diana indagou a si mesma, enquanto voltava sozinha pelo caminho no subsolo, se a rainha das bruxas voltaria da mesma forma, como Aradia, ou se aquilo que as anciãs mostraram era uma espécie de metáfora, ou se era somente o respeito em manter o local da vida humana em perfeito estado de sua deidade. Ao se deparar com a porta que dava para o caminho direto ao antigo templo, Diana sentiu uma enorme vontade de se aventurar pelo labirinto a ponto de encontrar algo que não houvesse sido mencionado pelas anciãs, ela sabia que o primeiro dia não era habitual, nem era recomendado contar todos ou tantos mistérios das múltiplas dimensões de uma só vez... Afinal, nem toda anciã conseguia ter tanto conhecimento assim, imagine só uma jovem recém-iniciada. "Mas eu sou filha da deusa também, tenho a deidade dentro de mim como todas as irmãs do *coven* e todas que me antecederam, para a deusa eu sou uma de suas faces, sou a donzela corajosa que segue em direção a sua caça, seu destino, seu rumo...", enquanto pensava nisso uma porta surgiu na lateral coberta de musgo e Diana pode ouvir risos infantis atrás dela. Virou o tronco devagar em direção a tal porta, mas antes de mover o corpo todo para seguir, fez um movimento ligeiro com a cabeça olhando para todos os lados procurando os possíveis elementais que teriam trazido o objeto de seu desejo. Hesitou em tocar na maçaneta dourada meio enferrujada em formato redondo, imaginou ser algum teste de confiança das anciãs.

— As anciãs são humanas velhas, não têm tempo pra isso... — falou uma voz infantil rindo atrás dela.

— Então como surgiu? — perguntou Diana curiosa, se movendo delicadamente com cautela.

— Ora, ora, você sabe, uma delas já te contou no caminho — disse uma criatura de baixa estatura, medindo cerca da altura do joelho da *strega*, escondendo seu rosto na sombra.

— Mas porque trouxe uma porta extra? A que eu ia passar era a errada?

— A errada para o que a senhorita deseja.

— E como você sabe o que eu desejo? Desejo voltar para meu lar.

— Ora, ora, senhorita — começou a falar saindo da sombra e mostrando-se um homenzinho de rosto terno e nariz pontudo com uma barba loira e capuz verde —, os labirintos, assim como toda magia, são feitos de sensações e energias, do mesmo modo nossos corpos materiais, mas nessa subdimensão as energias emanadas pelo nosso coração, nossas verdadeiras intenções são o que formam as portas. Nós, gnomos, só a materializamos para ser mais fácil a passagem de uma dimensão para a outra. Somos trabalhadores por natureza — terminou a frase dando um sorriso sincero e com um leve ar de orgulho, fez uma pequena reverencia a moça.

— Então... para qual caminho devo seguir?

— Para onde deseja chegar.

— Mas não sei como voltar.

— E porque quer voltar?

— Porque tenho minhas obrigações e tarefas... fora o fato de que vão desconfiar se eu sumir por muito tempo.

— O tempo é relativo para cada mundo... mas farei o seguinte, tome essa flauta, se você for para algum lugar muito distante e quiser voltar, toque a flauta, essa porta aparecerá novamente e você voltará para esse labirinto.

O Gnomo estendeu a mão para entregar o objeto e Diana agachou-se para pegá-lo. A flauta era de uma madeira nunca vista por Diana, parecia ter um brilho fora do comum como se a prata e o dourado fossem raspados por cima dela. Uma mistura de madeira e minério. Havia também um desenho pequeno e discreto de três círculos interligados por tracinhos, formando cada círculo uma ponta e interligados em um triangulo, com espirais dentro de cada círculo, davam uma sensação de hipnose se olhados fixamente. Diana agradeceu olhando para o objeto, amarrou-o na cintura bem firme, virou-se para a porta coberta de musgo, tocou a maçaneta, fechou os olhos, respirou profundamente e abriu a porta rapidamente. Saiu do labirinto de olhos fechados ainda sentindo um imenso calor tomar conta do seu corpo. Quando abriu os olhos, deparou-se com um imenso tronco de madeira caído a sua frente, onde estavam esculpidas imagens da deusa e do deus. Ao lado havia um pequeno riacho de água cristalina, e ao redor uma fogueira de fogo verde esmeralda. A cor do céu estava dividida em três tons de azul, como se fosse a mistura do início da primavera com o verão e o azul profundo de uma noite estrelada. Sabia que não estava em um lugar comum e sim encantado... talvez, quem sabe, a morada da primeira de seu nome. Diana se aproximou do lago de água azul safira, olhou primeiro para seu reflexo, depois para pequeninhos peixes dourados de nado elegante, e em seguida olhou para o fundo onde teve a sensação de que algo ali de grande porte tinha vida e se movimentava com elegância. Não teve medo em momento algum ao se debruçar na borda e brincar com a água de um lado para o outro, primeiro com as mãos e depois sentando-se de forma que as panturrilhas ficaram totalmente dentro do lago, onde permaneceu sentindo a água fresca em suas pernas e pés, esticou seu tronco levemente para trás, apreciando a sensação do vento quente que fazia sua pele suar. O sentir da natureza fazia com que Diana se sentisse viva e pertencente a ela mesma, mais do que ao *coven*, ou à família, ou a sua mais recente jornada ao lado de Fillus. Perguntou-se se o casamento era capaz de proporcionar tamanha completude, pois antes de ser um compromisso social e material, o casamento/união entre o sagrado feminino e o sagrado masculino já existia. "Será que um dia amarei um homem como a deusa amou seu deus? Como será amar em liberdade? Sem o compromisso com um grupo guiando os passos do matrimonio? Talvez por isso existem tantos amantes... buscando o amor livre das amarras sociais e das expectativas dos outros... buscando a compreensão e cumplicidade dos sentimentos e desejos ardentes da paixão". Diana retirou a parte de seu corpo da água e se deitou na beira do lago, respirou e suspirou fundo e sentiu algumas gotas de água caírem sobre o busto e rosto... Uma leve chuva com arco-íris surgia. Uma raposa vermelha deitou-se ao lado dela fazendo companhia e a *strega* não se intimidou. A chuva passou poucos minutos depois e um frescor veio em seguida.

...

Tiberius sentia-se cada vez mais ambientado com a floresta a cada passo em que a penetrava. O cavalo que o esperava do lado de fora parecia calmo à distância, dando assim um reforço na confiança do nobre homem. Era como se cada segundo vivido ali dentro fosse reanimando sonhos infantis... como se já estivesse ali em alguma época da sua vida, sentia-se a vontade e eufórico ao mesmo tempo. O coração palpitava forte, como quem sabia que reencontraria um lugar ou um alguém muito querido. "Talvez esteja encontrando o destino" pensou rapidamente e balançou a cabeça em um movimento forte de um lado para o outro com teimosia "Deixe de superstições!". Abaixou a cabeça e levou seu tronco levemente para frente, fechou os olhos como se por um momento estivesse com um forte cansaço mental, coçou as pálpebras e piscou três vezes ao ouvir uma voz feminina. "Mãe? Não é possível...". Tiberius começou a andar devagar e com passos leves para não fazer barulho e dedução de sua presença ali. Suas mãos estavam frias e geladas mesmo com o clima do verão, seu pescoço e seus pelos do braço estavam eriçados como um animal que sente a presença de um predador. Quando chegou perto de onde a voz estava mais intensificada sentiu o perfume materno de jasmim que a mãe usava... o coração do nobre acelerou novamente "Estou no mundo dos mortos? Fiz a passagem?", pensou.

— Mãe? — não tinha certeza se tinha perguntado em voz alta ou se era seu pensamento.

Puxou uma folha de quase meio metro enroscada em galhos de outras árvores que o separava do canto feminino, mas quando arredou a planta com ansiedade escorregou por uma ladeira úmida de cerca de 5 metros de altura caindo em uma espécie de fonte de água azul safira. Quanto mais fazia esforço para nadar para a superfície mais sentia que afundava, e se não estivesse imerso, provavelmente estaria com lágrimas no rosto, pois as emoções pareciam aumentar como se fossem a correnteza do mar... Mas aquele lugar não era o mar, ou era? Onde estava? Quando o ar lhe faltou aos pulmões enxergou pontos dourados se movimentando como estrelas cadentes no céu quando avistadas por um binóculo. Quando pensou que não aguentaria mais um segundo de vida ali sem respirar, voltou a escutar uma voz feminina que parecia vir de cima e deduziu mais uma vez que poderia ser sua mãe, visto que uma forma humana pareceu surgir atrás dos pontos dourados. Tiberius fez um movimento lento como quem queria alcançar a imagem, mas foi em vão, foi como se o desespero pelo anjo ou espírito da mãe lhe tivesse feito exatamente o oposto do que desejava, então Tiberius deixou de pensar... perdeu a consciência.

...

Diana escutou o estalar da fogueira e teve a sensação de alguém estar chamando-a. Levantou-se vendo que a raposa claramente tinha

Círculos:
Segredos e Sagrados

escutado o mesmo. Foi para frente da fogueira, admirou como as chamas daquele fogo pareciam dançar e ter vida própria "Claro que têm, você sabe muito bem" pensou. As chamas pareciam dar sentido àquele lugar digno da morada dos deuses. A raposa que a acompanhava parecia estar atenta ao caminho por onde Diana saiu da porta. Foi quando a jovem bruxa deduziu que estava na hora de ir embora. Fez um leve carinho na cabeça da raposa a encarando nos olhos com ternura e afeto agradecendo-lhe a companhia e a hospitalidade. Para as *streghe* os animais eram tão dignos de reconhecimento e atenção quanto os humanos, e a raposa pareceu compreender a moça, lambendo a mão e esfregando o focinho em sua saia. Diana tocou a flauta uma vez, e algo parecia movimentar o lago, ficou esperando um portal ou algo do tipo aparecer por ali pela beira, mas nada aconteceu... A movimentação das águas formava um leve espiral, porém Diana sentiu que deveria tocar mais uma vez a flauta, o fogo estalou alto deixando-a assustada pelo som, uma porta voltou a surgir atrás de Diana no mesmo lugar por onde entrou naquela dimensão mágica, então sem pensar duas vezes se direcionou para o portal, girou a maçaneta e fez a passagem.

Capítulo 9

Cassius caminhou até a sacada de um dos cômodos da casa indo ao encontro de Mayela, que parecia estar introspectiva com uma mão no seio, o queixo levemente abaixado inclinado para a direita como alguém pensativa, a outra mão estava no batente apoiando-se.

— Como está a mulher mais bela da terra? — perguntou o marido abraçando-a por trás e sussurrando em seu ouvido esquerdo e em seguida beijando-lhe o ombro com delicadeza.

Mayela sorriu espontaneamente, seu rosto estava iluminado de emoção e felicidade. Sempre agradecia à virgem santa pelo matrimônio. Cassius era apenas três anos mais velho que ela, um homem alto, forte, bonito e viril, além de um afetuoso marido, sempre a escutava não importasse a hora ou motivo, chateação ou empolgação, um casamento arranjado e abençoado. "Como posso não ser feliz ao lado de um homem como esse?" era um pensamento comum em sua rotina. Virou-se, então, de frente para o marido e disse:

— Feliz por nossa benção, mas preocupada por outra situação...

— Qual situação? — Cassius ergueu as sobrancelhas se mostrando curioso ao mesmo tempo em que calmo.

— Bem... quero que nosso filho herde tamanha compaixão e misericórdia que o pai tem com aqueles que mais precisam... Você prestou atenção ontem nas últimas conversas com Tiberius, os outros nobres e a reação de Varinnius?

Cassius deu um suspiro, porém manteve uma postura forte de um homem seguro.

— Claro... as investigações estão crescendo.

— Logo chegarão aqui... os vigários não perdem tempo... Não temo pelas vidas dos hereges, mas não desejo uma matança sem provas, o julgamento divino por uma injustiça na terra usando o nome do Senhor tem uma condenação muito pior do que a forca ou a fogueira... — Mayela tentou usar um tom calmo, mas sua voz parecia instável e baixa demais, somente Cassius pode ouvir, pois estava bem próximo a ela.

— Prometo que farei tudo o que estiver ao meu alcance pelo bem daqueles que não possuem defesa. Intercederei caso seja necessário — continuou em sua postura firme e virou-se para pegar uma taça de água servida por uma criada que apressou o passo para sair dali e manter a intimidade do casal.

— Bom... e enquanto Varinnius estiver aqui... Eu o amo como se fosse meu próprio irmão, sua companhia me faz muito bem, preenche nossa casa com tantas histórias enquanto nossos descendentes ainda não estão aqui, mas me preocupo com o quanto se anima com os julgamentos e condenações. Tiberius pareceu não satisfeito e nem de acordo com os enforcamentos e corpos queimados... — Mayela fez uma pausa, admirava muito o nobre de Triora e era muito grata por ter mantido sua dignidade e de sua família mesmo sabendo da desonra de Sophia.

"Como minha irmã jogou fora sua vida... e a vida de seu futuro marido", o pensamento vinha toda vez que falava de Tiberius, lembrava-se de seu rosto contando algo ou até mesmo lembrava de Sophia. Irmã gêmea, mesmo rosto, mesmo sangue, mas a conduta tão divergente. Onde estaria a alma da irmã agora? Teria chance de ascender aos céus pelas orações dos outros aqui na terra? Cassius parecia conseguir ler sua expressão e recordação, mas não falou nada sobre, era um assunto tenso e ao mesmo tempo triste, portanto proibido após o conhecimento das paixões de Sophia. Ao invés de tocar no assunto passado, Cassius puxou pela cintura com leveza a esposa até um banco da sacada e sentaram-se os dois enquanto falava calmamente com a mesma postura segura.

— Mayela, meu anjo, Varinnius não ficará muito tempo na cidade, depois da celebração de boas-vindas ao nosso filho, nessa semana, ele deverá partir para Roma, onde tem negócios a tratar, fique tranquila quanto a isso... Logo, logo ele esquece as políticas religiosas daqui da região e se duvidar até defenderá a causa de alguma pobre camponesa enquanto estiver embriagado com vinho barato de bordel. Volte suas atenções para nosso pequeno — tocando a barriga de Mayela — Por que não faz uma visita à casa do senhor Guido e conversa um pouco com a senhora Marika e a senhorita Otávia? Você passa muito tempo sem a companhia de outra mulher, na sua condição atual uma presença feminina conhecida pode ser empolgante. Só espero que não seja mais do que a minha de noite — abriu um sorriso malicioso ao mesmo tempo em que acarinhava o rosto da mulher.

Círculos:
Segredos e Sagrados

— Tem razão! — falou com alegria, inclinando-se para beijar-lhe os lábios — A companhia das duas me fará bem, acho que irei pelo meio da tarde, mas a sua me revigora todas as noites — tornou a beijá-lo.

Capítulo 10

Em uma casa de camponeses

Gaia preparava a refeição do meio dia junto com a mãe, quando Diana chegou afobada na cozinha.

— Estou atrasada... como sempre, mas estou aqui! — disse a jovem com o cabelo desgrenhado e a saia amassada.

— Se não te conhecesse tão bem diria que veio da guerra, de algum duelo feroz — comentou a mulher de aparência semelhante à de Gaia com idade mais avançada em um tom risonho.

— Desculpe, juro que vou melhorar!

— Está melhorando, dessa vez não ralou o joelho e chegou antes da refeição, deve ser efeito do primeiro dia da iniciação. Aliás, como foi com as anciãs? Vovó com certeza estava presente... você é tão parecida com ela, não é à toa que é a neta favorita.

— E você é como a mamãe. Isso equilibra os traços e personalidades herdados pelas gerações.

— Diana, prenda seu cabelo direito e vá arrumar a mesa, seu pai está com fome e muito cansado, ainda tem muito serviço pela tarde. Gaia, sirva a refeição. Conversem, mas não parem as tarefas.

Maria tinha um jeito habilidoso com qualquer serviço manual, Gaia parecia ter puxado não somente a aparência da mãe como também as virtudes. Diana, por muitas vezes, sentia-se menos atraente do que a irmã ou a mãe, não só no que se referia à aparência física e aos olhos dos homens... havia muitas mulheres louras na região e por mais simples que fosse essa característica da maioria das mulheres dali, Diana sentia-se comum demais ou sem atributos bons o suficiente como a mãe e a irmã. Não era algo que necessariamente fazia sentido, mas, na sua idade e no período em que nascera, ser discreta, uma boa dona de casa e ter uma beleza diferenciada das demais da região tornava uma mulher mais valiosa aos olhos sociais... mesmo para uma simples camponesa. Diana era estabanada, mais garota do que mulher... Ria com facilidade e se interessava por filosofia mesmo que sua posição não permitisse estudar tais assuntos, mas ela era uma *strega* e sendo uma *strega* poderia ter conhecimento da origem da vida e dos deuses, da natureza e do pensamento, de tudo que a rodeava, bastava ter paciência e seguir o caminho do sacerdócio que sua avó seguia firmemente, outro ponto em comum com a avó, além dos cabelos que um dia foram tão dourados e brilhantes como os da neta. Lygia sempre se importou em cuidar de quem amava, mas seu compromisso com a deusa e com a verdade suprema ficava em primeiro lugar. Diana sentia-se assim, mas a juventude ainda ansiava por experiências e pela aceitação dos demais integrantes do *coven*. Esperava que a família tivesse orgulho da caçula, imaginava que, quando a mãe não conseguisse guiar as tarefas cotidianas de outros do *coven*, provavelmente Gaia assumiria o posto de liderança e Diana, se fosse da vontade da deusa, iria viver como sacerdotisa. Nem todas as *streghe* viviam somente para a deusa, embora a deidade fosse sua estrela guia na escuridão do caminho da vida, as moças que tinham dons mais destacados ou que eram profetizadas costumavam viver separadas em determinado ponto da vida adulta, já as demais continuavam a participar dos *sabbats*, mas tinham uma vida cotidiana semelhante à dos cristãos, com a diferença de que não tinham medo da natureza e seguiam as tradições da sua fé.

— Bom, as anciãs mostraram o templo e vi a vovó sim... ainda está tudo sendo muito novo, mas bem empolgante — disse Diana tentando conter as palavras para que não entregasse a aventura escondida.

— Empolgante?! — perguntou Gaia com uma mistura de surpresa e desdém — O primeiro dia em que fui iniciada foi tão sem graça, aquele lugar, aquelas filosofias... Pelo amor da deusa, não é todo mundo que consegue compreender com facilidade muito menos se empolgar — mudou o tom ao perceber a expressão quieta e introvertida da irmã.

Gaia serviu Varo, a família reunida se alimentou com fartura. Ao terminarem cada um retornou as suas devidas tarefas e Maria abraçou Diana e deu um beijo em seu rosto.

— Estou muito feliz por você querida!

Diana corou com as palavras da mãe, aquilo era tão importante para ela quanto o ar que respirava. Depois foi separar algumas mudas de plantas para a decoração da casa da nobre Mayela, ela desejava fazer algumas pequenas alterações no jardim de entrada e como Diana tinha afinidade com as plantas, já que Fillus a ensinara muito bem como manter as flores bonitas por mais tempo com alguns truques dos elementais, era ela quem costumava ir para auxiliar os criados da casa sobre como deviam manejar as plantas.

...

Ao chegar à entrada da bela residência, Diana foi recebida por um dos criados e levada até o pátio, onde a dona da casa parecia entusiasmada e ao mesmo tempo indecisa com dois tecidos diferentes nos braços e outros vários na mesa. Mayela vestia um traje elegante amarelo que realçava sua beleza ao mesmo tempo contrastava com os tecidos em seu braço, um em tom de azul turquesa, o outro em cor de vinho. A camponesa se apresentou timidamente quando a dama direcionou o olhar para ela notando sua presença.

— Boa tarde, vejo que trouxe algo novo para mim — apontando e direcionando a visão para a cesta grande com as mudas de flores que Diana carregava — são lindas, deixe-me ver mais de perto! Ah sim, são exatamente o que eu precisava!

— Fico feliz em saber que sou útil à senhora e sua casa.

— E eu fico muito mais! — falou Mayela em um tom animado tocando levemente o ombro da moça.

Mayela deu as instruções a Diana do que imaginava para seu jardim, contou que estava grávida e a notícia iluminou o rosto da moça que, aos olhos da nobre, reconheceu a felicidade genuína de uma quase desconhecida. No geral, as mulheres nobres costumavam se sentar ou ficar de vigia às criadas que cuidavam dos jardins e demais afazeres domésticos, mas no caso de Mayela, mesmo sendo uma dona de casa atenta a tudo e muito exigente com a gestão do lar, ter Diana como cuidadora de suas plantas era relaxante, gostava de apreciar a delicadeza da moça, como se suas mãos estivessem acarinhando cada for. Sabia que seu jardim estava em boas mãos e podia se dar ao luxo de se perder em seus pensamentos ou fazer o que bem quisesse enquanto a obra prima era moldada. Cerca de 20 minutos depois Mayela anunciou que sairia para o encontro com amigas e que caso Diana desejasse poderia comer na cozinha mais tarde com as outras mulheres, e se terminasse o serviço perto de escurecer um dos criados poderia acompanha-la até sua morada, já que alguns lobos andaram surgindo perto do anoitecer. Diana assentiu e agradeceu, embora não tivesse medo algum dos caninos.

...

Um sopro de música surgiu ao longe, não era mais o corpo que escutava, somente a alma que parecia flutuar tinha conhecimento ou sentia o que estava acontecendo até que o nobre sentiu de volta a gravidade e teve a sensação de estar caindo em queda livre.

— Senhor?? Está respirando... calma, calma. Veja, ele está acordando! — exclamou um velho conhecido morador de Triora.

Tiberius abriu os olhos e tossiu como se estivesse engasgado ao beber um gole grande de água. Estava todo molhado, deitado na entrada de Triora ao lado do cavalo. Eram dois homens, um de idade avançada e nariz pontudo que estava agachado ao seu lado, enquanto um rapaz de cerca de 12 anos estava de pé a sua frente prestes a sair correndo como quem procura desesperadamente ajuda. Tiberius levantou-se com certa dificuldade pensando "Como vim parar aqui?". O homem mais velho segurou-lhe pelo braço ajudando a ficar de pé. Tiberius tocou a nuca que estava dolorida como se tivesse recebido um golpe nela. O homem, percebendo a confusão mental no rosto do nobre, começou a falar:

— Senhor, a chuva chegou cedo neste verão, o sol estava tão forte, não havia uma nuvem no céu, até que em um piscar de olhos o clima mudou bruscamente e uma torrente caiu sobre a estrada, o seu cavalo deve ter escorregado e o senhor perdido o equilíbrio e veio à queda.

"Então tudo não passou de um sonho? Estou delirando?" Tiberius assentiu como quem se lembra vagamente, não queria parecer um desordenado mental ou fragilizado. Ele era o titular daquelas terras e mostrar-se confuso por mais de poucos segundos estava fora de cogitação. O rapazinho trouxe uma carroça que estava mais adiantada e ofereceu um lugar ao nobre. Tiberius agradeceu, mas disse que já tinha recobrado os sentidos e que a chuva já tinha passado, podia montar. O cavalo relinchou como quem não concorda com a opinião do dono. O rapazinho então disse com humildade:

— Podemos dizer que o cavalo se assustou na chuva e se machucou de leve sendo mais seguro o senhor subir na nossa carroça para o bem de seu cavalo — abaixou a cabeça e fez um gesto tímido apontando para o veículo.

— Bom, foi o que aconteceu mesmo — afirmou Tiberius com o tom de voz mais seguro e o rosto aparentemente recuperado.

...

Círculos:
Segredos e Sagrados

A residência de Tiberius ficava no segundo ponto mais alto de Triora, perdendo apenas para uma torre com sino isolada onde sempre tinha uma dupla de vigilantes, que ultimamente ficavam assustados com frequência desde que os dois vigários inquisidores colocaram os pés a primeira vez em Triora. Tanto a torre como a casa principal e as demais tinham a mesma coloração rochosa cinzenta que se misturava à paisagem natural da montanha. Apesar da grande crise que o *paese*[11] passava, o perfume vindo das plantações de lavanda ao redor das construções abrandava o sentimento daqueles que viviam ali em um período conturbado. As pessoas em condição mais humilde tinham mais medo de serem acusadas de satanismo do que de morrer na precariedade, a ponto de se privarem de pequenos gestos ou até cantos enquanto tentavam plantar e colher no terreno escasso. Tiberius tentava contornar a situação há um ano, sem grande sucesso. Já era o terceiro verão com uma colheita pobre "e ficará mais pobre ainda sem trabalhadores" pensou ao olhar uma mulher de aspecto esquelético que estava vestida em trajes sujos catando cascas de batata que caiam da mesa de uma criança filha de um dos criados. A cena o perturbava e mandou que a criança entregasse algumas batatas e um pequeno punhado de grãos à mulher, que no primeiro momento se assustou com a presença do nobre e depois se jogou a seus pés agradecendo. A criança, um garotinho de cabelos grossos negros ondulados na altura do queixo de cerca de sete anos recuou com a posição da mulher, olhando amedrontado para o seu senhor. Tiberius ordenou que ele fosse para dentro da casa e se abaixou para falar com a figura feminina.

— Qual o seu nome? É parente de algum dos meus criados?

O semblante da mulher mudou para uma palidez de desespero e aflição.

— Não senhor, não tenho família, nem parentes distantes, meu marido faleceu com a desgraça que caiu sobre nossa terra, meu filho que carregava em meu ventre nasceu já morto e minha casa foi fiscalizada e depois queimada junto com a pouca plantação que restava pelos inquisidores, dizendo eles que era para exterminar o possível mal que habitava ali... não sou mulher de satã, meu senhor... Tenha piedade de mim — falou com lágrimas nos olhos e a voz embargada — por que eu faria isso com a minha vida e a de meu esposo que tanto o amo mesmo já não sendo mais unida a ele, pois a morte nos separou em matéria — a

---

[11] *Paese:* é traduzida do italiano tanto para "país" quanto para "cidade pequena".

mulher soluçava e se tremia como se estivesse com frio, mas é claro que aquilo era resultado de uma grande crise nervosa e de pavor.

— Não precisa ficar com medo senhora, mas gostaria de saber como posso ajudá-la para oferecer-lhe uma estadia aqui, em troca a senhora pode trabalhar na plantação já que, como camponesa, deve ter experiência e sabedoria, imagino que se algum sinal da fraqueza da terra surgir a senhora irá nos comunicar para evitar que o mal se aproxime das minhas terras. Levante-se senhora, somente os pés do nosso Senhor Jesus é que são dignos de beijo e o do santo Papa, seu representante aqui na terra, em nossa realidade provisória.

A mulher pareceu se recompor gradativamente ao escutar as palavras do nobre enquanto ele estendia a mão para ajudá-la a se levantar.

— Me chamo Isotta Stella.

...

Diário de Tiberius 13/06/1588

Aqui estou eu após minha refeição matinal, sentado em minha sala de leitura escrevendo para expandir minha mente, ou pelo menos alivia-la da tensão dos últimos acontecimentos. Minha visita a Savona me fez muito bem a princípio, a mercadoria que comprei deve servir de estoque para as próximas semanas e queira Deus que esses grãos sejam abençoados e prosperem nessas terras. Comprei algumas frutas, carnes e grãos de três fornecedores diferentes, sendo o último entregue por suas filhas (creio eu) pela idade que aparentavam. A mais velha parecia ter uma personalidade bem firme, pois mesmo em condição de camponesa e vendedora para um nobre de fora não desviou o olhar e manteve uma postura dura e séria. A mais nova parecia um querubim, acho que não estava acostumada a lidar com clientes, pois parecia ser bem tímida mesmo que os olhos brilhantes estivessem bem despertos. A ternura em seu semblante me deu uma sensação de paz tão grande que cheguei a sonhar com seu rosto na noite em que dormi na casa de meu amigo Cassius. Falando em meus amigos, antes da celebração preparada por Mayela, encontrei os dois irmãos na praça central enquanto fazia negócios. Cassius está um verdadeiro homem de família, teve sorte por casar-se com a gêmea certa, ou talvez... Diário, o que provavelmente é a verdade é que seja de seu merecimento a benção do matrimonio. O casal me foi extremamente hospitaleiro, Mayela é perfeccionista com as demandas da casa, além de boa esposa e uma boa amiga, jamais me arrependo de ter poupado sua reputação pelas atitudes de minha noiva. Bom... era o mínimo que eu poderia fazer por alguém que tenho apreço, tanto a moça quanto seu marido. Cassius se assemelha a mim mais do que Varinnius em termos de filosofia e administração, isso já era fácil de perceber desde pequenos, quando estudamos moramos juntos em Milão. Varinnius meu bom e velho amigo, nascemos no mesmo ano, deveríamos ser um pouco mais semelhantes... mas isso não importa muito, as diferenças constroem projetos e ideias novas. Embora me preocupe com o caráter sanguinário que Varinnius vem apresentando, especialmente pela caça às bruxas. Se soubesse o tamanho do prejuízo que isso causa, em tantos sentidos, talvez não desejasse tanta matança dessas pobres almas.

Sobre minha chegada a Triora, ou melhor, o caminho de volta a meu belo paese sofrido e amado. Não tenho certeza do que houve, acho que tive uma alucinação enquanto cavalgava ou quando caí do cavalo. Tive a sensação de que entrei em um portal ou outra dimensão e que estava prestes a encontrar mamãe. É claro que isso não pode ser real, se fosse eu estaria aceitando as lendas pagãs ou cogitando uma quase morte que me fez me aproximar no céu? Não, não sou digno e mesmo que fosse ainda tenho tanto a fazer aqui... Deus então teria me feito retornar a terra? Por isso não cheguei à superfície onde minha mãe estava? E Pedro em seu trono? Por que eu fui pelo caminho de uma floresta? Creio que é melhor esquecer essa experiência sobrenatural e não me confessar sobre o assunto, pois o padre pode interpretar isso como bruxaria e já tive problemas demais por conta do pânico em torno do assunto. Uma pobre mulher é a prova disso, chamei-a para trabalhar comigo, assim, quem sabe, uma pobre alma pode ajudar as demais e também ter um pouco de paz! Ah, como eu desejaria ter aquela paz vinda da ternura daquela camponesa... parecia ser tão delicada para um trabalho braçal... Quase ia me esquecendo! Na noite da celebração de Cassius e Mayela tive a sensação de enxergar uma luz se aproximar de mim... Já chega de tais pensamentos, tenho muito a fazer, por ora é só.

Diário de Diana 13/06/1588

Nem acredito que estou escrevendo meu próprio diário, que possuo papéis o suficiente para isso! Encontrei Otávia na noite anterior no bosque, escondidas como sempre! Isolda e Gaia conversavam e observavam as outras mulheres acenderem velas para a deusa e o deus. Não eram muitas, porém era o suficiente para um grupo barulhento espantar alguns animais mais ferozes. Os homens estavam do outro lado do bosque. Como Otávia não era uma simples camponesa, era mais difícil de nos vermos durante o dia sem uma boa desculpa, ela gostava de participar de alguns rituais mas evitava ir com frequência para não levantar suspeitas. Isolda claramente ficava irrequieta e não gostava muito de se misturar com as streghe. Otávia me deu um bloco de folhas costuradas em uma capa de couro e uma pena com tinta em troca de alguns serviços mágicos... Aliás, ela queria aprender alguns. Ela é bastante curiosa e ambiciosa, seria uma excelente sacerdotisa se não estivesse tão envolvida com a nobreza... bem... se uma de nós tem capacidade de trazer a magia para o alto escalão da sociedade esse alguém é Otávia.

Minha mente se agita toda vez que me recordo das experiências desde a iniciação. Carrego comigo, em um bolso a mais que costurei na saia, a flauta que ganhei de um dos elementais da terra enquanto estava no labirinto. Bem... não devo falar muito sobre a descrição do local nem mesmo o que aprendi, pois esse diário não deve conter informações perigosas para nós mesmas (amantes da natureza). Que a dona de meu próprio nome e espírito me conduza aos lugares que desejo ir.

...

Diário de Otávia 13/06/1588

Ora, ora, se a astúcia me é favorecida. O cosmos também. A senhora Mayela veio visitar a mim e a minha mãe na tarde de ontem. Chegou em momento oportuno, pois estava tocando minha harpa e ela pareceu ficar encantada com a música. Ainda bem que treinei um pouco antes. Está visivelmente mais sensível, mas continua muito gentil como sempre. Tirou algumas dúvidas sobre a mudança de corpo e humor sobre esse período que está por vir, e minha mãe respondeu tudo com muita empolgação. Tornou a comunicar sobre a celebração que fará daqui a alguns dias e como quer nossa presença em sua casa. Disse também que se anima muito com as minhas histórias e que se eu puder fazer-lhe mais visitas informais seria como ter uma irmã mais nova na casa. Comentou sobre a oportunidade de conseguir um bom partido para mim nos próximos dias já que não seria difícil achar candidatos, pois eu já tinha levantado comentários sobre a minha beleza na última vez em que estive em sua casa. Um mercador de Veneza muito rico e fornecedor de tapetes para o vaticano estaria de novo na celebração de anunciação do filho de Cassius e seria uma boa oportunidade para ficar mais próxima a ele. "É um homem jovem" deixou claro a senhora Mayela tentando me alegrar o máximo possível. Lembro-me

Círculos:
Segredos e Sagrados

vagamente daqueles olhos azuis em cima de mim no aniversário do nobre. Por fim, a dama comentou sobre a benção da escolha de Deus sobre seu casamento e que acreditava fielmente que a mesma benção cairia sobre mim.

De noite chamei Isolda. Fomos à floresta nos encontrar com as streghe, levei comigo um embrulho para Diana, quero que me ensine alguns truques dos elementais do ar. Será útil quando eu tiver um compromisso e depois vir a desposar. Uma proteção e forma de ascensão ao mesmo tempo. A mente quando não saudável pode ser um terreno perigoso, é fácil de manipular as ações das que a tem frágil. Entretanto mentes fortalecidas sempre encontram soluções para qualquer problema ou quase todos... independentemente se o homem que me propuser casamento e colocar uma aliança em meu dedo for de mente boa ou ruim, devo estar ciente de todas as condições a que irei me submeter a fim de também manejar as situações ao meu favor, pois estarei sob a tutela de meu marido e devo saber como induzi-lo, caso seja necessário, para nossa ascensão ou para a minha proteção como mulher. A mente dos homens é muito alimentada pelo ego, suas vidas giram em torno disso, desejam de suas esposas muito mais admiração do que a submissão em si, essa seria só uma pintura nas feições das esposas quando se mostram surpreendidas e encantadas pela bravura de seus maridos... Muitas delas, sabendo como alimentar esse ego, os induzem a tomar atitudes ou a mimá-las como bem querem, mas é claro que isso é uma percepção das mulheres astutas que ou adquirem esse conhecimento pela observação ou nascem com o talento para tanto. Não é à toa que sacerdotes da Igreja com a mente mais protegida conseguem discernir melhor do que outros a bajulação de seus ditos fiéis sendo homens ou mulheres com interesses de natureza duvidosa. A astúcia provavelmente está entre as mais grandiosas virtudes na terra. O sacerdote que é astuto, assim como uma sacerdotisa guiada pela intuição e perspicácia, pode utilizar-se disso para perseguir qualquer mulher que tenha um pouco mais de liberdade ao falar, chamando-a de feiticeira e luxuriosa, pois sabe que esta mulher pode ter o talento ou o conhecimento da astúcia para se defender. Tirando sua voz, nada mais ela tem a não ser a fé da salvação e, quem sabe, o amor do marido... mas se o marido a ama, porque a deixaria privada de tal expressão? Porque pela astúcia e postura tradicional extremista do sacerdote, seu ego poderia correr perigo pela voz da sua amada dentro de casa.

Isolda está dormindo porque ainda é muito cedo enquanto escrevo, viemos juntas para minha casa ontem. Parece que está em um bom sono agora, já que antes de eu me levantar parecia discutir com alguém durante um sonho, mas depois aquietou-se. Irei separar um vestido verde para ela, pois mesmo com o ar quente, o vestido que usava ontem sujou na lama, tentamos lavar a barra na área das criadas que notaram, ou não, nossa presença, ou fingiram não escutar. Bem, de qualquer forma já devem saber que Isolda dormiu aqui, pois o vestido sujo ficou lá e tomamos banho no meu quarto antes de irmos para a cama. Agora, já escuto o movimento das criadas pelos corredores, mais tarde escrevo.

...

Diário de Otávia 14/06/1588

Marquei de me encontrar com Diana essa noite, já que amanhã é a celebração da concepção do filho dos nobres Cassius e Mayela. Dessa vez Isolda não vai comigo, o que me deixa triste, já que nosso tempo juntas está cada vez menor e a tendência é continuar assim até que perderemos o contato dependendo de onde for a casa de meu futuro esposo. Eu disse para Isolda que tentaria arrumar um marido para ela na mesma região que eu me mudasse, mas ela fez uma careta e negou de imediato.

— Não suporto a ideia do matrimonio! Você já reparou como os homens são porcos e cruéis?

— Matteo não é assim... — retruquei — nem meu pai.

— Matteo é um garoto, com o tempo tenderá a se tornar um deles... se seus sonhos não o levarem à forca ou a fogueira antes... e seu pai é uma exceção à parte, você sabe disso.

— Então prefere viver com as streghe *no bosque, isolada, do que conviver com um homem que possa protegê-la e eventualmente me ver? — indaguei em tom curioso.*

— Você sabe a que eu prefiro... mas isso não tem chance de acontecer. Se vierem um dia atrás de mim digo que sou estéril e peço auxilio em um convento.

Nos abraçamos e nos deitamos na grama em frente à casa dela e lá ficamos até eu voltar para a minha e escrever o que estou fazendo agora.

...

Círculos:
Segredos e Sagrados

Diário de Diana 14/06/1588

Fillus me acompanhou enquanto eu arava a terra. Estava em sua forma de elemental e parecia se divertir com a minha lentidão e minha mente aérea. Papai perdeu a paciência comigo, pois eu demorei demais em apenas um pequeno lote e disse que era melhor eu ir descansar e procurar outra coisa pra fazer enquanto ele finalizava o serviço. Aproveitei para tomar um banho de praia, pedi para as ondinas que hipnotizassem os pescadores para olharem na direção oposta em que eu estava e que, caso desviassem o olhar, me enxergassem como parte do mar e não como pessoa. De fato, nenhum homem fez menção de se aproximar de mim ou firmou a vista. Fillus me observava à distância, quando terminei me perguntou se eu não gostaria de ir para o bosque onde me mostraria algo melhor que as elementais da água. Concordei. Fomos até o ponto de onde estava nossa tenda na noite do meu aniversário, quando chegamos lá entendi que ele queria reproduzir as cenas e se apresentou na minha frente com a forma de um homem. Depois que terminamos, ainda deitados nos lençóis, senti que meus ouvidos estavam mais aguçados e comentei com ele. Ele disse que isso fazia parte da magia do povo elementar da terra, tudo que fosse voltado a seu corpo físico estava sendo mais estimulado pela troca de energias por meio carnal.

— Então... se eu não tiver mais esses encontros com você não terei mais a evolução da matéria? — Fillus sorriu meio sem graça da minha pergunta.

— Não necessariamente, você é uma strega, com o tempo não precisará de mim para melhorar suas habilidades terrenas, nossa troca energética é uma fonte de prazer que traz os resultados mais rápidos. Eu sou o que sou, viverei muitos anos, mas terei sempre o mesmo tipo de poder, você, ao contrário, seu corpo tem um tempo mais limitado ainda que acima da média para uma humana, sendo strega tem a diversidade de manipulação dos elementos a seus dispor e vontade, mesmo que tenha uma preferência ou facilidade com um deles em específico como já sabe... Tudo que existe está ligado a você, basta aprender como usá-lo... Poder sem conhecimento é ineficiente, por isso o estudo e meditação com as anciãs e um elemental a disposição devem ser tão presentes na vida de uma jovem iniciada.

Quando voltei para casa, Gaia tecia um tapete e mantinha uma expressão mais séria do que o normal, embora somente eu e mamãe soubéssemos a diferença. Tentei puxar conversa para fazê-la se abrir, mas foi em vão. Nada de muito interessante aconteceu depois disso.

Capítulo 11

15/06/1588

Na residência de Cassius

Por volta das 18h40 o céu adquiriu uma bela cor amarelada e começou a escurecer devagar, ao mesmo tempo em que os primeiros convidados iam chegando. A maioria eram parentes distantes, depois comerciantes ricos de *paese* e cidades próximas, ou até mesmo de Savona, até que, sem demora, chegou o senhor Guido, com sua esposa senhora Marika e sua filha senhorita Otávia. Mayela estava reluzente de tanta alegria, recebeu a família de ruivos com entusiasmo e pegou Otávia pelo braço cruzando-o ao seu, mostrando a todos os demais convidados uma afetuosidade com a moça. Quando o mercador de Veneza chegou, seus olhos grandes e expressivos azuis fixaram-se em Otávia, que se posicionou de forma a mostrar-lhe o pescoço como forma de sedução atraindo-o ainda mais, de forma inconsciente. O mercador foi cumprimentar os anfitriões e os pais da moça, em seguida se apresentou sob o nome de Claudius. Mayela sugeriu que os casais dançassem, Cassius e Claudius entreolharam-se entendendo a intenção de Mayela e Cassius convidou Otávia para o centro do salão.

Estava tudo seguindo o curso do planejado por cada integrante da festa, Cassius e Mayela demonstravam seus interesses pela cumplicidade no olhar dirigido um ao outro, Otávia havia chamado atenção dos homens disponíveis a matrimonio, especialmente o mercador de Veneza e mais dois outros comerciantes ricos de *paese* próximos. Entretanto, o mercador, sem sombra de dúvida, parecia ser a melhor escolha, pois além de mais jovem e belo, também parecia ter um intelecto agradável, algo perceptível tanto a Otávia quanto ao senhor Guido. A senhora Marika parecia aliviada de ver que os dois formavam um belo par dançando de forma fluída. Tiberius, que chegara pouco depois, evitou o salão principal até que um casal de antigos conhecidos de seu pai empurrou a conversa a fim de entregar-lhe a filha para uma rodada de dança. Para a satisfação de Tiberius, Mayela chamou-o para próximo da família enquanto Cassius tomava posição preparando-se para um discurso.

— Caros amigos, esta noite meu coração enche-se de alegria de poder compartilhar um momento tão importante de minha vida e de minha senhora amada, aquela escolhida por Deus para carregar em seu ventre meu primogênito e os demais que estão por vir. Que todos vocês sintam-se acolhidos e felizes como me sinto e que, assim como nos unimos a tantas batalhas e situações criadas pelas mãos infernais do inimigo, porém vencidas pela glória do Nosso Senhor, sejamos então unidos neste banquete para brindar os momentos de glória e nos confraternizarmos como irmãos em Cristo.

— Um brinde ao seu primogênito e a sua família! — anunciou Tiberius levantando sua taça.

Todos brindaram com sorriso no rosto, olhares agitados e entusiasmados. Tiberius aproveitou o momento para sentar-se mais próximo a Varinnius, tentando evitar as mães e jovens donzelas. Claro que não demorou muito para que Varinnius aproveitasse um momento de distração do mercador e outros olhos dos visitantes para se aproximar de Otávia atrás de uma coluna.

— Recebeu minha mensagem? Está deslumbrante essa noite — aproximou-se da nuca de Otávia falando-lhe ao pé do ouvido.

Otávia não se virou completamente, fez um leve movimento com a cabeça para o lado, abaixando o queixo e o levantando como uma mulher que sabe que é desejada.

— Sim, é uma excelente noite para encontrar um marido, não acha? Acha que estou atraente o suficiente para Claudius? — perguntou dando um sorriso discreto e sarcástico, sabia que estava magnífica, porém queria atiçar o nobre louro.

— Bonita demais somente para um mero mercador... se fossemos pagãos diria que é uma ninfa na minha frente... por que se contentar com um marido quando se pode ter um amante? Pronto para saciar os desejos mais profundos de seu corpo e alma?

— Bom... no caso, não somos pagãos não é mesmo? Seria heresia... não sou uma ninfa, sou uma humilde dama em busca de um homem de valor para constituir família. Então acha que um amante pode saciar-me a alma? O desejo da alma de uma mulher é ver seu marido feliz e, se não o tem, deve tratar de achar um e ser boa o suficiente para que as bênçãos de Deus recaiam sobre ela.

— E quanto aos desejos do corpo? — perguntou querendo atiçá-la enquanto passava os dedos pelo braço e sussurrava em seu ouvido.

Otávia suspirou, sabendo que essa simples ação acariciava o ego de Varinnius. Depois de uma breve pausa falou com a voz mais delicada.

— Creio que o amor de meu marido suprirá tudo o que posso desejar!

Otávia virou-se de frente para Varinnius criando uma distância entre os dois, fez uma reverência para se despedir e, enquanto se abaixava, olhou nos olhos dele de baixo para cima em posição de inocência.

— Devo ir, meu pai deve estar sentindo a minha falta... nos vemos em breve.

Varinnius mostrou um sorriso malicioso e assentiu, sabia que não era conveniente provocar a dama mais do que já tinha feito e sentira que o desejo dele por ela era reciproco, logo conseguiria satisfazê-lo sem precisar de um escândalo novo e a plebeia teria seu casamento arranjado enquanto ele continuaria a levar sua vida de homem beberão e luxurioso de sempre. Percebera o quanto Mayela parecia gostar da jovem então logo ela a receberia com mais frequência, visitar o irmão se tornaria mais do que um reencontro familiar... seria um investimento a ter com uma nova amante.

Diário de Tiberius 15/06/1588

Estou eu aqui de novo escrevendo na casa de meu querido amigo Cassius. Não há muito que falar, homens ricos tratando de negócios, mães empurrando suas filhas a mim, não sei até quando conseguirei vir a eventos como esse. Se não fosse pela situação atual em Triora gostaria de passar alguns dias em Milão, ou outro lugar que tenha algum teatro. Talvez no fim do verão eu passe algumas semanas fora.

Sinto-me sonolento, porém toda vez que estou prestes a dormir tenho uma visão estranha, uma luz azul entra pela janela de meu quarto e se aproxima ao pé da cama tomando a forma de uma mulher, quando desperto e tento tocá-la ou me aproximar ela começa a desaparecer. Não me parece algo do mal, pois quando vejo tal luz me sinto amado... penso, quem sabe, ser a alma de minha mãe, será que está tentando me avisar de algo? Ou talvez seja me lembrando de que para Deus nada é impossível e que devo crer em sua infinita bondade? Ora, com sono não consigo raciocinar bem, tentarei dormir de novo e seja lá o que for espero descobrir em sonho ou ao acordar pela manhã.

Diário de Diana 15/06/1588

Aqui estou eu sem conseguir dormir, toda vez que estou prestes a cair no sono escuto minha flauta sendo tocada, mas quando acordo a procurando vejo que está no bolso de minha saia, onde a deixei, ao lado de minha cama. Cheguei a pensar que Fillus estava brincando comigo, mas ele não perturbaria meu sono com um objeto mágico... além do mais, Gaia está dormindo na cama ao lado, ele não entraria aqui mesmo que em forma de duende enquanto minha irmã está presente, a não ser em caso de urgência. Os gnomos não gostam de aparecer pra todos, muito menos para streghe que não usam a terra como elemento principal ou que tem o temperamento mais forte. Cheguei à conclusão que só pode ser a minha imaginação. Virei-me de um lado para o outro na cama, tornei a tentar dormir e tive um sonho um tanto quanto selvagem com o homem que vi alguns dias atrás no meu aniversário... claro que só poderia ser um sonho, um nobre que se deita com uma camponesa nunca tem boa intenção... se não matá-la irá humilhá-la, é sempre vista como inferior, mas aquele homem parecia ser... não sei... é melhor deixar seu rosto apenas para os sonhos em noites solitárias. Tentarei descansar novamente, amanhã o trabalho é certo!

Capítulo 12

16/06/1588

O sol brilhava alto em Triora quando os dois vigilantes da torre avistaram uma carruagem com bandeiras da Igreja se aproximando. O rapaz mais magro e de rosto sanguíneo agitou-se de tal forma que o outro mais robusto se irritou, empurrando-o para o lado e ao mesmo tempo xingando-o dos piores nomes possíveis. Ordenou que o franzino descesse a torre e fosse o mais rápido possível comunicar ao seu nobre, enquanto ele mesmo puxava a corda do sino avisando os moradores.

O rapaz magrelo desceu tão rapidamente a escadaria velha de madeira que, por um segundo, pensou que faltara a vida, pois seu corpo tombou para um buraco na construção, mas conseguiu recompor-se a tempo. Em terra firme, montou em um jumento tão magro quanto ele e apressou-se em direção a casa de seu nobre senhor.

Diário de Tiberius 16/06/1588

Não acredito que terei que escrever isso novamente, viver em constante conflito com os vigários e meu povo. Reverendo Morato e Reverendo Puccini retornaram em busca de novas almas para torturar e corpos para sacrificar ao inimigo. Homens chamados de Deus, que escondem o rosto atrás de títulos e posições, mas se trabalham para algum ser espiritual esse ser é o inimigo do nosso senhor Jesus Cristo. A salvação está na fé, mas e a índole em punir o pecado dos outros quando não enxerga os seus, é excluída aos olhos do julgamento final? Estou cansado, parece que vivo cada vez mais sozinho em amparo e mais acompanhado de problemas... se isso é uma provação então deverei me inspirar e agir como Jó. Não tenho mulher ou filhos, que tanto desejo, mas não amo meu Deus pelo o que tenho ou o que recebo e sim pelo o que ele é. Se for da sua vontade que eu seja o instrumento para a proteção dessas famílias indefesas entregues à própria sorte... se eu não posso ter uma própria que eu pelo menos ajude a salvar a de outro homem.

Visitei brevemente Antonella em seus aposentos, ela aparentava estar melhor, ficou envergonhada de permanecer em seu leito enquanto eu entrava no quarto, tentei acalmá-la, mas além da minha presença o que a preocupava de fato era a dos visitantes a Triora, já era de meu conhecimento. Eu disse a ela que estavam só de passagem, da última vez falaram que a neta dela poderia ser uma noiva do diabo, mas felizmente consegui enviar a garota para um convento e pedir para que as freiras confirmassem que era uma jovem católica devota, que passava muito tempo ali ajudando as irmãs e rezando o terço. A madre, que era uma velha amiga de minha mãe, ficou feliz em ajudar a pobre mocinha. Como a mudança física dos 11 para os 12 anos costuma ficar muito notável, Antonella tinha receio de que os Reverendos a olhassem com malícia, pois ela estava começando a desabrochar e as curvas estavam gradativamente ganhando visibilidade. Assegurei-a de que a garota não passaria por perto dos dois homens e que ficaria sempre aos fundos enquanto perdurasse a presença do clero viajante. Obviamente, tive que mostrar receptividade a dupla e os convidei para um jantar em minha casa juntamente com padre Rizzo, meu velho cúmplice e professor da vida. Infelicidade a dele de ter que compartilhar seu lar com seus hóspedes desagradáveis e alívio dos meus criados, especialmente as mulheres, sem o risco de serem surpreendidas no meio da noite. Que Deus me perdoe se eu estiver fazendo um julgamento pior do que o deles, porém creio eu que se não fosse tamanho desespero que causam nos pastores talvez a terra não sentisse tanto medo e instabilidade pelas mãos de seus agricultores. Não culparei ninguém pelos desastres, isso não cabe a mim e nem devo me vangloriar de minhas atitudes, pois a vaidade é um dos sete pecados capitais mais presentes nos de sangue nobre. Por ora, isso é tudo o que tenho a dizer.

Diário de Otávia 16/06/1588

Claudius veio me visitar, toquei a harpa para ele, papai e mamãe ficaram na sala o tempo todo (claro), depois de alguns aperitivos e conversas sobre a bela paisagem selvagem a caminho de Savona, Claudius confessou seu interesse por mim a meu pai e pediu minha mão em casamento, contou sobre sua vida em Veneza e como apreciava o nobre local   mantinha uma ótima relação da qual permitia-o fazer grande fortuna. Por fim, quando meu pai o indagou sobre seus sentimentos por mim, disse que me amava desde a primeira vez que me viu na casa de Cassius e que se comprometia a me fazer muito feliz, que esperava ter uma grande família com muitos filhos à nossa volta. Estou noiva e me casarei depois de amanhã.

Isolda dormirá comigo hoje e amanhã... minhas últimas noites na casa de meus pais, na casa e cidade onde nasci e cresci, como a vida passa rápido e *pode mudar em um piscar de olhos... contei a Isolda a novidade já esperada, ela manteve uma reação séria e calma com um olhar melancólico de quem já sabia e só havia tido uma confirmação. Aproveitamos a companhia uma da outra como sempre fazíamos da melhor forma, admiramos as estrelas e dançamos de camisola na praia saindo escondidas de casa. Agora novamente está deitada em minha cama enquanto eu escrevo aqui... seu cabelo ainda está com uma trança meio formada, não sei como, se é tão liso assim. Ela parecia ter outra discussão dormindo e eu cantei uma música de ninar e a abracei até que se acalmou e está calada. Meu coração se entristece de pensar que depois de amanhã nunca mais verei esta cena de novo. O que será que o destino nos reserva? Será que Isolda cederá à pressão social e se casará? Ouvi cochichos de que um pescador que mora perto da casa de Isolda tem interesse nela, mas segundo dona Mércia, Isolda o esnoba... e pelo o que tenho de memória da interação dela com os rapazes é sempre em uma postura de confronto e não de sedução. Talvez Claudius conheça algum rapaz que possa mudar a mente de minha querida companheira.*

...

Casa de Cassius 16/06/1588

Varinnius se despediu carinhosamente de seu irmão e sua cunhada, parecia animado e bem disposto a partir para Milão. Deixou um bilhete e duas moedas de ouro para o cocheiro para que, depois que o nobre saísse de Savona, entregasse-o à senhorita Otávia em segredo.

Cassius começou a apresentar uma leve tosse que persistia por mais tempo quando a noite se aproximava. Mayela mandou que servissem mel e vinho para o esposo nessas ocasiões quando a garganta pedia.

Diário de Diana 16/06/1588

Fui ao encontro das anciãs pela manhã. Apesar de ser apenas a segunda vez que adentrava o antigo templo me sentia como parte dele. Antes da iniciação eu só podia ir até o portão, na verdade, o mais correto seria ir somente em caso de convite ou convocação (ambas as hipóteses que nunca ocorreram), mas como sempre fui muito curiosa, fui espreitar a ida tanto de Gaia quanto de Otávia. Infelizmente para a ruiva, era perigoso demais se ausentar de sua casa sem levantar suspeitas, mas para duas simples camponesas como eu e minha irmã, sair de noite era sempre mais fácil. Claro que não era toda moça que tinha total habilidade ou vocação para o alto sacerdócio, digo alto porque todas somos sacerdotisas pela nossa própria existência e conexão com o divino, mas algumas tinham um proposito maior com a deusa. Me sinto um pouco envergonhada dizendo tais coisas, pois sempre senti que eu era/sou uma dessas mulheres com conexão maior. Até mesmo por ser tão parecida com minha avó, ter a linha astral semelhante à dela. Quando cheguei à antiga residência de nossa rainha e mestra Aradia e pude me sentar em frente às anciãs que me aguardavam com café na mão, comecei a indagar-lhes várias coisas como a força da unidade e da dualidade e a existência de uma ordem cronológica para os acontecimentos na terra serem algo previsto ou mera ilusão. Se temos realmente algum controle sobre nossas escolhas e vidas ou já encarnamos com tudo planejado. Elas me responderam cada uma a seu modo e tom, mostrando-me um reflexo do meu mapa astral. Como cada ponto representava a interconexão e sinastria com meus pais, minha imagem, minha encarnação passada... meus desejos mais profundos alinhados à essência de minha alma entre outras questões. São tantas que não consigo enumerar. Lembro-me especialmente de quando minha avó Lygia começou a mostrar-me minha tríade... o sol em gêmeos, ascendente em libra, lua em câncer na casa 10. Como a minha curiosidade era determinante, era minha bússola guia para a minha jornada espiritual, minha aparência e minha insatisfação comigo mesma poderia ser transformada se eu fosse capaz de me enxergar com empatia e com o equilíbrio que tanto admiro, minha intuição e minha introspecção somadas a minha vontade de construir relações duradouras e harmoniosas, de cuidar daqueles que necessitam de amparo, são características de uma mulher com o sagrado feminino em desenvolvimento. Ah vovó... como você me faz bem, queria eu poder ter sua companhia mais frequentemente, mas sei das missões e tarefas que cada uma tem a seguir e mesmo a distância meu coração se enche de tranquilidade e calor por ter a sorte de ser sua neta. A pessoa que mais me ama nessa terra, sem dúvida.

Capítulo 13

17/06/1588

Na casa do Sr. Guido

A senhora Marika e a senhorita Otávia terminavam de preparar os baús com as roupas e objetos que a caçula da família levaria para sua nova morada. A mãe tinha em sua expressão uma mistura de alegria com preocupação pelo novo ciclo e papel a tomar que a filha teria em menos de um dia. Servia-lhe frutas na boca fazendo algumas brincadeiras como que para descontrair e afastar a tensão do rumo ao desconhecido... mas talvez quem precisava mais dessa descontração era a própria dona Marika do que a filha. Dona Marika casou-se por amor, ela escolheu de fato casar com o pai de seus filhos, o conhecia desde a infância, já os três descendentes não. Os três filhos mais velhos, todos homens, tinham suas vidas planejadas mesmo que de acordo com a personalidade de cada um na medida do possível... o primogênito Vicenzo já era casado e tinha dois filhos, morava em um *paese* próximo; Massimo dedicou sua vida à Igreja, mesmo não sendo nobre, como herdaria uma pequena fortuna de seu pai foi bem aceito em Roma e destinado a um seminário onde dá aulas e ajuda a preservar o local; Giancarlo casou-se e tem um filho, sua esposa está grávida e demanda atenção e cuidado. Os três homens dificilmente conseguiam visitar os pais nos últimos meses por suas obrigações, mas costumavam enviar cartas para manter o contato inclusive com Otávia. Não conseguiriam vir para o casamento, muito provavelmente, mas as cartas foram enviadas mesmo assim. O senhor Guido e a senhora Marika já se encontravam em idade avançada e ver a filha mais nova tomando o rumo de sua vida dava a sensação de dever cumprido na terra. Era esperado pela matriarca que estaria viva até o nascimento do primeiro filho de Otávia, pois mesmo com muita disposição para cumprir com seus deveres e iluminar os dias nublados de quem amava, mantinha somente para si uma profecia do dia de seu falecimento. Mesmo sem ter certeza, sentia no fundo do coração que, cada vez mais, a tal profecia fazia sentido. A aceitação do fim do ciclo era natural para ela, não lhe assustava, pelo contrário, sentia que tudo a sua volta era tão real quanto a vida que vinha após a partida desta dimensão.

...

Ao anoitecer no bosque

Diana, Otávia, Gaia, Isolda, Maria, Mércia, Marika e as anciãs se reuniram em torno de uma projeção da deusa formada pelas chamas de uma fogueira que tomou a cor esverdeada e depois azulada quando entoaram o canto a Grande Mãe. Uma celebração à nova etapa da vida de Otávia e à benção vinda pela energia do sagrado feminino. A moça vestia vermelho vivo e usava uma coroa de flores frescas na cabeça, o vermelho para que a coragem e a paixão estivessem presentes no dia de amanhã em criar uma conexão verdadeira e fiel com seu esposo, a coroa de flores simbolizando a beleza e delicadeza feminina no ritual tradicional antigo de casamento. As demais participantes vestiam branco para que a energia principal de sedução fosse canalizada para a jovem ruiva. Ali estavam as mulheres que Otávia mais confiava em sua vida e com as quais sempre teria uma ligação, seja ela qual fosse, sendo ou não uma *strega*, cada mulher ali carregava um pouco de magia pura. A dança em círculos era conduzida por Diana, que enquanto fazia movimentos em torno da fogueira e de si mesma jogava algumas ervas e flores perfumadas, as ervas no fogo e as flores como jasmim e rosas por onde os pés pisavam. Depois, alguns camponeses integrantes do *coven* e outras mulheres chegaram para desejar felicidades à moça, não poderiam ir todos de uma só vez, pois levantariam suspeitas acerca do que estava acontecendo, seriam acusados de estar celebrando o *sabbat* do diabo, quando na verdade os camponeses antigos nem acreditam em uma força maligna única reinando sobre o bem absoluto, pois enxergavam na espiritualidade a dualidade da vida e do ser humano e, se eram feitos de acordo com a imagem e semelhança de algum deus ou deusa, então provavelmente esse ser divino não seria totalmente voltado para o bem ou para o mal, mas teria a energia individual e coletiva ao mesmo tempo e poderia ser usada de acordo com as intenções de quem as usasse.

Alguns integrantes cantavam velhas cantigas de amor para animar a celebração, enquanto Isolda e Otávia sentavam-se em uma rocha grande que parecia ter sido esculpida, pois formava perfeitamente um banco

Círculos:
Segredos e Sagrados

com encosto. A morena tirou um embrulho guardado na saia e entregou a outra jovem.

— É seu... para dar sorte... — disse Isolda tentando mostrar um sorriso, mas com a voz embargada de emoção.

Otávia abriu o embrulho delicadamente, era um colar modesto, mas muito bonito, o cordão era de couro marrom e o pingente um quartzo rosa redondo. Lágrimas escorreram pelos rostos das duas moças que se abraçavam e dedicavam seu coração uma à outra. Lembravam-se da época em que eram crianças e de suas aventuras, como sempre foram companheiras e cúmplices mesmo com personalidades tão distintas. Otávia e Diana se assemelhavam muito mais do que Otávia e Isolda. Otávia era muito curiosa e perspicaz e, assim como a moça loura, um ano mais nova... talvez a semelhança se devesse aos seus aniversários serem muito próximos um do outro, com diferença de poucos dias. A diferença em si, além da financeira e a física, especialmente a cor dos cabelos, era que Otávia aprendera a lidar melhor com críticas, pois enxergava a malícia humana com mais facilidade e sabia que, não importava o quanto se esforçasse, alguém arrumaria um defeito para ela, ainda mais na condição de mulher. Uma vez um padre disse a ela quando criança que os cabelos ruivos simbolizavam a cor do pecado e que, portanto, ela e sua família tinham a marca da desaprovação divina. Otávia, mesmo com pouca idade, retrucou dizendo que a cor de seus cabelos era igual ao sangue do Senhor Jesus Cristo, que toda vez que se olhava no espelho ou via os integrantes da sua família lembrava-se da paixão de Cristo e de como ele tinha dado seu sangue para a remissão dos pecados, portanto a cor de seu cabelo a mantinha mais conectada à fé com seu senhor todo poderoso. O padre, que falou isso em uma ocasião na frente de um arcebispo, emudeceu e o representante do clero ao lado deu um sorriso e abençoou a garotinha. Na ocasião, Isolda observava escondida e admirava (ainda que não soubesse que isso era admiração) como Otávia era destemida e desinibida para falar com alguém de posição importante. Isolda por outro lado era muito calada, só conversava mais com a ruivinha, no geral, costumava brincar mais com os meninos e estava sempre suja de terra e lama, se não fosse a saia era confundida facilmente com um dos garotinhos, era muito boa de briga desde pequena e mesmo quando cresceu tinha uma força e disposição física melhor do que muitos pescadores, talvez isso se desse porque era muito determinada com o seu dever. Além dos olhos amarelados, que sempre escondia com o cabelo negro cortado mais curto na frente formando uma franja longa, que ocultava a testa ampla, Isolda tinha uma voz diferenciada extremamente bonita, era um pouco mais grave e rouca. Otávia vivia insistindo para que ela cantasse, mas era em vão, só cantava quando estava sozinha na praia, abriu apenas uma exceção enquanto a ruiva deitou-se em seu colo a coroa de flores caiu de sua cabeça e Isolda engoliu o choro, começando a cantar enquanto acariciava os cabelos de Otávia.

Do outro lado Gaia e Diana carregavam um recipiente com mel e outro com vinho, dividindo-o com os demais camponeses, Matteo ofereceu-se para ajudá-las. Mais à frente ficavam as três mães: Mércia, Maria e Marika conversando com as quatro anciãs. Paola era a que tinha o semblante mais alegre, Aisha mantinha sempre uma postura elegante e estável, Laura tinha um olhar de quem sabia tudo e um pouco mais, o mesmo olhar de quando guiava Diana em sua iniciação, Lygia mantinha uma postura terna.

Mais tarde, Isolda, Otávia e sua mãe retornaram a casa. O patriarca não participava de uma celebração do campo havia tempo, pois dizia que não combinava mais com sua personalidade, mas acobertava a ida da esposa e da filha quando tinha conhecimento. Tinha passado o dia todo trabalhando como sempre e abraçou fortemente a filha de tal forma que quase foram dolorosos os segundos em torno de seus braços, deu um beijo na sua testa, disse que se orgulhava muito da mulher que havia se tornado e que esperava que repousasse bem para seu grande dia no dia seguinte. Virou-se para Isolda dando-lhe boa noite como quem soubesse o que se passava na mente da moça e deu um sorriso empático. Depois subiu para seu quarto com a mulher e Isolda e Otávia seguiram para o outro.

...

Em Triora 17/06/1588

Após os vigários questionarem a vida dos moradores e indagarem sobre a plantação do terreno da Igreja e do nobre Tiberius, finalmente decidiram contar que estavam apenas de passagem e que iriam retornar a Gênova, pois algumas denúncias estavam repercutindo a região e resolveram verificar se Triora estava ou não sob a mesma situação.

Diário de Tiberius 17/06/1588

"Os sanguessugas foram embora!" Foi assim que meu velho amigo Pe. Rizzo exclamou quando terminou a missa e fui perguntar sobre o paradeiro dos Reverendos já que eu não os via desde o jantar de ontem. Era engraçado ver como o padre era extremamente performático quando contava algo, os cabelos cacheados castanhos balançavam como molas enquanto gesticulava e movimentava a cabeça. Convidei-o para caçar comigo no bosque, a caça em si me dava certo prazer, não pela morte em si do animal, mas por ter que organizar estratégias e a incerteza do que aconteceria. Sabia que o padre sentia o mesmo, ainda que não pudesse externar, tinha a desculpa de que faria isso para ter um bom jantar a dar a si e aos dois coroinhas, que viviam batendo à sua porta, mortos de fome.

— A hóstia, ainda que materializada, pertence ao espírito! O corpo necessita de algo para sustentar-se que seja deste mundo criado pelas mãos habilidosas de Deus — dizia enquanto caminhávamos já rumo ao bosque.

Conseguimos abater um veado (macho, claro) e um javali. O primeiro devoramos no almoço na casa do padre, que ficava aos fundos da igrejinha, acompanhados dos dois coroinhas que chegaram pouco antes do horário da refeição, o Javali ficou para a janta em minha casa. Antonella e sua neta serviram a refeição. Fiquei sabendo que Isotta Stella que o preparou para nós e devo dizer que estava de excelentíssimo gosto. Mandei Antonella comunicar a Isotta meus elogios e dos demais que se fartaram com seus dotes culinários.

Meus cães de caça parecem bem acomodados de frente para a janela maior aberta por onde entra o vento fresco. O bom de morar em montanhas quando chega o verão é que a noite é mais branda e o sono sereno. O dia me foi tão prazeroso que fez sentir-me mais tranquilo.

Capítulo 14

Em Savona na Igreja principal 18/06/1588

O casamento de Claudius e Otávia foi celebrado de manhã perto do meio-dia. Igreja estava cheia e o noivo mantinha uma posição confiante e segura olhando para a noiva como se já fosse sua. Otávia, por outro lado, tinha perdido o semblante espevitado e tinha o rosto pálido de nervoso, ainda que tentasse esconder. Quando a celebração da missa e do casamento findou, os convidados se dirigiram para a casa do senhor Guido onde ocorreria a festa e o banquete. O nobre Cassius pagou, a pedido da esposa, uma banda como presente aos recém-casados. Sentaram-se próximos à mesa dos noivos, já que não era comum que nobres e plebeus se misturassem. Normalmente o nobre que tivesse o título da região onde ocorria o casamento plebeu, tinha direito e de certa forma dever em marcar presença, mesmo que sem muita interação, a proximidade se dava apenas aos recém-casados. Os irmãos de Otávia e suas esposas e filhos estavam presentes para a surpresa dela, Mayela tinha enviado pombos com bilhetes contando do noivado antes mesmo da senhora Marika escrever as cartas aos filhos. Três homens ruivos falantes, sendo Massimo, o irmão do meio, o mais reservado comparado aos outros dois casados, Vicenzo e Giancarlo.

Claudius agia de forma a aproximar-se mais e ocupar o espaço pessoal de Otávia lhe fazendo perguntas e tentando faze-la sorrir contando algumas situações engraçadas que costumava passar, pois agora tinha alguém para dividir esses momentos um tanto irônicos. De certa forma, isso pareceu aliviar a tensão da jovem, pois seu rosto recobrou a cor e seu corpo parecia dançar com menos rigidez e introversão do que estava. Por volta das 15h os noivos se despediram dos convidados e família e seguiram caminho em sua carruagem. Otávia olhava pela janela o rosto daqueles que estava deixando para trás e Claudius, percebendo isso, acarinhou a mão da esposa tentando fazê-la se sentir bem e querida.

...

De noite na casa de Cassius

A tosse que havia desaparecido durante o dia retornou com força ao anoitecer. Cassius começara a ficar rouco e seus olhos ficavam mais vermelhos pela insistência da maldita, Mayela tentava acalma-lo tornando a trazer mel com vinho, o que pareceu surtir efeito levemente. Cassius insistiu para que dormissem em quartos separados, pois se fosse alguma virose era melhor não chegar perto do marido pela gravidez. Não era de costume que os casais nobres dormissem sempre juntos, mas Mayela e Cassius sentiam-se acolhidos nos braços um do outro, o que deixou a esposa um tanto quanto melancólica ao ir se deitar sozinha. Ficou observando a barriga que ainda mostrava pouca saliência, já que tinha desconfiado e descoberto a gravidez alguns dias antes de convidar por cartas aqueles que chamava de amigos ou que possuíam ligação social para a celebração de anunciação do seu primogênito.

...

Diário de Diana 18/06/1588

Otávia desposou um mercador de Veneza chamado Claudius hoje. Preparamos o ritual de paixão e coragem para ela ontem, assim iniciará sua vida conjugal com muita sedução e envolvimento amoroso. Espero que esteja bem, parecia um tanto nervosa para alguém que normalmente é tão persuasiva e magnética, parece que o casamento realmente muda a expressão das pessoas mesmo no primeiro dia! Quanto a mim, bom... fiquei um pouco afastada do burburinho da festa, me sentei e observei Isolda calada (como sempre está) e Gaia tentando puxar assunto com ela, acho que conseguiu algumas trocas de palavras, mais do que muitos conseguem. Alguns rapazes me ofereceram vinho seco, mas recusei educadamente, queria estar atenta, não é seguro confiar nos outros, ainda mais quando você é uma mulher e o outro é um homem desconhecido, mesmo que ele a destrate ou engane, a culpada sempre será você aos olhos dos outros. Preferi me voltar para a paisagem do verão e dar atenção a um gatinho amarelo que surgiu se enroscando em minha saia, empurrando a cabeça na minha perna, miando e me olhando como se soubesse falar e pedisse carinho. Abaixei-me, passei os dedos entre seus pelinhos macios, pude senti-lo ronronar e o carreguei, parecia gostar do meu colo, pois se aninhou facilmente. Fiquei pensando sobre os eventos sociais no geral, como as pessoas mudavam

Círculos:
Segredos e Sagrados

seu "humor" e usavam máscaras para serem aceitas e convidadas novamente mesmo que aquilo em si não fosse o que a alma desejava, porém era o que a mente acreditava ser melhor por anos de doutrinação e repasses de crenças limitantes. Eu mesma esperava a aprovação, não suportava a ideia da solidão como que por ironia, pois estar sozinha era o que mais me dava paz. Desejava ser aceita e ao mesmo tempo fugir dos olhares críticos, porquê estar sozinha no escuro da noite, apenas com o brilho lunar e meus sentimentos, era melhor do que controlar todas as minhas ações sem poder relaxar para não ser mal vista ou mal falada. Às vezes invejo os animais, apesar de serem alvo de caça eles não têm essas crises existenciais que dão a sensação de um vazio no peito seguido de uma dor que vai da cabeça e se expande pelo corpo todo. Comecei a sentir essa dor durante a festa, aliás, isso ocorre em todos os eventos sociais, parecia que todos estavam contentados às suas máscaras e eu... Bom, eu sou o que sou, como sempre fico me questionando e me escondendo, até sinto vontade de iniciar uma conversa, mas me falta coragem. Tenho coragem e determinação para enfrentar os mistérios ocultos até pelas streghe mais velhas, mas para dizer mais do que um cumprimento a outro camponês sem ser do coven (e às vezes até do coven mesmo) me sinto envergonhada.

Percebi de longe que os rapazes da cidade não tiravam os olhos de Gaia, alguns até se atreveram a cumprimenta-la, Isolda permanecia ao seu lado, imóvel, como quem recebe um comando. Logo será a vez de minha irmã ser a noiva e eu tomarei meu lugar junto às anciãs e servirei a deusa. Ali sei que sou bem aceita e de alguma forma trarei orgulho para minha família, mesmo que os demais plebeus não tomem conhecimento do meu destino. Também estarei segura, longe de casamentos arranjados e sem amor. Até por que... quem amaria uma mulher tão desajeitada? Se ao menos algum homem do coven se interessasse por mim e vice-versa... ele entenderia meu compromisso com a minha espiritualidade, mas eles já têm seus pares formados ou interesses em mulheres cristãs agora... ou interesse em Gaia. Espero que o rapaz que ela aceitar para desposá-la a faça feliz. Sei que no fundo seu coração já pertenceu a outro e ela não tocará no assunto comigo porquê gosta de manter-se forte perante aos meus olhos como irmã mais velha, dando o bom exemplo. Sei também que para minha brava Gaia, um homem que lhe ofereça estabilidade, seja trabalhador e previsível será muito mais importante do que um que faça juras de amor e seja romântico.

Retornamos para casa apenas quando a festa acabou, fomos um dos últimos a sair do local. Os camponeses já estavam todos embriagados e cambaleando, rindo alto no trajeto. Como nossa casa ficava um pouco mais afastada do que as demais, voltamos sozinhos boa parte do caminho. Gaia estava mais risonha do que o costume, efeito do álcool claramente. Papai e mamãe estavam sonolentos, já eu, a única que quase não bebeu, mantinha minha consciência plena e aproveitava para contemplar o caminho de noite. Amo caminhar de noite... no escuro... se não fosse mulher viveria perambulando pela cidade às altas horas, mas como sou uma moça de família não posso fazer isso. Pelo menos tenho os bosques e a praia. Ainda posso usar de alguns truques para evitar chamar a atenção. Acho que vou aproveitar que todos já estão dormindo e dar uma volta, quem sabe Fillus tem algo de interessante pra me contar ou me mostrar? Vovó sempre diz que nos momentos de solidão e escuridão descobrimos do que somos capazes e trazemos pra luz as nossas virtudes e vícios encarando-os de frente ao espelho. Se não encontrar Fillus ao menos farei alguma reflexão.

Diário de Diana 19/06/1588

Pela manhã

Não fiquei muito tempo no bosque ontem. Fillus não apareceu, devia estar descansando também... ou aprontando algo. Aliás, adormeci no bosque sem querer, admirando a lua. Creio que não dormi tanto assim, pois quando cheguei em casa e me deitei novamente senti que meu corpo descansou bastante. Tanto no bosque quanto em minha cama tive uma sensação estranha, um pressentimento de que algo desagradável poderia estar prestes a surgir. Tentei afastar essa sensação ruim e me lembrei da imagem da deusa com arco e flecha, a imagem de um ser feminino corajoso e independente me trazia um estimulo a minha própria essência, como se eu pudesse me espelhar e um dia ter essas características.

Mais tarde

Retornei agora há pouco da residência do nobre Cassius. A senhora, sua esposa Mayela, mandou uma criada me buscar. Quando cheguei ao encontro do casal me deparei com uma visão inusitada. Creio que era isso que meu pressentimento me avisava tanto ontem! O jovem marido estava de cama, extremamente abatido, com uma tosse seca que não findava. A senhora Mayela me informou que há alguns dias ele estava com a tosse que se apresentava perto do anoitecer após a última refeição, mas que de ontem para hoje teve uma piora súbita e me pediu, com o olhar doce e preocupado, que eu fizesse uma sopa de ervas ou algo

Círculos:
Segredos e Sagrados

do tipo para ajudar a curar a tosse. Eu já havia feito alguns tratamentos para ela logo que se casou e aquilo proporcionou confiança dela em mim. Tratava-me bem mantendo sua posição. Fui à dispensa ver o que tinha para fazer a mistura que precisava para o tratamento. Fiquei algum tempo depois dele ingerir e pareceu aliviar a tosse um pouco. Deixei uma mistura extra separada para que tomasse de tarde e de noite ou quando a tosse ficasse mais persistente. A senhora Mayela fez questão de guardá-la ela mesma. Convidou-me para o almoço, mas agradeci humildemente dizendo que deveria voltar aos meus afazeres e que se seu marido piorasse eu estava à disposição como uma boa serva.

Diário de Otávia 19/06/1588

São tantos acontecimentos que nem sei direito por onde começar. Bom, primeiro de tudo, sou agora uma mulher casada. Cheguei à casa de meu marido, ou melhor... nossa casa, hoje. Veneza é linda e cercada pelo mar, não tinha como não me apaixonar pela vista diferenciada. Não viemos direto para cá, paramos em uma cidade intermediária, Bréscia, e tivemos nossa noite de núpcias lá, em um belo e acolhedor albergue. O dono e dois criados nos esperavam na porta sorridentes e muito educados. Da vista da janela do quarto dava para apreciar a cidade de uma forma única, porém é claro que não foi para isso que Claudius me levou para o quarto principal. Ele foi doce e cortês comigo, parecia se preocupar com a minha pureza e bem estar. Dormimos e de manhã cedo quando acordei ele estava carregando uma bandeja grande de café da manhã rumo à mesinha que ficava em frente à janela grande. Depois de nos aprontarmos, tornamos a entrar na carruagem rumo a Veneza, o que não demorou tanto.

Devo contar uma informação extra. Varinnius mandou um bilhete para mim na véspera de meu casamento. Creio que ele esteja apenas mantendo a "porta aberta" para uma mulher casada, possível amante. Penso que não devo voltar minhas atenções a um homem de fama leviana agora. Tudo é tão novo para mim nesse momento, estou aproveitando para escrever pois estou sozinha, mas logo Claudius retornará para me apresentar a cidade. Os criados são todos bastante quietos aqui, a casa é bem silenciosa, os pombos batendo suas asas são mais barulhentos do que qualquer outro som que possa vir daqui de dentro. Talvez mais tarde eu envie uma carta a Isolda, ela não sabe ler, mas Diana pode fazer isso por nós.

...

Na residência de Cassius

Mayela sentou-se em uma cadeira cheia de almofadas ao lado de Cassius que estava deitado na cama. Ele parecia menos apático e com a tosse mais controlada, porém a indisposição do corpo ainda era dominante. Era impressionante como suas feições haviam mudado de um dia para o outro. Estava pálido, a boca sem cor e desidratada, os olhos avermelhados e irritados, a voz rouca e a mente ocupada pela preocupação com a esposa. Mayela fez sinal para que Cassius ficasse quieto e descansasse enquanto ela vigiava seu sono e bordava uma manta para o enxoval do bebe.

Quando o tempo passou e chegou o horário da refeição do meio-dia, Cassius resolveu se levantar para acompanhar a esposa até a sala onde seria servido o almoço. Não demorou muito para que a tosse voltasse. Mal acabaram de comer e uma crise compulsiva tomou conta do nobre. Mayela apressou-se em dar-lhe a mistura de ervas que portava, feita por Diana ao marido, isso amenizou quase que de imediato a tosse, mas tamanho foi o cansaço pela falta de ar que o homem caiu no chão e teve que ser levado ao quarto por um dos criados mais altos. Tomada pela emoção, Mayela sentiu-se tonta e foi conduzida ao outro quarto por duas criadas, uma bem idosa e outra de pouca idade. Quando se deitou, a mulher mais velha tentou acalmá-la, dizendo que iria rezar o terço e que era normal a tontura, pois percebera também que a grávida colocava a mão no ventre como quem sente dor ou medo de perder o filho. Foi preciso que a mais nova fosse buscar água fria para acalmar os ânimos de sua senhora, tanto para beber quanto para passar em seu rosto suado de aflição e temor. Depois de terminarem o terço juntas, Mayela parecia mais calma, disse que ia ver o marido, mas a serva mais velha pediu para que esperasse um pouco mais para o bem do bebê.

De madrugada Mayela não se conteve e foi ao quarto onde Cassius estava para se certificar que estava sendo bem amparado. Ao adentrar no espaço amplo em que o marido se encontrava logo seus olhos se cruzaram e sorriram simultaneamente. Era o sorriso da cumplicidade sempre presente na vida conjugal dos dois. Cassius estava visivelmente abatido, mas estendeu a mão para a esposa convidando-a para deitar-se ao seu lado.

— Venha querida, isso deve ser um resfriado, nada contagioso, um criado disse que já viu o pai assim antes. Cuidado com nosso pequeninho... — fez um carinho na barriga de Mayela — Eu nunca vou conseguir expressar o quanto sou um homem feliz por ter você como minha esposa.

— E você me faz a esposa mais feliz também, Deus sabe disso — disse com ternura e deitando de forma a abraçar o marido.

Cassius acariciava os cabelos de Mayela como se fosse niná-la. No fundo tinha receio de que não acordasse mais, um sentimento estranho que não combinava com sua racionalidade e lógica, afinal aquilo não passava de um resfriado mais forte. Mesmo assim, respirou fundo e sussurrou no ouvido da esposa.

— Eu te amo, você e nosso filho, nunca se esqueça disso.

Mayela que estava quase adormecendo respondeu:

— Eu te amo muito.

Capítulo 15

Diário de Diana 20/06/1588

Estava lavando roupas hoje de manhã quando o cocheiro do nobre Cassius se aproximou de mim. Imediatamente tomei um susto, minha mãe e Gaia que estavam do lado de fora de casa também pareceram assustadas. Os olharem entre as três mulheres deixaram o velho homem nervoso e ele tentou se explicar rapidamente. Disse que a sua senhora tinha o enviado a mim às pressas, pois não tinham tempo a perder. Seu marido estava extremamente debilitado, a mistura que dei a ela amenizou a tosse, mas a piora em sua expressão era impossível não ser notada. Minha mãe e Gaia fizeram menção de ir comigo ajudar, mas todos sabiam que Maria não era muito boa com ervas, muito menos Gaia. Parecia que eu tinha herdado o talento de minha avó. Entretanto, não foi esse o motivo que não subiram na carruagem. O cocheiro pedia discrição em nome da senhora Mayela, pois ela confiava somente em mim.

Quando cheguei ao cômodo em que o nobre casal se encontrava fiquei desnorteada com a visão. O homem que há pouco tempo tinha uma postura tão viril e segura agora se tornara um moribundo. Prestes a dar seu último suspiro pediu para que eu me aproximasse, junto ao seu leito estava a esposa de mãos dadas a ele tentando conter as lágrimas, quando fez menção de me pedir para que eu o salvasse, ele a interrompeu, dizendo apenas que agradecia a minha tentativa, mas que eu deveria continuar a tratar de sua esposa e seu filho. Contou que ao dormir sonhou com o anjo da morte e com uma ampulheta simbolizando o tempo de vida. Entendeu, assim, que não tinha como pestanejar, mesmo que seu coração desejasse envelhecer junto aos que ama. Disse também que enxergava um vulto branco no quarto desde que amanhecera e que sentia que era seu anjo condutor, que agradecia ao bom senhor Deus, rei dos reis, que tinha me enviado para dar-lhe um pouco menos de incômodo perto da morte, que agradecia ter a senhora Mayela como esposa e que esperava que fosse bem cuidada. Assenti e me retirei do quarto, foi só o tempo de eu dar as costas e escutar o choro da então viúva. Avisei as demais criadas, a mais velha entre todas entrou no quarto para acalmar sua Senhora. As outras se dividiam entre as que cochichavam e as que estavam de fato abatidas pela notícia. Preparei um chá calmante e levei ao quarto da viúva. A criada mais velha a tinha *conduzido para que pudesse se acalmar e não colocar em risco a gravidez da infeliz Senhora.*

— Eu sabia que não era merecedora de tamanha felicidade! Olhe só, perdi meu marido, meu bom homem, bom companheiro e bom pai, mesmo que não possa ver nosso filho nascer. O que será do nosso filho? O que será de mim? Sou uma pecadora, estou sendo punida assim como foi minha irmã a quem tanto amava — disse soluçando com as lágrimas escorrendo pelo rosto e molhando o vestido.

— Senhora, não diga isso! Olhe que benção ocorre em seu corpo! Está gerando uma vida, uma vida fruto do amor de sua união! Não é o tempo que importa, mas os momentos bem vividos, as oportunidades bem aproveitadas, o zelo e carinho. Vocês podem não estar mais juntos nesta vida, mas que privilégio é saber que foi amada tanto quanto amou o homem que é pai de seu filho? Todos os servos a admiram, a senhora sempre foi uma boa esposa, por que dizer que está sendo punida? Se o papel do bom cristão é desempenhar um humilde comportamento na terra, servir aos propósitos de Deus para no fim de sua jornada aqui ir ao encontro dele, então o senhor Cassius já o fez! É um homem digno dos portões celestiais. — me aproximei um pouco — Fiz isso para a senhora, beba — servi o chá, mas ela negou com a cabeça.

— É para o bem da criança em seu ventre. Tenho certeza que o senhor Cassius iria querer que bebesse.

Ela me olhou nos olhos com um semblante de desespero, mas recobrou a expressão de mulher forte que sempre demonstrava, mesmo com a voz embargada, e aceitou o chá dizendo que eu tinha razão e que era a hora de pensar em seu filho, pois era o herdeiro de seu marido e cuidar dele era mais do que um feito de amor, e sim de dever com a descendência.

...

Diário de Tiberius 20/06/1588

Recebi hoje no final da manhã através de uma carta portada por um pombo branco uma das piores notícias de minha vida! Meu caro amigo Cassius, que há poucos dias atrás me recepcionou em sua casa em seu aniversário e logo depois anunciou a gravidez de sua esposa, agora está morto. Morto... como isso é possível? Um homem tão forte e jovem, tantas coisas me passam pela mente, tantas lembranças, nossos estudos e aventuras sempre compartilhados, as nossas

Círculos:
Segredos e Sagrados

noites de farra e as de batalha, as perdas e as glorias, Cassius sempre foi como um irmão para mim, tanto ele quanto Varinnius. Se tivesse me casado com Sophia seríamos, de certa forma, indiretamente, da mesma família. Sophia, Sophia... É um fantasma mais vivo que muitos de carne e osso andando por aí. Pobre Mayela, quanta felicidade e desgraça em pouco tempo. Como o mundo é dúbio. Há alguns meses perdeu a irmã, descobriu sua verdadeira natureza, tão diferente, como recompensa divina parece que o casamento lhe trouxe paz, alegria e elevou sua honra, mas mal descobriu a gravidez e perdeu o marido que tanto ama e tanto lhe fez bem. Só posso crer que isso seja obra do inimigo, se for da vontade de Deus então ao menos um dia haverá explicação para tanta dor.

Parti rumo a Savona a fim de que pudesse dar algum consolo à mulher que considero uma irmã e fazer uma última homenagem ao meu irmão de coração. Quando adentrei a residência considerei por um momento estar sozinho tamanho era o silêncio que ocupava aquele lugar. Um rapaz franzino surgiu na minha frente, quebrando a quietude incômoda. Conduziu-me ao quarto onde estava o corpo do seu senhor, já preparado. Uma moça de cabelos louros e rosto conhecido estava arrumando as flores brancas em uma mesa do canto. Pareceu me reconhecer pela expressão, mas conteve-se. Perguntei a ela se estava presente no momento da partida de Cassius deste mundo e ela me respondeu "estive aqui na véspera". Contemplei por alguns segundos o rosto angelical da moça, uma simples camponesa de voz doce, pediu licença para sair assim que Mayela entrou.

Após uma longa lista de orações e mulheres idosas terem praticamente tomado todo o espaço em volta do corpo, incluindo a senhora Marika, que chegou com o marido pouco depois de mim, eu e a viúva fizemos um pequeno intervalo. Fomos para uma das sacadas do corredor, a mais próxima de frente para o quarto do falecido. Ela esperava que Varinnius chegasse a tempo do enterro, não recebera resposta sobre a triste notícia que dera e entendeu aquilo como uma confirmação de presença e que ele tentaria retornar a Savona o mais rápido possível. De fato, foi o que ocorreu. De noite, ouviram-se cavalos trotando alto em frente à residência. Varinnius desmontou rapidamente do cavalo negro brilhoso e adentrou a casa. Atrás dele vinham dois servos que compartilharam a viagem. Seu semblante confiante conflitava com a angústia de ter perdido o irmão. Tornou a dizer as mesmas palavras que pronunciou quando nos conhecemos "Cassius devia ser o primogênito, pois ele é mais responsável que eu". Varinnius sempre foi um excelente combatente, um perfeito cavaleiro, dizia que amava a sensação do manejo da espada e o calor da batalha. Era o melhor guerreiro de nós três e de qualquer exército que já vi, pois além da agilidade ele realmente era apaixonado pelo desafio. Cassius e eu, por outro lado, sempre tivemos uma propensão maior para interesses intelectuais. O mistério da mente humana e da vida nos intrigava, lembro-me que na primeira vez que conversamos sobre o assunto, após uma aula, Varinnius riu e disse que só o interessava a estratégia de seu rival ou a mente da dama que desejasse conquistar, de resto deixava os assuntos ocultos para mim, Cassius e o clero.

Diário de Tiberius 21/06/1588

Após o enterro, eu, Mayela, Varinnius e Pietro, irmão caçula de Mayela, nos reunimos. Não tínhamos tocado no motivo na morte até Pietro levantar a hipótese de ter sido algo proposital e não natural de um resfriado intenso. Estávamos tão atordoados com o evento que nem sequer cogitamos a possibilidade. No primeiro momento fiquei preocupado com a colocação de Pietro em frente à irmã grávida. Varinnius pareceu ler a minha expressão nos meus olhos e disse que iria investigar, que se de fato percebesse algo suspeito encontraria o culpado. Quando ficamos a sós, Varinnius me pediu para convencer Pietro a ficar mais quieto pela condição de Mayela, eu assenti com firmeza, porém mal fui procurar o jovem de pouco mais de 15 anos e soube que ele tinha saído para a tal investigação acerca do ocorrido. Não entendi bem aquilo, mas me mantive ali para que Mayela não desconfiasse, embora ela provavelmente já houvesse notado a ausência dos dois. Quando Mayela finalmente dormiu, tendo o sono velado por uma serva que ordenei que ficasse de prontidão e que poderia me chamar a qualquer momento caso precisasse, ouvi um estrondo vindo do andar de baixo. Varinnius estava enfurecido e Pietro parecia dar corda a sua raiva.

— Tudo culpa das streghe! *Eu sabia! Mais cedo ou mais tarde elas se infiltrariam no seio de alguma família, tentariam algo contra algum ente, só não imaginava que seria contra o meu irmão! Aquela* strega *que lhe deu a poção estava mal intencionada, claro! — falou bufando e jogando uma das cadeiras na parede.*

Varinnius parecia um animal enfurecido. Sabia que era inútil tentar conter sua raiva ou acalmá-lo de fato, mas sabia como controlar a situação. Afinal de contas, tinha anos de experiência lutando lado a lado. Não questionei a verdade sobre a intenção ou culpa da bruxa, se era de fato bruxa. Perguntei como chegou a tal conclusão. Ele olhou para mim ainda bufando de raiva e começou:

— Ora, viajei bastante no último ano, tive muitos encontros em festas com religiosos, há sem sombra de dúvida uma crescente onda de hereges e streghe

que tentam corromper tanto a plebe quanto o clero e especialmente a nobreza! *Como você bem sabe, os vigários estão tendo bastante trabalho indo desde os menores paese até as maiores cidades. Mayela disse que meu irmão começou a ter sintomas de tosse e cansaço que evoluíram bruscamente. Um dos criados informou-me que a tosse passou, mas que logo em seguida sua força foi embora após beber a mistura de uma jovem mulher. Encontrei esse criado na Igreja, rezando em nome do nobre que o acolheu desde pequeno, meu caro irmão morto. Isso tudo não pode ser uma simples coincidência!*

As palavras de Varinnius ecoavam em minha mente, aquilo só poderia ser um pesadelo! Meu amigo, movido pela sede de vingança, estava pronto para destilar seu ódio a uma jovem inocente! Não conseguia perceber que aquilo era fruto do luto, a necessidade de buscar justiça pela perda como uma justificativa para ausência eterna do irmão. Mantive minha expressão séria e disse que o ajudaria a investigar mais a fundo, mas ele engrossou a voz e disse que tinha certeza absoluta que se fossemos atrás da tal bruxa ele a entregaria para os vigários para que a justiça fosse feita e que caso não a matassem ele mesmo faria isso, condenando até a própria alma ao inferno. Percebi que seria muito mais difícil manter a moça longe do alcance dele ou dos vigários, pois era capaz de que quando eu acordasse de manhã e fosse até a praça encontrasse a cabeça pendurada como prova do julgamento dos homens a mando de Deus. Perguntei se ele sabia quem era a tal moça, mas felizmente ele só soube me informar que era uma que estava no velório também.

Diário de Diana 20/06/1588

Meu dia foi intenso e triste! Escrevo para deixar o registro de minha infelicidade e meus pêsames. O nobre Cassius falecera deixando a esposa grávida e sozinha. Um casal de coração tão nobre quanto o sangue. Culpo-me por não ter conseguido fazer algo mais por ele e pela senhora Mayela. Espero poder ser útil agora em um momento tão delicado. O nobre que comprou os grãos de meu pai e encontrou comigo e com Gaia estava presente no velório, tive a impressão de que ele me encarava, mas devia estar atordoado pela perda de um de sua classe. Por ora irei descansar, minha mente e meu corpo estão exaustos.

Diário de Tiberius 21/06/1588

Ao amanhecer, aproveitei um momento a sós com Mayela e indaguei sobre quem tinha dado tais ervas para Cassius na véspera de sua partida. Mayela me olhou assustada, claramente pude perceber que ela sabia das intenções de seu irmão mais novo e de Varinnius, mas segurei sua mão e disse que sabia que Cassius jamais aceitaria a justificativa cruel. Ela deu um suspiro de alívio e prometemos que a informação ficaria só entre nós.

— Foi a moça loura que estava arrumando as flores no canto quando me aproximei de você no velório, ela se chama Diana — fez uma pausa — É uma boa moça, sempre me foi extremamente doce e me ajudou muito desde que me casei e vim morar aqui. Logo que desposei Cassius minha vida estava desgostosa e instável demais, eu me sentia insegura mesmo que aparentasse o contrário. Tinha pavor de ser uma má esposa, má gestora do lar... no início, quando eu ainda não conhecia bem as criadas, mantinha-me fria e distante e elas me olhavam com receio de me aborrecer, isso é péssimo quando você quer criar uma harmonia e leveza dentro de casa. Quando Diana surgiu a primeira vez na cozinha, a chamado de uma de minhas criadas, para auxiliar um mal-estar que havia tomado conta de mim pelo estresse que eu mesma me dava, recebi uma benção pelas mãos dessa camponesa. Minhas crises de dor de cabeça passaram e ao ver Diana ensinando como manejar melhor uma muda de planta no meu jardim indaguei a ela se não gostaria de redecorá-lo para mim, ela parecia muito animada com a ideia e desde então se tornou mais presente aqui. Ela parecia enxergar meus sentimentos só pelo olhar... naquele mesmo dia me disse o quanto as criadas estavam felizes de ter uma senhora tão organizada e dedicada ao lar tornando-o mais cheio de vida. Aquilo surtiu um efeito imediato e consegui destravar mais a postura distante e, com isso, diminuir também minhas crises de nervoso que desencadeavam minhas dores de cabeça.

— Então você acredita fielmente na inocência dessa camponesa?

— Sim, absolutamente. Fui eu que mandei chamá-la quando Cassius começou a tossir. Ele não parecia fraco e a mistura que ela fez foi indicativa para amenizar a tosse. Não é justo tirar a vida da filha de alguém, causar a perda em outra família porque não aguentamos o próprio luto.

— Concordo. Bem, eu já estou cansado dessa obsessão compulsiva em ver o inimigo em tudo e incutir culpa em quem não tem o que comer direito. Já tive muitas perdas nos últimos tempos, se posso fazer algo para evitar a de uma desconhecida assim farei. Mas temos que ser racionais, Varinnius e Pietro logo descobrirão o nome da moça e onde ela mora, irei à frente deles a sua casa para "prendê-la".

— Prendê-la? Você quer dá-la de bandeja aos vigários?

Círculos:
Segredos e Sagrados

— Escute, a levarei para Triora, lá ela estará apenas sob meu domínio exclusivo, os vigários que antes fiscalizavam meu paese já passaram por lá e foram embora. Manterei essa moça como que em cativeiro e depois irei soltá-la quando Varinnius retornar a Milão ou estiver bem longe, quando ele perguntar posso dizer que ela morreu de fome aos poucos, com sofrimento. A morte lenta é pior do que a de um só golpe. Varinnius pode ser contra no início, mas a ideia da tortura irá agradá-lo.

— Se você jura pelo amor de cristo que não fará mal a essa moça...

— Juro, por tudo que é mais sagrado, lhe dou a minha palavra que Diana estará segura comigo.

Capítulo 15

Capítulo 16

No centro de Savona 21/06/1588

Isolda vendia peixe junto com o irmão e a mãe. Na tenda ao lado da sua estavam Gaia e Varo. O comércio do centro havia parado no dia anterior em virtude da morte do nobre Cassius, mas tinha sido comunicado pelo pároco local que a senhora Mayela desejava que as atividades de rotina continuassem a serem praticadas hoje, normalmente. Tudo parecia quieto e ao mesmo tempo cheio de cochichos entre os comerciantes até que Matteo cutucou a irmã freneticamente e apontou para um cavaleiro extremamente belo e imponente que chegava galopando. Era bem alto, os cabelos louros bem claros na altura do pescoço formavam ondas, o rosto magro e com aspecto bem enérgico, um típico temperamento sanguíneo, a pele alva, e o corpo longilíneo.

— Foi esse o homem que sonhei noite passada que matava Diana.

Gaia conseguiu ouvir as palavras de Matteo, mesmo que tivesse falado em tom baixo. Isolda e ela se entreolharam sabendo que aquilo iria acontecer se não impedissem aquele homem de achar Diana. Gaia tinha deixado Diana dormir um pouco a mais em casa para depois cuidar da plantação com Maria, sua mãe. Agora pensava que aquilo só podia ter sido uma decisão graças à deusa, para postergar o encontro com o homem louro. Isolda tratou de sair discretamente do local, pois caso fossem à tenda da família poderiam estranhar a ausência de Gaia ou de Varo, que já estavam ali desde cedo. Cortou caminho pelo bosque e, para sua surpresa, encontrou Diana no meio deste. Enquanto isso, Varinnius e Pietro, que era tão sem brilho e insignificante perto da postura do nobre alto, foram até a tenda de Gaia e Varo, que nada falaram sobre sua morada, Pietro deu um tapa em Varo exigindo saber onde ficava sua casa, um camponês nervoso ao ver a cena disse que os conduziria até o local.

— Viu só? Não é tão difícil assim.

Falou Varinnius com um sorriso sarcástico batendo com a mão no peito do pobre homem e deixando-o cambalear.

...

No bosque

Diana e Isolda estavam pálidas e tremulas. Isolda correu no sentido contrário ao de Diana a fim de voltar para o centro, evitando que sua ausência fosse notada e que pudessem deduzir que tinha ido avisar Diana. Diana por outro lado, correu rumo ao antigo templo para pedir abrigo as anciãs.

...

Varinnius já sem paciência com o camponês quase o espancou até que, depois de certa enrolação do pobre homem, chegaram à casa de Varo. Para surpresa de Varinnius e Pietro, Maria, uma mulher morena de cabelos trançados no topo da cabeça chorava copiosamente dizendo que outro nobre já havia passado por ali em busca da filha inocente. Disse que o nobre tinha voltado para a cidade, mas Varinnius não acreditou na mulher e mandou apenas Pietro checar enquanto ele ia rumo ao bosque.

...

Diana corria tanto que quase tinha a sensação de que poderia voar caso pulasse, tamanho era seu desespero quando escutou o trotar de um cavalo vindo em sua direção. Tentou se esconder em uma moita, mas se tremia tanto e estava tão elétrica que acabou saindo e correndo mais rápido, tirou a flauta do bolso e pensou em tocá-la para que abrisse algum portal e escapasse daquela situação pavorosa, mas quando olhou para trás para certificar-se que não seria ouvida ou vista de fato acabou por escorregar em uma poça d'água e seguiu caindo um longo caminho, se machucando e batendo em pequenas pedras, quando enfim parou e levantou a cabeça atordoada. Estava toda suja de lama, com o braço esquerdo e o calcanhar machucados e o cabelo desgrenhado, foi quando viu o rosto de um homem conhecido.

Quando o nobre de fora de Savona a ajudou a ficar de pé novamente segurando-a pelo braço direito, outro cavaleiro de cabelos louros surgiu, encarando-os. Parabenizou o amigo ao mesmo tempo em que expressou um semblante faiscante e olhou para Diana com ar de desprezo e nojo.

Tiberius amarrou os punhos da *strega* e a ajudou a montar em seu cavalo antes que Varinnius tentasse arrastá-la a pé. Montou em seguida, as mangas da camisa estavam dobradas e deixavam os braços morenos musculosos à mostra em torno de Diana, guiando o cavalo. Os três seguiram rapidamente para Savona, lá ficou certo que Diana ficaria presa em uma espécie de calabouço até que chegassem a um acordo do que fazer com ela. Tiberius evitava transparecer qualquer sentimento, fosse ele bom ou ruim, se mantinha equilibrado mesmo que somente por fora, já que por dentro se desesperava, pois previa a dificuldade em convencer o amigo em levar a jovem. Varinnius parecia um homem em condições mais civilizadas agora, pois acreditava que teria o que desejava, a execução da assassina de seu irmão. Estava sedento de sangue, mas desta vez conseguia falar sem fazer um escândalo, o que não impedia de transparecer o ódio pela bruxa. Pietro parecia contente com a situação e aplaudia tudo o que o nobre alto e loiro falava.

...

No templo antigo

Fillus tinha ido ao encontro das anciãs.

— O que será dela? O que devo fazer, senhoras? — indagou com o semblante abatido.

— Faremos o que for da vontade da deusa — respondeu Laura.

— E a vontade da deusa é a morte de uma de vocês?

— Escute meu caro amigo, Diana também é parte da deusa, escolheu antes de ser quem é em carne a vida de uma sacerdotisa. O óbvio aos olhos nem sempre é a realidade em espírito. Diana não estará sozinha em momento algum e você cumpra seu dever indo até ela seja em qual casa, bosque ou prisão em que ela estiver — respondeu Lygia calmamente.

— Quando o desespero tomar conta, diga a ela para olhar para as estrelas — disse Aisha.

— Estrelas, minha senhora? Ela está com um pé na cova, o pescoço na forca, o corpo na fogueira e a senhora me fala de estrelas!

— Ora, ora, nem parece um elemental de 130 anos. É verdade que você é jovem para sua espécie, mas já deveria ter aprendido algo, você faz parte da natureza, criatura. Não subestime a admiração pelos astros, menores ou maiores, pois as respostas para muitas das suas perguntas se encontram lá. Até mesmo os cristãos têm o hábito de observar involuntariamente o céu, acreditam que o paraíso é nas alturas, suas almas reconhecem a força do universo a qual chamam de Deus, o meu povo também observava as estrelas e quanta paz se traz desse ato, quanta sabedoria no silencio da noite se absorve quando a alma se conecta com a força do eu superior. O divino que habita em nós, ansiando para ser ouvido e externalizado, é aí que a verdade do espírito toma conta do óbvio do físico — complementou Aisha.

— Perdão senhora, estou exausto e nervoso, sou um elemental da terra, me conecto com o que é material. Irei atrás de Diana e farei o que as senhoras ordenaram — e desapareceu.

— Pobre moça... como deve estar assustada... — falou Paola — Não sei como consegue se manter tão calma vendo o que se passa na trajetória de sua neta.

— Bom, é exatamente por conhecer bem Diana, por ser minha neta e ter acesso à visão atemporal que me consolo. Devemos preparar o ritual do espelho para que, assim que Diana conseguir um reflexo, possamos ter contato direto, nós quatro com ela. Projeções a essa altura não serão o suficiente para mantê-la firme, acreditando que não a abandonamos, nem nós nem a deusa.

Capítulo 17

Diário de Otávia 21/06/1588

Não tenho tido muito tempo para escrever, pois quase não fico sozinha agora, o que é um pouco irônico considerando o silêncio que essa casa ecoa. Claudius se mostra dedicado a me dar atenção. Mostrou-me o centro com animação. Senti que ele gostou de me exibir para alguns colegas de profissão quando fomos à praça de São Marcus e encontramos com dois deles e suas esposas na entrada da Basílica, que, por sinal, mesmo sem sua obra estar completamente pronta, já é um monumento belíssimo. Claudius me contou que inicialmente era uma extensão do Palazzo Ducale, mas após vários anos foi sendo modificada até agora, sua reforma mais recente. O modelo atual segue o da Basílica de Santa Sophia e a Basílica dos Santos Apóstolos. Seus mosaicos internos me causaram tamanho fascínio que quase não percebi a presença do padre caminhando em nossa direção para nos cumprimentar e me dar as boas-vindas. Mal começamos a interagir e ele já nos convidou para qualquer dia na semana virmos nos confessar. Eu agradeci a oferta e disse que nos veríamos em breve e que era bom conhecer um homem do clero na minha nova realidade de esposa. Claudius pareceu satisfeito com a minha resposta e disse, após nos despedirmos do padre, que eu não precisava me preocupar em ir tão cedo me confessar, até porque ele desejava que aproveitássemos o máximo possível a vida íntima conjugal.

Hoje mandei preparar um almoço especial, mandei que tingissem as velas brancas para se tornarem vermelhas, espalhei algumas pétalas de rosas na mesa e em meu leito. Vesti um vestido vermelho que minha mãe havia bordado para mim bem antes do pedido de casamento para que eu usasse nos primeiros dias de casada, chamando assim a paixão para nossa união. A criada mais velha pareceu um pouco insegura quanto às minhas ordens, mas as acatou. Quando Claudius chegou e me viu junto àquela cena ficou paralisado inicialmente. Pensei, a princípio, que não tinha o agradado, mas ele veio ao meu encontro puxando-me para perto de si pela cintura , disse "que visão luxuriosa você emana" e me beijou com intensidade. Afastei-me por um momento contendo a consumação do desejo, pois isso fazia parte da sedução. O conduzi a mesa, praticamente não comeu, ficou me encarando com *malicia e eu retribui, mas fazendo perguntas inofensivas, por exemplo, como tinha sido o trabalho. Coloquei uma pequena dose de essência de afrodisíaco em sua bebida previamente, mas era claro que não havia necessidade, embora fosse maravilhoso ver como ele ansiava o término da refeição para o que nos aguardava em seguida.*

Agora Claudius dorme profundamente, pensei que nunca encontraria alguém de sono mais pesado do que o de Isolda, mas meu marido a supera nesse quesito. É um homem viril e muito forte, não se cansa facilmente, mas quando fecha os olhos não demora três segundos para adormecer como uma ancora afundada. Creio que escreverei cartas à senhora Mayela, meus pais e a Isolda brevemente. Talvez não seja apropriado ainda nessa semana, pois como eu e Claudius somos recém-casados e podem surgir boatos que o casamento não começou bem. O sono já recai em minhas pálpebras, aproveitarei que Claudius permanece imóvel de peito para cima e me deitarei próximo a seu aconchego, as noites de Veneza são frias apenas para aqueles que não têm o calor do cônjuge ou de um amante. Devo agradecer a nobre senhora Mayela por ter me apresentado um homem tão jovem e bem disposto. Sinto-me muito feliz, muitas mulheres não tem a mesma sorte que a minha.

...

Em Savona 22/06/1588

Varinnius e Tiberius conversavam a sós.

— Chamarei o vigário Puccini e vigário Morato, soube que fizeram uma grande limpeza tanto em Triora quanto nos arredores de Gênova, logo essa garota insolente irá descobrir a fúria do julgamento final!

— Caro amigo, mais do que nunca me sinto na posição de seu irmão agora que nosso corajoso Cassius se foi, mas devo dizer que tenho uma opção que será mais tenebrosa para a assassina do que a vinda dos vigários.

— O que quer dizer?

— Veja bem... lembra-se de nossas batalhas, quando capturávamos alguns dos soldados inimigos? Bem... todos eles diziam a mesma coisa, que preferiam ter morrido no calor da batalha a serem presos, pois a morte devagar era mais dolorosa do que o golpe certeiro de uma espada ou a flechada. Tenho experiência para lhe afirmar que quando os vigários chegarem essa moça não durará mais do que 24 horas. Entretanto, meu caro amigo, se me permitir, posso levá-la comigo a Triora e mantê-la presa e machucada até morrer de fome e pânico.

— Não é uma ideia de todo ruim, mas eu mesmo posso fazer isso, torturá-la aqui e depois jogá-la para os cães comerem seu cadáver.

Tiberius sentiu um arrepio na nuca, mas continuou, sabia o perfil comportamental do amigo, se insistisse com as palavras certas e se pudesse provar sua ideia, ele a acataria.

— É verdade, você pode fazer isso, mas lembre-se que aqui é o lugar dela, onde ela nasceu e cresceu, a família e amigos estão por toda parte, mesmo que prenda a família, se ela é uma bruxa conseguirá escapar pois a terra aqui já lhe é bem conhecida. Uma camponesa tão jovem nunca deve ter saído de Savona e não conhece Triora, o que naturalmente já causará medo do desconhecido. Além do mais, posso obrigá-la a fazer alguns serviços para mim, como você bem sabe, meu belo *paese* foi extremamente prejudicado e tenho poucos camponeses aptos ao trabalho.

— Entendo irmão, você quer matar dois coelhos com uma cajadada só! Interessante! — franziu a testa e coçou o queixo — Mas ainda há uma questão, ela não parece tão assustada perto de você.

— Cuidarei disso. Até porque quem a capturou primeiro fui eu.

...

Diário de Tiberius 22/06/1588

Deus me ajude! Tenho uma difícil tarefa a seguir, uma decisão irreversível. Só posso parar Varinnius se eu me tornar um carrasco para a jovem que prendi essa manhã. Se eu não for o monstro para ela, Varinnius fará o papel. Perdoe-me meu Deus pela dor que irei infligir agora, mas sei que o senhor sabe que isso doerá também em mim.

...

Na cela, de noite.

"Estou perdida! É o meu fim" pensou Diana enquanto chorava encolhida, sentada próxima à pequena janela gradeada. Um barulho no ferrolho da porta se escutou, o guarda a abriu dizendo:

— Tem visita para você — com um sorriso maldoso.

Diana levantou-se rapidamente, estava toda suja desde a captura, o braço e o calcanhar esquerdo latejavam. O guarda que a vigiava tinha percebido seu incômodo e tratou de colocar a corrente amarrada no pé dolorido para evitar a possibilidade de fuga. O homem de rosto sério, cabelo raspado e pele morena clara se aproximou dela. Estava com um semblante muito diferente das outras vezes, demonstrava uma frieza que fazia a *strega* evitar contato visual, a moça curvou a coluna para frente como se o corpo pesasse muito para se manter ereta. Tiberius andou em círculo ao redor de Diana, como um animal caçando prestes a atacar sua presa. Diana continuava de cabeça e ombros baixos inclinados para frente.

— Você acha que pode fazer o que quiser sem ter consequências? Que não seria descoberta? Que satã a recompensaria?

— Não senhooor, eu não fiz nada, eu juro! Eu não conheço Satã — falou com a voz embargada.

— Você pronuncia o nome dele como o de um amante. Então, depois que se deitou com Satanás, ele prometeu o que a você? Que voasse? Vida eterna? Beleza? Quando foi que a ordenou que matasse o nobre Cassius? Responda, camponesa!

— Já disse a verdade, senhor, houve um terrível engano. Eu nunca conheci Satanás e nunca faria mal ao marido da senhora Mayela, uma mulher tão boa.

— Ah então é isso, é inveja! Matou por inveja da posição de Mayela! Diga! — puxou os cabelos por trás, trazendo-a para mais perto de si.

— Eu não fiz nada, senhor, já disse, a senhora Mayela sempre foi bondosa para mim, eu não sirvo direto a casa deles... eu só fui para ajudar, tentei o possível, eu juro! Satã nunca se aproximou de mim nem eu dele, não o conheço, nunca o vi, eu não sou assassina! Por Deus, tenha misericórdia! — as lágrimas escorriam pelo rosto enquanto o corpo todo estava tremulo e gelado.

— Agora você pede a misericórdia divina! É bom mesmo pedir, porque se depender da justiça da terra não há perdão — a mão que estava na saia passou para o pescoço apertando-o enquanto Tiberius sussurrava as palavras em seu ouvido.

Tiberius a largou bruscamente de propósito, deixando-a cair no chão. Sentiu um grande aperto no coração e o sangue ficando mais quente no pescoço enquanto a garganta ficava seca pela alta emoção. As palmas das mãos estavam suadas pelo nervosismo, mas isso era impossível de ser notado, pois a cena em si provocava o pânico necessário para convencer Varinnius de que o destino de Diana seria o pior em Triora. Quando saiu da cela olhou para a moça no chão que levantou o rosto em sua direção em uma expressão de súplica e pavor. O nobre louro alto o esperava do lado de fora da cela, olhou pela janelinha de vigia do guarda a pobre moça e depois se virou para Tiberius, estufou o peito e o abraçou, depois disse por fim:

— Ela é toda sua.

...

Na casa de Cassius

Mayela tinha mandado Pietro embora, não aguentava mais tanta tagarelice absurda saindo daquela boca. Os lábios podiam ser pequeninos, mas o veneno de dentro era abundante. A senhora Marika se ofereceu para fazer companhia e a viúva aceitou a oferta. O senhor Guido tratou de providenciar os cavalos e mantimentos necessários para o caçula irritante poder partir imediatamente, sem causar mais transtornos à mulher grávida. Como morava em um *paese* próximo, Pietro não demoraria tanto em sua viagem e estaria logo em seu lar.

Tiberius e Varinnius chegaram juntos para a refeição da noite. Pareciam ter os rostos mais iluminados ao verem que a senhora Marika estava ajudando Mayela. Uma companhia feminina próxima nesses momentos de perda era reconfortante. Quando por fim terminaram a ceia e foram cada um para seus aposentos, Tiberius disse na passagem "está feito" à Mayela e ela entendeu o que aquilo significava pelo semblante triste do homem.

...

Mércia insistia em sair para se encontrar com Maria no bosque, mas Isolda se metia entre ela e a porta de madeira velha da casa. O prédio era uma construção bem humilde, típica dos pescadores. O pai de Isolda e Matteo, a tinha construído há anos quando ainda estava presente. Ele desapareceu quando Matteo ainda era bebê, saiu para pescar e nunca mais foi visto. Esperaram por dias com a esperança de encontrar ao menos o corpo na praia, mas nem isso conseguiram, assim consideraram-no morto afogado.

Isolda temia que a mãe fosse vista com as *streghe* e fosse considerada uma. Não desejava a morte de Diana nem de nenhuma outra, porém, sabia que esse dia chegaria mais cedo ou mais tarde. Ela, a mãe e o irmão eram alvos fáceis. A mãe constantemente tinha alucinações quando doente e era praticamente uma rotina uma vez na semana ela ficar de cama, sendo viúva ou abandonada pelo marido desde cedo, era considerada uma infeliz mal amada. Isolda já era uma moça, mas não apresentava grandes atributos femininos, era às vezes mais brava e mais habilidosa em tarefas masculinas do que muitos rapazes, não se interessava por nenhum deles, o que ficava evidente aos olhos de todos e os poucos rapazes que ousavam tentar se aproximar dela e eram recusados imediatamente. Matteo era um menino doce, característica que por vezes era confundida com fraqueza. Além disso, ele costumava agir feito um bruxo integrante do *coven*, mesmo sem ter ascendência.

— Você não se preocupa com a sua família? — indagou Isolda, quase gritando.

— E você não tem consideração com os únicos que lhe acolhem?

— Sabe muito bem o que vai acontecer com eles... Eles têm o poder da natureza, nós não... só temos nós mesmos.

— Acha que viverei por quanto tempo ainda? Se eu for pega por ajudar uma amiga em um momento de necessidade então que assim seja, você deveria repensar suas prioridades. Otávia não está mais aqui e nem vai voltar, você não aceita nenhuma proposta de casamento, quer ser sozinha para sempre? Matteo é mais novo, mas logo terá idade também para ter a própria família ou quem sabe se juntar aos demais do *coven*... ele tem talento sem ter o sangue, você sabe disso.

Isolda sentiu uma pontada no coração com as palavras da mãe.

— Não coloque Otávia no meio disso, ela fez a escolha dela porquê precisava... e queria também. Quanto a mim e Matteo, não conseguiremos nos casar se a senhora for condenada por bruxaria à forca!

— Então é melhor você tratar de se apressar! Senão ninguém vai querer se juntar a você! Acha que é fácil ser mãe sem ter um marido que cuida e protege? Acha que vai acontecer o que, se passar os anos e não casar?

Mércia a empurrou e conseguiu abrir a porta, olhou para a filha com tristeza e partiu. Isolda sabia o que isso significava, não tinha como escapar, pela lógica, se ficasse solteira por muito tempo as pessoas desconfiariam, uma mulher sem marido aparente é viúva, meretriz ou esposa de satã. A primeira hipótese era péssima, Isolda assistia isso todos os dias com Mércia. A segunda hipótese era degradante em todos os aspectos possíveis, Isolda mal suportava a ideia de ser tocada por um único homem a quem chamaria de marido, imagine só vários em troca de alimento e algumas moedas. Uma violação ao próprio corpo e dignidade. A terceira hipótese, porém, era a pior de todas, pois consistia na morte certa. Claro que existia uma pequena solução para isso, a quarta hipótese... pedir abrigo em um convento. Como Isolda é de origem pobre seria apenas uma freira ou serviçal apta para os serviços de limpeza do local. Assistir as missas matinais, rezar o terço, se manter invisível. Tudo isso era um pensamento constante em sua vida... mas e Matteo? O que seria dele? Iria para um seminário? Isolda tentou conter as lágrimas sem sucesso, por trás daquele rosto sério havia uma criança insegura e desolada. Matteo a abraçou.

— Vai ficar tudo bem irmã, eu já vi. Você não vai ficar sozinha, tem um futuro incrível pela frente, a dama e seus gatos enormes me mostraram.

...

Na cela

Diana teve um breve momento de esperança ao lembrar-se da flauta com que o duende do labirinto a presenteou, mas quando passou a mão no bolso da saia percebeu que a tinha perdido quando escorregou no bosque e foi capturada. Ficou olhando para o vazio da cela, não sabia mais o que pensar ou esperar. O guarda trouxe água e pão, ela não tocou em nenhum nem outro, acreditava estarem envenenados. "Bem, mas se estiver envenenado que diferença faz se eu morrer com isso ou na forca?" pensou. No mesmo instante, um som vindo da janelinha gradeada que dava para rua revelou a figura de um ser pequeno e esquisito.

— Fillus!! Não posso acreditar!

— Eu que não consigo acreditar que tem terra no seu rosto todo! Vim o mais rápido que pude, peguei seu diário antes de vir pra cá.

— Obrigada... mas acho que nem escrever as minhas últimas palavras será possível.

— Não precisa ficar tão desanimada, pode comer o pão e a beber a água, são seguros. Ouvi o guarda conversando com um homem que devia ser seu chefe dando as ordens, você não vai morrer, minha cara, vai para Triora!

—Triora? É meu fim! Eles fizeram um massacre de *streghe* lá. Serei condenada longe de minha terra... talvez esperem uma revolta aqui? Bem... ao menos meus pais não verão minha morte .

— Tente descansar, amanhã será um dia longo, mas duvido que você morra. Falei com as anciãs.

— Minha avó sabe que estou aqui?

— Sim, todos sabem.

— E... não disse nada? Pela deusa... eu mal iniciei a arte do sacerdócio... serei punida por um crime que não cometi.

— Diana, não posso usar palavras que desconheço para confortá-la, mas a senhora Aisha disse que as respostas para suas perguntas estão nas estrelas.

— Nas estrelas? Eu nem posso ir ao panteão... se eu pudesse ir à casa da deusa, teria como interpretar as estrelas... O que você acha que isso significa? Fillus?

Diana olhou em volta e percebeu que estava sozinha de novo, sentiu desespero com uma vontade de chorar novamente, mas se recompôs, bebeu a água e comeu o pão devagar tentando entender o real significado por trás das palavras de Aisha. Encostou a cabeça em uma pedra da parede que era mais saliente, como se fosse até mesmo uma estante, e manteve o olhar para a lua através da janelinha. Lembrou-se de quando era pequena e avó cantava músicas para afastar a agitação e atrair o sono de noite, aninhada ao colo da avó Diana dormia serenamente, então começou a cantarolar algumas partes para si mesma acarinhando os próprios braços como quem tenta envolver-se no próprio consolo:

E em noite de lua negra

Me encontrei nas estrelas

Tão forte a brilhar

Sozinhas nessa noite sem luar

...

Círculos:
Segredos e Sagrados

Não sei quem você é
Só sei que eu sou minha própria
Lua no céu [12]
Até que caiu no sono.

---

[12] MOURA, Lygia. *Céu Nublado. In:* 354694-20220307141305, Moura Lygia. Belém/PA, 2022.
Veja mais em: www.musicasregistradas.com.

Capítulo 18

Diário de Tiberius 23/06/1588

O plano deu certo. Eu deveria estar ao menos satisfeito, já que é impossível ficar feliz em um momento de luto. Quando começou a amanhecer, enquanto a maioria estava dormindo, saí com a prisioneira rumo a Triora. Deixei um recado a Mayela me despedindo e pedindo desculpas por sair inadequadamente de sua casa, mas sabia que ela entenderia meus motivos. Consegui convencer Varinnius a colocar Diana na carruagem para evitar suspeitas e possíveis revoltas, como estava com os punhos amarrados e a porta da cabine trancada não teria como escapar. Ele torceu a boca, mas depois assentiu, não me acompanhou ao encontro de Diana por sorte, tive receio que mudasse de ideia.

A moça mal me olha nos olhos, mas estranhamente parece mais tranquila, muito introspectiva, não soltou uma palavra sequer, deve estar assustada e com medo de mim, é óbvio. Estamos em Triora agora, quando chegamos ordenei a Antonella que a ajudasse a tomar banho e separasse roupas novas. Está trancada em um dos quartos de hóspedes, é o mais alto, a janela fica para um precipício, espero que não passe pela sua cabeça se jogar. Mais tarde mandarei que levem a refeição do meio-dia a ela no quarto. Como não tive nenhuma notícia de Mayela me informando sobre a ida de Varinnius para Milão, prefiro manter a moça distante de mim e isolada. Será melhor para ela... Espero que um dia me perdoe. Irei me confessar hoje mesmo com Pe. Rizzo.

De noite

Meu caro amigo e instrutor Pe. Rizzo escutou-me como sempre e deu-me a penitência. Já a cumpri, assim que saí do confessionário. Bem... não foi nada difícil, posso dizer, acredito que ele, assim como meu bom senhor Deus, entenda meu coração por trás de minhas ações. Antonella serviu o almoço e agora está servindo o jantar a minha prisioneira. Não vi a strega *o dia todo desde que cheguei em casa e acredito que é melhor assim. Antonella indagou-me, mas achei mais seguro não lhe dizer nada, somente que era uma situação provisória e que a moça deve ser tratada como uma hóspede com limitações de circulação até segunda ordem. Creio que ela já percebeu que sinto apreço pela camponesa,* pois ela me conhece tão bem quanto minha mãe um dia conheceu. É estranho dizer que sinto algo além de culpa ou pena por alguém que mal troquei algumas palavras. Devo estar passando muito tempo sozinho para sentir algo assim por uma desconhecida que logo irá embora. Por ora devo dormir, pois amanhã o dever me chama!

Diário de Diana 23/06/1588

Quanto tempo esperamos por uma mudança e quão rápido a mudança vem quando não a esperamos. Sou considerada uma criminosa por ter ajudado um moribundo! Acusam-me de um crime que não cometi! Agora cá estou eu em um casarão de um nobre que me capturou. É estranho demais, fui ameaçada por um homem que um dia, por um mínimo segundo, me senti atraída fisicamente, que negociou com meu pai e que me prendeu para me castigar. No entanto, estou em um quarto como uma hóspede, uma mulher de idade avançada, rosto simétrico e cabelos ralos me ajudou a tomar banho, me deu de comer e vestir, a propósito, estou usando um vestido azul, a roupa mais bonita que um dia eu poderia apenas sonhar em vestir. Meu pé esquerdo está um pouco inchado, mas nada muito sério, já não sinto dor em meu braço esquerdo, depois da queda durante minha tentativa de fuga pensei que estaria muito pior. Ainda tenho a marca nos meus pulsos da corda em volta deles, não fosse por isso e pelo calcanhar eu diria que estaria em transe, em alguma projeção astral. Um pensamento assustador me veio à mente... Será que esse homem deseja se satisfazer com o meu corpo, tentando enlouquecer minha mente? Será que é nisso que consiste a ameaça anterior? Por isso mandou me darem banho e me trazerem para cá? Isso é um cômodo de alguém de sangue nobre, não de uma camponesa. Devo reagir? O que seria pior? Deusa, me ilumine, por favor! Não me abandone. Tentarei dormir... Não sei como, será que meus pais e minha irmã sabem que estou aqui ou pensam que eu morri ou que estou presa em Savona? Será que minha senhora Mayela está bem? Sei que ela não concordaria em me machucar, ou será que a convenceram?

Diário de Diana 24/06/1588

Apesar do medo, não tive tanta dificuldade para cair no sono, creio que pelo cansaço mental de ficar alerta o tempo todo ontem e anteontem. Acordei apenas uma vez perto do amanhecer pelo barulho de um pássaro na janela, levantei-me devagar em sua direção, mas ele voou logo para a de outro cômodo.

Círculos:
Segredos e Sagrados

Não consegui ver direito, pois estava sonolenta e resolvi voltar a me deitar, afinal de contas precisaria de energia caso houvesse a possibilidade de escapar deste local.

Quando o sol estava bem forte Antonella bateu na porta do "meu" quarto, ou devo dizer minha cela? Sim, agora sei o seu nome, a mulher velha me trata com tamanha doçura que consigo até relaxar em sua presença. Trouxe minha refeição matinal em uma bandeja grande de prata. Penteou meus cabelos e conversamos sobre assuntos soltos, ela me falou um pouco sobre sua vida pessoal, que trabalhava naquela casa desde os quinze anos, que o antigo senhor, pai do meu algoz e dono do casarão quase não ficava aqui. Quando indaguei um pouco mais do seu senhor Tiberius ela disse:

— É um bom homem, se preocupa com seus servos e criados, está sempre com o padre Rizzo, outro bom homem, servo de nosso senhor Deus. Creio que logo será apresentada a ele também.

Meu corpo se arrepiou com a última frase, será que eu estava fazendo o papel do cordeiro sendo preparado para o abate? Antonella percebeu que estremeci, tentou mudar de assunto dizendo que o nobre Tiberius havia dado ordem para que ela me mostrasse os outros cômodos. É claro que ela não me deixou em momento algum sozinha, havia sempre alguém me vigiando, mas tive uma grata surpresa ao ver uma sala com algumas estantes com livros e pergaminhos, algumas estátuas que pareciam ter sido esculpidas pelo mesmo artista da igreja que eu devia frequentar em Savona, a diferença é que nesse casarão eram esculturas felizes e de casais desnudos... Poderia dizer que o artista era um pagão, pois me lembrou a imagem da deusa em frente ao antigo panteão no bosque. Sentei-me em um banco próximo a janela e fiquei observando a paisagem de cima, diferente do "meu" quarto, a sala em questão dava para um jardim e, mais a frente, acredito que o centro de Triora. Fiquei curiosa, nunca havia saído de Savona antes a não ser, é claro, em projeção astral ou na minha imaginação, se não tivesse sido capturada provavelmente só viajaria para acompanhar meu pai em alguma entrega ou quando, depois de muito tempo como sacerdotisa fosse necessário sair de Savona por um período até as pessoas esquecerem a minha imagem insistentemente jovial ou a idade avançada de uma senhora que já deveria estar debaixo da terra. Aquele espaço me lembrou de um conto que Gaia narrou para mim logo após sua iniciação, segundo ela ele ainda não tinha sido escrito nessa dimensão, mas seria amplamente divulgado com o passar dos anos, era sobre um casal, uma camponesa e um príncipe, cuja narrativa voltava-se para uma maldição que só poderia ser quebrada pelo amor

Capítulo 18

*verdadeiro, o amor que enxerga além da beleza ou feiura[13]·. Não quis roman-
tizar a minha situação, isso eu deixava para os homens que desejam enganar
moças ingênuas e puras. Talvez o fato de terem me deixado encontrar tal sala
semelhante a uma biblioteca fosse proposital, a forma como Antonella me trata
pode ser também, já que lembra a posição de um dos personagens amaldiçoados
pelo orgulho do príncipe. Se minha mãe escutasse meus pensamentos diria que
eu tenho a imaginação fértil, mas e se não for imaginação? Se for real? Se tudo
for uma armação para que a esperança se esvazie no momento em que eu mais
acreditar na bondade desses que me recepcionam? Que minha intuição seja
forte e minha mente não me desaponte. Se isto é um jogo então jogarei, não
serei punida injustamente! Antonella está batendo na porta de novo, escrevo
assim que retornar ao meu "quarto".*

De noite

*Antonella trouxe minha refeição, perguntei a ela onde estava o tal nobre
Tiberius, ela disse que ele estava tratando de negócios e que em breve me veria.
Tentei dormir logo após sua saída, mas tive angústia quando estava prestes a
cair no sono. Levantei-me, sentei em frente a um espelho redondo com mol-
dura bem trabalhada e tive a sensação de ver minha avó e as demais anciãs,
era quase como estar na casa da deusa de novo, deixei que minha intuição me
conduzisse à informação ou local que fosse vontade da deusa e entrei em transe.
Vi o nobre Tiberius dançando com a senhora Mayela que parecia diferente, ela
me encarava como quem soubesse todos os meus desejos mais íntimos e dava um
sorriso malicioso, mas ao mesmo tempo divertido, não era o semblante que eu
estava acostumada a ver na minha antiga senhora. Depois, vi meu perseguidor
discutindo com dois homens que pareciam ser do clero, se eu estivesse vendo
essa cena com meu ego, diria que era a cena prévia a minha morte, porém,
o nobre discutia com os outros dois homens tentando manter a serenidade,
era como se eu pudesse sentir sua intenção ali, não havia ódio ou raiva, era
como se tentasse apaziguar uma situação. Mais à frente tive a última visão,
vi a cena reproduzida pelo olhar de uma terceira pessoa, eu ao lado do corpo
do nobre Cassius arrumando o vaso de flores brancas na mesinha do canto, o
nobre Tiberius olhando para mim com um semblante calmo e bondoso... Não
era o mesmo semblante do homem que apertou meu pescoço duas noites atrás.*

---

[13] Referência ao clássico conto de fadas francês *A Bela e a Fera*, escrito por Jeanne-Marie Leprince de Beaumont,
publicada na Magasin des enfans, Londres, Haberkorn, 1756, que depois inspirou o filme de mesmo nome
dirigido por Gary Trousdale e Kirk Wise, produzido por Don Hahn, EUA, Walt Disney Feature Amination,
Walt Disney Pictures, Silver Screen Partners IV, estreia 22 de novembro de 1991.

Círculos:
Segredos e Sagrados

Voltei à consciência meio tonta, resolvi escrever para ter certeza que não me esquecerei. Sou muito grata a Fillus por ter conseguido meu diário.

Diário de Tiberius 24/06/1588

De manhã bem cedo recebi uma carta escrita por Mayela pelo pombo treinado de Cassius. Nela constava que entendia totalmente a minha saída às pressas e que estava aliviada por ter um amigo tão bom quanto seu falecido marido. Está muito abatida ainda, sente às vezes que está delirando ou sonhando e que a qualquer momento Cassius aparecerá, mas toda vez que se enche de esperança de algo surreal ela cai em si ao passar na frente da sala de reuniões e ver Varinnius lendo os papéis do marido. O cunhado está fazendo o possível para dar apoio, prometeu que tomará conta de todas as responsabilidades de Cassius, mesmo que não fique morando direto em Savona. Aliás, dentro de uma semana ele deverá retornar a Milão. O senhor Guido o deixará informado sobre todas as questões políticas locais. Ele e a esposa têm sido muito úteis para minha amiga. A senhora Marika e sua experiência como figura materna é deveras reconfortante para Mayela já que não teve a chance de conhecer a própria mãe, que faleceu no parto de Pietro quando Mayela e Sophia eram muito pequenas e moravam em outra cidade.

De tarde tive uma grata surpresa. Recebi um exemplar de Galileu[14]. É um homem deveras autentico e à frente de seu tempo! O pequeno manuscrito é sobre algumas dúvidas que indaguei a ele em nosso último encontro em Florença, segundo ele, os desenhos são para que eu consiga visualizar com mais clareza sua teoria sobre o tal princípio da relatividade, que sinceramente me soa um tanto poético e adaptável para a sociedade já que cada história poderia ser de um gênero dependendo da perspectiva de um personagem, sendo ele fictício ou não. Assim como, a dualidade e a multiplicidade de observações e ângulos a serem feitos. Claro que, se tratando da física, quando aplicamos esse princípio ele se torna mais claro e objetivo conforme nos posicionamos fisicamente/materialmente. É engraçado que mesmo sendo um assunto um tanto filosófico e que demanda paciência, rotina e observação, ele é aplicado por alguns de nós sem que percebamos. No caso de Varinnius, por exemplo, ele se utiliza do princípio da relatividade quando está montando uma estratégia de guerra. Ele sempre consegue enxergar todos os pontos cegos e os traz à tona com uma reviravolta a seu favor, sem perceber é um filósofo, sabe como fazer e interpretar a arte da

---

[14] Galileo di Vincenzo Bonaulti de Galilei: astrônomo, físico, engenheiro florentino do século XVI, ou mais famoso Galileu Galilei, pai da astronomia observacional.

guerra como ninguém. Se Varinnius estivesse no comando na época em que Savona foi subordinada a Gênova com certeza o resultado final seria outro. Não é à toa que é tão bem quisto pelo Doge de Milão.

Sobre minha prisioneira, ainda não tive um encontro com ela após nossa chegada e creio que é melhor continuar com esse distanciamento para sua própria segurança, até que eu tenha certeza de que meu caro amigo impulsivo está em Milão novamente. Antonella tem me contado sobre sua rotina simplória com a jovem. Ela me disse que os guardas a observaram na minha sala de estudos, talvez seja uma moça curiosa, não deve ter noção do que aquilo significa para mim. Aliás, com certeza não tem, já que os assuntos do intelecto cabem somente à nobreza e, mesmo assim, a arte e a filosofia ainda são de certa forma subestimadas. Lembro-me de quando mostrei os pergaminhos resgatados de Alexandria para Sophia. Ela pareceu indiferente àquilo, sobre a arte, gostava das apresentações dos atores e de muita música animada. Na época pensei que sua reação era por sua condição de mulher, entretanto, algumas freiras parecem ser tão estudiosas quanto meu caro Galileu, logo minha teoria não tinha fundamento. O baú de Sophia serve perfeitamente para minha "hóspede", por enquanto. Por um bom tempo achei que manter aquele baú em minha casa era uma decisão ridícula. Sophia tinha trazido alguns vestidos novos antes do nosso casamento com a desculpa de que seria mais fácil transportar tanta bagagem. "Que mulher exagerada" pensei em certo momento, mas agora creio que nem se trata de uma escolha dela e sim um induzimento dos anjos ao comando de Deus, pois já sabia o que sucederia esses vestidos. Pelo menos agora tem alguma utilidade. Confesso que fiquei curioso em ver a camponesa nos trajes de nobre. Antonella disse que a pele dela é tão delicada e macia que ninguém jamais suspeitaria que um dia já trabalhou arando a terra. Isso pode ser útil em uma fuga, caso os vigários apareçam em nome de Varinnius. Por ora, creio que a situação esteja sobre controle.

Capítulo 19

Diário de Otávia 30/06/1588

Minha vida de casada se resume a uma coisa: tédio. Não digo isso pelo casamento em si, mas pela casa. É tudo tão silencioso e discreto, tudo bem que os venezianos no geral são muito mais calados e discretos que os savonenses, mas os criados sem sombra de dúvida são quase fantasmas. O menos esquisito é um garotinho chamado Tomaso, mas ele não é exatamente meu criado, é um garoto de recados, mora com o tio que trabalha para Claudius. A noite costuma ser a hora que mais me agrada, pois meu marido demonstra muito desejo e atenção, mas por conta de sua excessiva preocupação sempre diz que se eu precisar sair é para ir acompanhada de algum criado de casa. Ele costuma dizer que Veneza é muito mais perigosa do que aparenta. Eu tentei comparar a Savona já que as duas têm porto e gente de tudo o que é canto do mundo, mas Claudius lembrou-me que aqui a única família que tenho é ele e ele a mim.

Diário de Otávia 01/07/1588

Enviei hoje uma carta para meus pais e outra para Diana e Isolda. Claudius me disse que fomos convidados para uma celebração do Doge daqui poucos dias, trata-se de alguma extravagancia para mostrar o quanto Veneza se mantém rica e poderosa graças à influência dele. Por ora é tudo o que sei, irei com Tomaso e uma criada ver meu vestido do baile de máscaras. Segundo Claudius é impressionante como toda oportunidade de usar máscaras é abraçada pelos aristocratas. Isso facilita alguns assuntos políticos secretos ou polêmicos, intrigas sobre possibilidades, assuntos e decisões não concretas, mas que podem ofender alguém que não participe dela ou que seja o alvo sem participar diretamente de tal conversa.

Diário de Tiberius 01/07/ 1588

Mayela me confirmou quanto à partida de Varinnius a Milão. A senhora Marika continua visitando-a todos os dias e os pagamentos referentes aos impostos e outras questões já foram feitos e organizados pelo cunhado. Fico me *perguntando se, não fosse pela morte de Cassius, não poderia estar fazendo companhia ao casal visitando-os com mais frequência nessa fase. É claro que isso nunca vou saber.*

Conversei com Pe. Rizzo e ele insistiu para que eu contasse o plano agora para Diana. Seria um conforto para ela saber que não é de fato uma prisioneira e sim uma protegida. Não concordei, pois há a hipótese dela não crer ou simplesmente dizer que prefere fugir sozinha. E se for para Savona? Se for abrigada por alguma família ou voltar para a dela e for descoberta colocará outras vidas em risco de julgamento. Pensarei em uma opção melhor para isso.

Diário de Diana 01/07/1588

Aqui estou eu, já faz uma semana, na casa de um desconhecido ou semi-conhecido. Não vejo seu rosto ou sequer tenho uma previsão de quando o encontrarei. Tentei fazer uma projeção para falar com as anciãs sem obter sucesso. É estranho dizer que estou me adaptando ao local, creio que o crédito seja de Antonella e talvez de meu algoz ou anfitrião. Me sentiria melhor se tivesse notícias de Savona, creio que minha avó e as anciãs tenham contado a mamãe e aos demais de confiança que estou viva e com a aparência de uma mulher da nobreza. Bem... isso é, até quando?

Capítulo 20

Em Triora 02/07/1588

O sol brilhava forte como uma típica e bonita manhã de verão, iluminava o casarão pelas janelas e enchia-o de ar fresco vindo do campo. Diana já estava acordada e pronta para tomar o café da manhã quando Antonella bateu em sua porta. Entrou com a mesma bandeja prateada e a serviu. Quando Diana estava prestes a terminar a mulher falou:

— O senhor Tiberius disse que a senhorita desejar conhecer um pouco do jardim e da plantação pode ir acompanhada.

Aquelas palavras soaram como o canto dos passarinhos. Nunca Diana passou tanto tempo longe de um jardim ou de qualquer área verde. Assentiu e perguntou se poderia ir com Antonella, mas a velha senhora disse que tinha as tarefas do dia já determinadas e que os guardas poderiam segui-la tranquilamente para a própria segurança. "Minha própria segurança, isso seria uma ameaça?" pensou, sabia que corria perigo e que todo movimento que fizesse ou fosse proposto deveria ser muito cuidadoso, pois estava sendo observada.

O jardim que contornava o casarão de quatro andares estava simplório. Não parecia ser cuidado há algum tempo, ainda sim, era bonito, havia margaridas e jasmins por toda a área. O terreno era todo íngreme e o caminho de pedras escuras formava quatro círculos interligados que facilitavam a integração e ao mesmo tempo a disposição de cenários diferentes. Dois guardas acompanhavam Diana sempre mantendo a distância de dois metros, o que não era de todo ruim, pois ao menos assim ela sentia que poderia ficar um pouco mais à vontade em meio à natureza. Uma camponesa que parecia trabalhar no local se aproximou para cumprimentar a hóspede:

— Bom dia senhora, está apreciando a vista?

— Bom dia, sim, muito bonita... — respondeu com um tom mais baixo dando um olhar para as flores levemente secas próximas a elas.

— Precisam de trato, eu sei, devia ter visto o jardim dois anos atrás. Antes de trabalhar aqui eu sempre passava na frente e ficava alguns minutos admirando com meus filhos.

— E onde estão eles agora?

— Enterrados, minha senhora... meus dois meninos, um de cinco e outro de sete anos, faleceram junto com o pai quando veio a desgraça sobre nossa cidade. Desculpe-me, senhora, não deveria ficar importunando uma mulher tão nobre, e ainda hospedada aqui, com problemas e melancolia.

— Não, não — Diana tocou o braço da mulher tentando passar carinho e empatia —, eu imagino a dor que deve ter sentido ao perder sua família. Como se chama?

— Isotta. Bem... eu que preparo sua refeição, fico lisonjeada toda vez que Antonella volta com a bandeja vazia.

— Ah! Que prazer conhecê-la! É bom falar com alguém... aqui só tenho Antonella em pouco tempo... o seu senhor parece que não tem tempo para mim... — arriscou esperando alguma informação extra.

— Ah, o Senhor Tiberius é um homem demasiadamente ocupado, mas é um homem justo e bom! Ele quase não tem comido em casa, passa tanto tempo com o Pe. Rizzo ou na sala de reuniões e estudos que até se esquece de se alimentar.

— E você tem um contato mais direto com ele?

— Não muito, senhora... Sou apenas uma criada muito grata a ele!

Uma moça de cerca de doze anos apareceu chamando Isotta para ajudar na cozinha e pediu desculpas por incomodar Diana. Era claro que todos naquele espaço acreditavam, com exceção de Antonella e o dono, que a *strega* era uma mulher da nobreza.

...

Diário de Diana 03/07/1588

Estou escrevendo entre a madrugada do dia dois e as primeiras horas do dia três.

Bom, parece que meu algoz tem algumas peculiaridades. Primeiro que agora posso andar no jardim, mesmo sendo escoltada ainda é melhor do que passar o dia inteiro dentro do quarto ou indo de um cômodo ao outro no casarão.

Círculos:
Segredos e Sagrados

Todos parecem gostar e admirar o nobre. De fato, não noto nenhuma falsidade ou bajulação. Os elogios são espontâneos, noto pelo olhar e serenidade corporal. Fico pensando, se é um homem tão justo talvez tenha me trazido para cá para ter um julgamento digno? Porém, se se importasse tanto com meu bem estar porque teria me ameaçado na cela? Seria uma explosão momentânea? Tudo me soa duvidoso, menos a sinceridade dos seus servos. Por isso sempre tento induzir a conversa a fim de conseguir alguma informação sobre esse homem. Mas todos se limitam aos elogios e compartilhamento com cuidado. Todos me tratam e me olham como se eu fosse de sangue real, mal eles sabem que há poucos dias eu estava colhendo frutos e arando a terra, abaixando a cabeça e sendo trazida aqui como uma camponesa que sou.

Fui para frente do espelho quando Antonella se despediu de mim. Pedi a ela que parabenizasse a cozinheira e ela assentiu com o sorriso terno de sempre no rosto. Já na frente do espelho tentei induzir meu transe para falar com as anciãs, dessa vez consegui chegar ao local aberto pela porta diferente que o duende do labirinto me proporcionou. Fiquei frente a frente com meu algoz, pensei que teria medo de encará-lo nos olhos, mas o que aconteceu foi exatamente o oposto. Ele abaixou o rosto e eu tentei forçar o contato visual. Quando perguntei a ele o que estava fazendo ali ele não soube me responder de imediato, depois disse que se sentiu atraído pelo desconhecido que no fundo era familiar, que ouviu uma canção antiga e seguiu-a até as águas cor de safira. Então depois de nós dois voltarmos nossas vistas para nossos reflexos na água ele me indagou o que eu estava fazendo ali, eu respondi que estava procurando a verdade.

De noite

Queria poder descrever tudo o que estou sentindo agora, não sei se consigo encontrar palavras para as emoções, então focarei em contar os fatos por ordem.

Primeiro de tudo, meu dia seguiu-se com a rotina que me foi dada desde que cheguei aqui. Acordei, tomei meu café da manhã com Antonella, fiquei um tempo na sala de estudos, encontrei alguns escritos sobre "física" e "astronomia", a meu ver pareciam mais alguns papéis escritos pelas anciãs só que com nomes diferentes de magia. Bem... interessante, não nego, se nada me for proibido gostaria de aprofundar-me mais sobre o assunto, talvez isso seja as ações da deusa indiretamente, um sinal de que meu aprendizado não será interrompido onde quer que eu esteja e sobretudo que não fui abandonada. Meu coração se encheu de felicidade e esperança. Meio dia almocei em meu aposento mais uma vez, pela tarde Antonella me trouxe algumas guloseimas e de noite na hora da janta foi quando veio a mudança! Antonella me buscou em meu cômodo para dividir a mesa com Tiberius.

Quando entrei na sala, a mesa estava perfeitamente arrumada, um homem de pele morena clara, rosto oval, olhos grandes, dramáticos e expressivos, acompanhava meus movimentos, o nariz proeminente e a boca carnuda traziam uma expressão forte e séria.

— Sente-se — levantou a mão com a palma para cima fazendo menção à cadeira em frente a dele, falou com uma voz calma — Fiquei sabendo que gosta da minha sala de estudos, espero que esteja à vontade durante sua instalação provisória aqui. Confesso que não esperava que uma strega *soubesse ler, mas parece que satã dá o fruto proibido aos camponeses.*

— Senhor, quem me ensinou a ler foi uma mulher da igreja, uma freira, nada tinha a ver com fruto ou o diabo, pode perguntar sobre a irmã Leticia. O clero sabe que ela viveu em minha terra quando eu era criança.

— É mesmo? Que interessante. Então, você tinha acesso aos livros do nobre Cassius? Tinha inveja da posição de Mayela?

— Não senhor, desculpe, mas não consigo entender o que estou fazendo aqui. Não serei julgada? — falei cautelosamente abaixando o queixo e olhando timidamente.

— É por isso que você está aqui. Se eu a deixasse em Savona, e você sendo uma strega*, seria prejudicial a todos. Aqui você tem poder limitado e não atrapalhará as investigações. Caso seja inocente não será punida antes mesmo de um julgamento, ou de um motivo concreto. Será liberada caso não tenha nada a esconder e temer.*

Fez-se um silêncio breve entre nós dois. Duas criadas apareceram com a entrada. Me mantive imóvel esperando um sinal do que fazer.

— Sirva-se. Não a chamei aqui para passar fome.

— Senhor... eu sou uma camponesa como bem sabe, eu não deveria estar em outro... cômodo?

— Trato bem meus hospedes sejam eles quem forem. E também não é bom que se misture com os demais camponeses. Triora já sofreu demais com a condenação de streghe*. Não quero mais mortes influenciadas à toa — tomou um gole de vinho — Se você for inocente também não é seguro que a vejam como culpada antes mesmo do julgamento. Nosso Senhor Jesus não gostaria disso, tenho certeza.*

Círculos:
Segredos e Sagrados

Assenti levemente com a cabeça. Peguei uma das taças a que continha água, o objeto tremia em minha mão, tamanho era o meu nervoso de estar sentada na presença daquele homem. Será que a comida não está envenenada? Ele não demoraria tanto tempo para fazer isso com uma simples camponesa... parece um homem curioso, noto como está atento aos meus movimentos. O que será que está pensando? Minha cabeça girava durante a refeição.

— Senhor Tiberius... peço humildemente que se deseja me matar faça-o logo, por favor... essa ceia não faz o menor sentido... eu nem deveria estar vestindo isso! — olhei para o vestido elegante e rebordado e o apontei com o dedo indicado — O vigário que me julgar culpada, pois sempre são todas culpadas nesses casos, irá dizer que vivi em uma posição que não foi me dada por direito e... — as lágrimas começaram a escorrer pelo meu rosto e a voz extremamente embargada — eu já estou sendo acusada por um crime maior quando só tentei ajudar... agora até presa serei condenada por dormir em uma cela bonita!

— Posso assegurar a você, dou a minha palavra, que a verdade será colocada a vista de todos. Não será julgada por ter uma vida de nobre, eu que decidi que a colocaria aqui. Além do mais, culpada ou não, uma companhia diferente nas refeições traz dinamismo a essa casa. Já que você sabe ler, pode pegar qualquer livro de minhas estantes. Se você aprender rápido o conteúdo poderá me ser útil até o aniversário de Vicente.

— Obrigada senhor — tentei conter o choro e me recompor... eu parecia, e estava de fato, desesperada.

Continuamos nossa refeição, quando serviram a sopa ele voltou a falar para comigo.

—Amanhã tenho alguns compromissos no centro, antes de sair lhe apresentarei alguns dos livros que gostaria de debater. Mayela me disse que você é uma moça astuta, isso é indiscutível em relação a sua condenação ou absolvição. De tarde, caso você já tenha lido algo, podemos conversar sobre o conteúdo.

— Sim senhor, aguardarei o senhor me chamar.

Confesso que naquele momento eu jamais imaginaria que um homem fosse querer debater comigo, ainda mais meu algoz, um nobre! Não fazia sentido, os homens no geral odeiam quando as mulheres falam de igual para igual, dizem que nós os aborrecemos com indagações ou oposições. Como esse quer que eu faça exatamente o que me ensinaram a vida inteira a não fazer? Sempre quis o sacerdócio e dedicar minha vida à deusa para que eu pudesse ser livre, até mesmo entre os pagãos os que são do sexo oposto sentem-se irritados com algumas colocações femininas, imagine um cristão! Foi assim que vim parar aqui! Se eu não tivesse compartilhado meu conhecimento de ervas para a cura da tosse do nobre Cassius eu não teria vindo para cá. Preferiram culpar uma mulher a chamar um médico, cogitar uma doença ou outra coisa.

Quando cheguei em meu quarto, Antonella escovou meus cabelos e me ajudou a tirar o vestido que tinha uma amarra mais forte na cintura. Não sei como consegui comer com ele. Sem dúvida será o vestido que menos usarei caso eu fique mais dias aqui.

Diário de Diana 04/07/1588

Foi difícil pegar no sono ontem, estava com a mente agitada. As palavras ecoavam, brincavam ao redor de minha cabeça como crianças dançando em ciranda. Quando finalmente adormeci, tive um sonho assustador. Estava caminhando por uma cidade, creio que o centro de Triora, havia flores azuis índigo em todas as casas, as pessoas sorriam para mim, meu vestido combinava com tais flores e percebi que usava um colar da mesma cor e bordados no vestido em forma de flores que pareciam com jasmim, porém não sei como se chamam. Até que cheguei a uma área pobre e deserta, senti vontade de recuar, mas quando olhei para trás uma mulher toda de preto com um chapéu pontudo me encarava como quem já esperava por aquela reação. Então continuei a andar, eu não deveria ter medo daqueles que fogem do ideal agradável, mas tive ao perceber que eu era vista como uma nobre e não uma camponesa com a mulher estranha. Cheguei frente a uma casa humilde ao lado de um acumulado de pedras, mais a frente era possível ver a altura da montanha em que eu estava. Eis que sinto alguém tocar meu calcanhar com força, uma dor semelhante a que senti quando fui capturada e machuquei meu calcanhar esquerdo veio de imediato. Quando tentei me esquivar pelo susto e pela dor vi no chão uma mulher de aspecto miserável e rosto desfigurado, a pele que um dia fora alva, quase não era perceptível, pois estava toda machucada e os olhos, expressando uma mistura de raiva e pedido de socorro, me encaravam. Pela raiz dos cabelos percebi que deveriam ser de um castanho claro, mas a poeira e sujeira no comprimento escondia a cor original. Havia sangue pisado em sua testa e em um dos olhos. O rosto formava um "V" que se destacava pela magreza da pobre mulher. Percebi que ela estava com o calcanhar esquerdo preso em uma corrente igual à de minha cela, quando consegui recuar de seu corpo ela tentou me alcançar. Senti pena e medo dela ao mesmo tempo, não sabia se aquilo seria um sinal de que eu acabaria assim depois do julgamento, se aquilo seria uma previsão de meu futuro ou obra de minha imaginação, tentei correr para o caminho estreito a minha frente, mas

Círculos:
Segredos e Sagrados

outras mulheres de chapéu pontudo e com a mesma expressão da que estava no chão começaram a surgir impedindo a saída, meu coração acelerou, voltei a olhar para trás e dei de encontro com a primeira mulher toda de preto, estava tão próxima a mim que senti sua respiração em meu rosto, quando ela levantou a mão cheia de manchas pronta para tocar em minha costela eu dei dois passos recuando e tropecei no chão, olhei para o lado e a miserável acorrentada me encarava tentando chegar mais próximo a mim, comecei a chorar pedindo que não me fizessem mal, fiquei sentada no chão frio abraçando as duas pernas contra meu peito e enterrando meu rosto em meu corpo quando senti uma delas me abraçar e gritei por socorro. Ao levantar a cabeça por instinto, vi que era minha avó a mulher que me abraçava com um braço e com o outro segurava uma espada com a lâmina enterrada no piso. A empunhadura tinha no pomo uma pedra vermelha que parecia brilhar e se destacar na mão de minha avó.

— Querida, não tenha medo, por que choras entre suas irmãs?

Ela falou em um tom de voz tão doce e tranquilizador que percebi que o medo criado pela minha imaginação era mais perigoso do que aquelas mulheres que me olhavam com curiosidade.

— Vovó, o que estamos fazendo aqui?

— Minha querida, essa não é a pergunta certa. Essas mulheres estão famintas, veja como você está bela e bem arrumada! Elas creem que você pode ajudá-las, aos olhos delas você é uma nobre, tanto é que você as enxergou como uma mulher nobre olharia e enxergaria perigo na miserabilidade. O bem e o mal habitam tanto na beleza quanto na feiura. Não deixe que o medo e o julgamento prévio a façam tomar atitudes precipitadas. Veja só o que fizeram com você, é acusada e ao mesmo tempo tratada como da realeza. Se atente às pequenezas.

— Mas porque então você está com essa espada vovó?

— O perigo não mora aqui, mas se esconde dentro de nós e devemos reconhecê-lo.

— Não estou entendendo.

Nesse momento as mulheres se sentaram e tiraram os chapéus pontudos.

- Cada um de nós é composto de luz e sombras — falou paciente —, se entendemos que a luz é o nome que damos ao nosso lado bom e as sombras é o que chamamos de nosso lado ruim então as sombras são os nossos medos, desejos, demônios e tudo o que escondemos, muitas vezes de nós mesmos, por vergonha. A luz é o calor que emanamos, o que queremos e achamos que são *nossas qualidades. Esteja atenta ao que você considera luz e sombra, bom e ruim. Nossos julgamentos dizem mais sobre nós mesmos do que sobre os próprios réus. A espada, meu amor, quando empunhada no momento certo é coragem, quando apontada para um rival que não está à altura do combate é covardia. Saber enterrar a espada na hora adequada é também um gesto nobre e digno.*

Acordei com a sensação de ainda estar dentro do abraço de minha avó.

Antonella parecia animada, trouxe-me o café da manhã na bandeja prateada e, antes que eu pudesse perguntar pelo nobre Tiberius, ela disse que ele já havia se alimentado e que me esperava na sala de estudos dentro de uma hora. Quando terminei, Antonella prendeu meu cabelo de uma forma muito elegante e me conduziu até a sala de estudos, o que não seria necessário já que eu sabia muito bem o caminho, mas como uma "hóspede" eu estava sendo cuidadosamente vigiada. Quando adentrei o cômodo, meu anfitrião estava sentado com as duas pernas para cima, os pés cruzados, lendo um manuscrito. Olhou para mim arqueando as sobrancelhas e com um sorriso animado no rosto. Por um momento quase acreditei que eu era uma parenta ao receber tamanha receptividade. Ele se levantou graciosamente e veio ao meu encontro. Parou em minha direção, cumprimentou-me e fez um gesto com a mão para que eu me sentasse próximo a uma mesa grande de mármore. O próprio móvel por si só já era uma escultura, uma obra de arte. Meu anfitrião logo percebeu meu olhar de admiração por tal objeto e disse:

— O apoio que está vendo é uma estátua representando Hércules... mas eu disse ao bispo que era Sansão de cabelos cortados depois da traição de Dalila — deu um leve sorriso de canto.

— É muito bonito... nunca vi nada igual... tão bem acabado...

— Minha mãe ganhou de um amigo artista logo que desposou meu pai.

— Sua mãe deve ter gostado bastante.

— Ela era florentina, inclinada às artes... mas quem não é nascendo ali?

— E essas outras estátuas? — perguntei mostrando interesse nas demais, olhando em volta os objetos posicionados por toda parte.

— Alguns são de família, outros encomendei, outros ganhei de presente — neste momento notei que pareceu animado com a minha pergunta.

Depois de me mostrar uma a uma das obras com entusiasmo, nós voltamos para a mesa e meu algoz ou anfitrião (cada dia fica mais difícil de entender) mostrou-me o tal manuscrito que estava lendo. Era o mesmo que eu tinha olhado rapidamente outro dia sozinha ali. Ele esperou que eu lesse os primeiros parágrafos para saber se eu teria dificuldade com os termos mais específicos, mas quando demonstrei entendimento ele pareceu satisfeito e ao mesmo tempo surpreso. Disse que mais tarde nos veríamos, se despediu e fiquei mais uma vez sozinha.

Encontramo-nos novamente desta vez à mesa para o almoço. O nobre tinha saído para caçar com o Pe. Rizzo, que me surpreendeu com sua presença em nossa refeição. De início, pensei que teria um acusador novo, mas ele pareceu muito contente em me ver. Já sabia de minha história e me convidou a conhecer sua Igreja. É um homem de estatura mediana, bem magro e com nariz arrebitado, o cabelo cacheado chega a ser engraçado com o movimento espalhafatoso de sua cabeça enquanto conversa. Narrou a ordem dos fatos da caça do dia e como Tiberius era um bom parceiro de aventuras, conhecia muito bem os bosques e se ambientava facilmente neles. De fato devia ser, pois ele não teve dificuldade em me encontrar no de Savona.

— O que acha de conhecer um pouco do centro agora? Podemos fazer a leitura dos princípios de Galileu de noite quando chegarmos, não devemos demorar muito — o nobre homem olhou para mim.

— Eu adoraria — respondi mais uma vez surpresa.

Saímos os três juntos do casarão. Eu não tinha percebido quando cheguei a Triora que o casarão de Tiberius fica no ponto mais alto do paese. *A cidade como um todo, à primeira vista, é de uma paisagem charmosa, muitas subidas e descidas como toda cidade ou* paese *localizado em uma montanha, a bandeira ironicamente tem uma personalidade pagã absorvida pelos cristãos, o cão Cerberus[15]. As pessoas pareciam simpatizar comigo, talvez por eu estar com os dois homens mais importantes do local, quase fiquei encabulada com os olhares curiosos, mas mesmo que isso soasse como um conto de fadas percebi que dois guardas nos escoltavam há poucos metros de distância. Uma mulher de chapéu pontudo sorriu para mim do ponto mais afastado do centro, perguntei ao meu anfitrião o que tinha naquele espaço do* paese *e ele me respondeu com tristeza "a cabotina".*

Diário de Tiberius 04/07/1588

Não creio que estou escrevendo isso, mas por mais improvável que isso pudesse vir a ser, aconteceu. Diana, minha prisioneira, uma mulher que julguei

---

[15] Cerberus é o cão de três cabeças do deus Hades, guardador do submundo. Em algumas outras crenças populares ele se mantém presente como "cão infernal".

ser tão indefesa, é dona de um raro intelecto. Compreende bem os princípios físicos e filosóficos e para minha grata surpresa ela sabe ler muito bem. Três fatos que na teoria não deveriam existir, mas estão sucedendo: primeiro eu ter acesso aos questionamentos de Galileu que até certo ponto podem ser ofensivos a alguns integrantes do clero, segundo, eu ter uma prisioneira em minha casa com acesso a esses livros e terceiro essa prisioneira ser uma camponesa e eu ainda estar debatendo tais assuntos com ela. Meu plano inicial de assustá-la surtiu efeito, mesmo agora, sinto a desconfiança e tensão dela inclusive nos momentos mais "informais". Quando consigo um leve sorriso espontâneo e ela percebe logo fica desconcertada e volta à postura mais defensiva. Bem, eu sabia que isso aconteceria, o que me entristece é quando penso que ela sempre me verá como um malfeitor, alguém que priva sua liberdade, mas confesso que a presença dela me é demais satisfatória. Os vestidos de Sophia a servem muito bem. Se eu não a tivesse capturado no bosque eu jamais reconheceria e duvidaria que fosse uma camponesa ao invés de aristocrata. Às vezes tendo a me inclinar um pouco para contemplar o rosto angelical, mas me contenho, pois sei que já a assustei o suficiente e agora, com Varinnius ocupado, não há motivos para manter um tom ameaçador.

Hoje mais cedo, após o almoço, eu, Diana e Pe. Rizzo demos uma volta ao centro para que minha hóspede se sentisse mais à vontade. Confesso mais uma vez que o passeio foi mais para mim do que para ela, pois gostaria de apagar ou amenizar um pouco a aparência de monstro que ela pode ter de mim. Notei que uma mulher de chapéu pontudo olhava direto para Diana e cogitei que pudesse tê-la reconhecido, mas uma pobre plebeia da cabotina jamais teria saído dali e minha prisioneira nunca tinha vindo a Triora.

Em toda a minha vida sempre tratei bem os de classe inferior a mim, sempre fiz o possível dentro da minha realidade para manter uma postura diplomática. Ter que agir de forma rude ou mais cortante quando não estou em batalha me soa incômodo. É verdade que um homem de valor deve saber se impor, mostrar sua força e capacidade, até mesmo com as damas para que assim o admirem como parceiro e aos homens para manter o respeito e lealdade. Entretanto, a exposição da compreensão e da generosidade com quem necessita é uma qualidade que almejo desenvolver mais com o passar dos anos. Gostaria que, um dia, Diana pudesse me enxergar assim.

Diário de Diana 05/07/1588

Desde a noite passada eu e o nobre Tiberius conversamos brevemente sobre os temas abordados no manuscrito de seu amigo Galileu. Hoje passamos

Círculos:
Segredos e Sagrados

o dia juntos, teria sido muito agradável se eu de fato fosse uma nobre parenta. Pareço viver encenando uma peça. Sinto que a qualquer momento tudo pode me ser tirado novamente. Primeiro foi meu lar e minha família, minha liberdade, agora que estou me acostumando sinto que a qualquer hora, em um minuto de distração serei acusada por outros crimes que não cometi. Perderei o sossego de meus lençóis de linho, minhas refeições ricas, os vestidos rebordados, os livros, a companhia de Antonella e Isotta, e até mesmo do homem que me causa tantas incertezas.

Hoje debatemos sobre os fenômenos da inércia e da queda livre, assim como o da gravidade.

— Então devemos fazer alguns testes — comecei.

— Que testes? Em que página você viu? — perguntou confuso.

— Ele sempre faz desenhos mostrando como ele fez seus testes e adquiriu essa tese conforme sua observação... devemos fazer o mesmo para ter argumentos quando ele questionar o senhor.

— É verdade, faremos agora então!

Tiberius (como prefere que eu o chame) começou a jogar objetos no chão.

— O que está fazendo?

— Eu que pergunto por que você está parada, estou fazendo os testes, ora.

— Mas o teste não é para jogar, é pra observar a velocidade, a rapidez dos objetos pesados e mais leves sendo soltos ao mesmo tempo.

Tiberius pegou os objetos do chão enquanto Antonella e um guarda apareceram na sala de estudos preocupados com o barulho, perguntando se precisávamos dos seus serviços. Confesso que tentei conter o riso, que escapou no final. A expressão de Tiberius era uma mistura de chateação com empolgação igual à de uma criança pronta para brincar, insistindo com um colega para participar. Conclusão? Ele e o guarda pegaram suas espadas que continham empunhaduras de materiais diferentes, sendo a de Tiberius mais leve. A espada do guarda, mesmo sendo solta no ar de forma reta e horizontal, teve a parte mais pesada, que pertencia à empunhadura, tendendo a cair mais rápido que o restante da espada, já a de Tiberius, um modelo que ele mantinha escondido para urgências, era extremamente leve, tendo o peso bem proporcional, de modo que a espada caiu praticamente reta na horizontal. Fizemos então nossas anotações.

Sobre a inércia demoramos bem mais, apesar de parecer um tema óbvio, pois primeiro começamos pelo sentido literal do corpo como um objeto, colocando a espada sobre a mesa sem interferência alguma de janelas ou portas abertas que pudessem causar um mínimo movimento. Em alguma parte de nosso experimento Tiberius contou sobre a origem das ações internas para as externas, o que motiva nossos corpos a se movimentarem.

— Nossos órgãos... a pulsação do coração... — respondi.

— Bem, essa é a resposta mais direta e prática. Mas o que vem antes disso não seria um propósito de existir e, existindo esse corpo, ele não deveria agir? — ele argumentou.

— Sim... claro, até as folhas das plantas se direcionam de frente para o sol, estão vivas e têm instinto também, a vida é a própria motivação — falei novamente.

— A vida é um dom e o dom da vida é um fato, mas não um propósito. Nascemos e crescemos, adquirimos riquezas e perdemos riquezas, temos cada um uma posição, um lugar e dever a seguir e honrar... mas isso tudo são fatos, nasci nobre e você plebeia isso são fatos, não um propósito. O propósito é o que vai além do dever... é o que dá sentido à vida, é o que você faz porquê sente o empurrão interno que te obriga a sair da inércia — ele começou a andar em minha direção e continuou — Quando você fugiu, correu de mim no bosque, o fez porque era seu dever, um fato, ou porque algo de dentro a movimentou?

— Porque estava sendo perseguida injustamente... e não queria morrer ou sofrer algo de natureza malévola que o senhor pudesse fazer comigo — falei, diminuindo o tom de voz ao decorrer da frase enquanto abaixava a cabeça sentindo-me arrepiada e tensa.

— Acha que vou matar você? — ele perguntou olhando fixamente meu rosto enquanto parava bem próximo de frente para mim.

Fiquei em silêncio por alguns segundos com o rosto abaixado, quando senti um calor irradiar de dentro do meu coração, então escutei minha própria voz interior falar "desperte aconteça para sempre minha deusa". Respirei fundo, endireitei minhas costas e levantei a cabeça, olhei diretamente dentro daqueles olhos grandes e expressivos, vi meu reflexo neles e então respondi:

— Se me matar for o que motiva a sua existência agora então não terei escapatória, entretanto, se o que tira seu corpo da inércia for a justiça então a verdade me libertará.

Ficamos parados nos olhando, Tiberius parecia ter dado um sorriso de lado e eu retribui, rimos levemente de forma espontânea e me senti segura comigo mesma, assim como ele manteve sua postura confiante de nobre viril e forte. Aquele breve momento com um total estranho foi mais íntimo do que *com as pessoas que vivi minha vida toda. O silencio não era constrangedor, era benéfico, como se pudéssemos nos enxergar como somos de fato e não como disseram que deveríamos ser.*

Já era noite e Antonella nos chamou para nossa última refeição. Sentamos a mesa, Tiberius puxou a cadeira para mim e sua mão encostou levemente, bem rápido, em meu braço. Se fosse há alguns dias a sensação teria sido apavorante, mas hoje foi agradável. Entreolhamo-nos como pessoas que se conhecem há muito tempo, identificando a sensação pela expressão visual.

— Isotta caprichou hoje — disse Tiberius dando uma garfada no carneiro com satisfação.

— Ela sempre acerta, porém hoje se superou — concordei.

— Antonella, chame Isotta para que eu possa dar os devidos cumprimentos e congratulações.

Não nego que sorri de imediato com aquela atitude. Lembrei-me de quando servia à senhora Mayela e como ela era generosa em elogios ao ver o jardim ou as poções, que eu preparava com carinho e dedicação, surtirem efeito, "não é à toa que são amigos" pensei. Quando terminamos nosso farto banquete Tiberius me acompanhou à porta de "minha cela" e fez um cumprimento real, retribui com a reverência de dama que aprendi uma vez com Otávia e entrei no quarto.

Diário de Otávia 05/07/1588

Recebi duas infelizes notícias essa semana. A primeira é que minha nobre querida Mayela se encontra viúva. A segunda é que Diana é acusada pela morte do nobre Cassius! Isolda tinha razão, em pouco tempo nos perseguiriam e nos encontrariam dando falsos testemunhos e acusações descabidas somente para ter a quem culpar! Mamãe e papai tem prestado apoio junto a Varinnius a senhora Mayela. Diana está presa em um paese próximo a Savona, uma das anciãs confirmou que ela está viva, mas que tem que estar atenta ao perigo.

Como minha carta contando sobre minhas primeiras impressões de casada chegou antes da carta de meus pais dando as notícias de minha terra, houve a oportunidade de saber mais sobre Isolda. Bem, não muita coisa é claro, ninguém conhece aqueles olhos como eu, segundo mamãe ela está mais quieta e tenta ser mais discreta perto dos demais moradores pescadores. Dona Mércia está tentando convencê-la a se casar, o que duvido que aconteça, tentarei trazê-la para trabalhar aqui, e quem sabe arrumar-lhe um marido, assim Claudius não

*ficará enciumado com a atenção de minha companheira, e Isolda estará prote-
gida sob os braços de um homem para chamar de seu. Espero que ela não esteja
se pressionando tanto quanto imagino para manter a segurança da família.*

Capítulo 21

Diário de Otávia 06/07/1588

Hoje é a grande noite da celebração do Doge, muitos nobres e a mais alta elite estarão presentes. Meu vestido está pronto, é vermelho vivo, combinando com meu cabelo e minha pele rosada. Usarei uma tiara que Claudius me deu entre os vários presentes de casamento. Não vejo a hora de conhecer o palácio por dentro!

Mais tarde

Escrevo enquanto Claudius está adormecido, pois não aguento segurar as palavras somente para mim. O palácio ducal realmente é belíssimo, puro luxo. O glamour da festa é inigualável a tudo o que já vi. Os afrescos, a tapeçaria, o teto repleto de ouro e, sobretudo, as pessoas que lá residem. Se eu fosse uma mulher sensata talvez eu me intimidasse com a postura e a riqueza dos nobres, seu conhecimento e influência uns sobre os outros. Claudius é o mais importante comerciante de tapetes de Veneza e, por ter muitos conhecidos árabes, desenvolveu uma bela técnica em seu estabelecimento, extremamente requintada e perfeccionista, uma verdadeira obra de arte. Também adquire algumas substancias do oriente para que a cor dos tapetes fique mais intensa e duradoura, as cores têm tons únicos, pedi uma dessas substancias para tingir meu vestido para a celebração. Ele pareceu muito contente em me ver bela e elegante, parecia gostar de me apresentar aos demais colegas comerciantes de alta classe, aspirantes a um título singelo de nobreza. Quando o Doge e mais dois de sua família se aproximaram de nós a reação de Claudius foi diferente do que eu esperava. Enrijeceu a mão em meu braço a ponto de ser incômodo dizendo:

— Não encare demais o Doge ou esses homens, contenha-se.

Disse ele, a princípio não entendi, mas depois notei o olhar curioso e de atração dos nobres por mim. Eu sabia que estava chamando atenção e gostava disso, pensei que Claudius gostaria também, afinal ele me apresentou a outros homens antes com entusiasmo e com o peito estufado como um pombo arrulhando, tamanho era o ego. Foi quando percebi que era justamente o ego que o alarmava. Um homem mais poderoso desejar a esposa dele. Perguntei a ele onde estavam as *demais consortes de seus amigos comerciantes para que eu pudesse me juntar a elas enquanto ele poderia tratar de negócios de uma forma indireta. Ele parecia mais sério e frio do que o normal, sua mão ainda continha meus movimentos de forma que se eu tentasse prosseguir meus passos me machucaria. Ele voltou a dizer para eu me "comportar adequadamente" na frente dos demais homens. Eu assenti, pois queria evitar um constrangimento e não queria desapontar ou ser motivo de briga para meu marido. Ele me conduziu, assim diminuindo a intensidade com que apertava meu braço e sorriu apresentando-me a esposa de um comerciante que conheci semana passada. A mulher, no entanto, pareceu esconder com um sorriso forçado a inveja de mim. Mal sabia ela o que o alvo da inveja seria meu infortúnio mais tarde.*

Quando chegamos em casa Claudius me questionou se eu estava interessada em outro homem, se desejava ter título de nobre com a voz sarcástica. Eu respondi que desejava ser nobre se o meu marido obtivesse o prestígio, que não entendia por que estava falando daquela forma comigo já que tudo o que eu mais queria naquela noite era honrar o meu marido, fazê-lo ter orgulho de mim e conhecer melhor o lugar que é minha morada. Ele riu, mas depois pediu desculpas, sentou-se na ponta de nossa cama, olhou para mim e disse que eu estava bonita e que não suportava a ideia de me ver com outro homem nem nas fantasias da mente daqueles cavalheiros, as quais nunca se concretizariam. Que eu era dele e que ele desejava me proteger, pois me amava. Pegou minha mão e beijou, depois passou as duas mãos pela minha cintura e pelo meu quadril, se levantou e me ajudou a me despir, quando viu meu braço com um leve hematoma beijou o local "vamos fazer um acordo" começou, "eu não farei isso novamente e você será mais discreta com os nobres, certo?" então me beijou na boca e eu afirmei que me comportaria como uma esposa dedicada.

...

No Bosque em Savona 06/07/1588

Durante o pôr do sol

Aisha e Paola discutiam sobre a possibilidade de trazer Diana para o antigo templo antes que fosse tarde demais. Lygia as interrompeu.

— Isso não é assunto para o agora, Diana é uma filha da deusa, está em sua jornada mesmo que distante de nós e quando o perigo for iminente ela entenderá os sinais. Nós devemos auxiliá-la conforme a vontade do divino, ela sabe disso. Foquem suas atenções agora em Laura.

As três mulheres foram para o quarto da anciã mais velha, já tinha passado dos cem anos, seu rosto magro e pálido, enrugado pelo tempo, marcado de sabedoria e vocação se despedia da vida terrena.

— Irmãs, foi um prazer caminhar ao lado de vocês nessa vida, sinto que meus entes queridos que não vejo há tanto tempo me aguardam. Cuidem bem de nossas meninas e nossos meninos.

Lygia segurava sua mão firme, beijou-a e se despediu assim como as outras duas chorosas atrás dela. Sabia que a próxima seria ela, ainda que demorasse mais uma década pelo menos. As anciãs viviam muito mais tempo do que as mulheres comuns. Tinham uma vida regrada como um monge em um monastério. O estudo e o serviço ao divino nunca é finito e isso, por si só, já é uma motivação natural para a vida destinada ao sacerdócio.

De noite

O corpo de Laura tinha sido preparado, ficaria em seu quarto como de costume. A notícia da morte da anciã mais velha foi dada aos demais membros do *coven*. Maria, que estava sensível demais desde que a filha tinha sido capturada, dizia coisas do tipo "se Diana morrer presa não terá direito nem ao rito de passagem" e caía no choro. Lygia tentava confortá-la, o que era quase impossível. Pouquíssimas pessoas conseguiam manter uma fé tão inabalável quanto à de Lygia e encarar as emoções sem se desiquilibrar por completo. Gaia por sua vez, mantinha uma postura firme e séria, no fundo tinha medo pela irmã, mas acreditava na força e poder de uma *strega*. Varo não expressava reação, era como se não acreditasse que tudo o que estava acontecendo fosse real.

...

Isolda quase não saía mais de casa, deitada em sua cama chorava copiosamente. Sentia-se angustiada, em parte culpada, imaginava o que Otávia pensaria dela se estivesse ainda ali. Que era uma traidora, mas ela tentou avisar Diana, até conseguiu, mas o que poderia fazer contra dois homens da nobreza? Nem *strega* ela era para que fizesse algum truque. "Você podia ter ajudado ela a escapar durante o caminho para o outro *paese*" pensou. No fundo, as palavras da mãe a afetaram mais do que podia esperar. Sentia-se cada vez mais sozinha e desamparada, presa dentro da única escolha cabível à sua condição de mulher. Casar-se. Matteo continuava a ter sonhos estranhos e falar com a "dama dos gatos" o que por vezes deixava Isolda irritada e nervosa. Ele costumava dizer e repetir incisivamente que a irmã tinha o destino atrelado à dama de suas visões. Isolda tinha medo que alguém ouvisse e o acusasse de bruxaria. A mãe vivia andando ao lado da mãe da acusada. Logo a associariam ao *coven* e o pouco de reputação que tinha iria por água a baixo... ou melhor, chamas acima. Sentou-se na cama exigindo de si mesma que parasse com aquela cena, que estava na hora de tomar uma atitude. Se ninguém podia salvá-la então ela mesma se salvaria. Havia um rapaz pesqueiro também, acerca de quem giravam boatos sobre ser afeminado. Se for verdade, ele se encontra na mesma situação que ela, está sempre se equilibrando em uma corda bamba para não ser punido, e casando com Isolda nem um nem outro necessitaria consumar o casamento, mas ninguém saberia disso de fato. Todos estariam seguros e tranquilos. Matteo poderia morar com eles enquanto espera a idade chegar para constituir sua própria família.

...

No porto de Savona 07/07/1588

Isolda observava Marcus preparando o barco para a segunda tentativa de pescaria. Era um pouco estabanado com a rede, felizmente para sua sorte era muito simpático com os colegas que acabavam por ajudá-lo com elas. Quando o jovem voltou à praia veio falar com Isolda.

— Notei você olhando para o meu barco, soube que você pesca muito bem — deu um sorriso carismático.

— Faço o meu melhor.

— Ontem de noite chegou um barco da Noruega, tem um andarilho que fala a nossa língua, e o que parece o líder deles também fala algumas palavras, estão cheios de objetos curiosos... pensamos que iam nos atacar, mas parece que eles portam um termo de permissão da república para fazer negócios aqui. Vai ter uma festa na casa de um dos pescadores, Mirko, se quiser vir de noite comigo, está convidada.

— Estarei lá! — Isolda tentou parecer simpática, não levava muito jeito para conversar com quem não tinha proximidade.

...

De noite na vila dos pescadores

O pai de Mirko tinha ascendência viking, como Savona há alguns anos atrás era um dos portos mais famosos e importantes do antigo império romano era comum a mistura de povos, especialmente do continente europeu, ali na região. Seguindo as regras de Gênova e pela própria localização, ainda tinha um comércio bem movimentado de estrangeiros.

Quando Isolda entrou na estalagem com Marcus se deparou com uma cena inesperada. Havia muitas mulheres que chamavam de escudeiras, estavam misturadas aos pesqueiros. Todas muito altas, olhos extremamente azuis, o cabelo claro raspado do lado em algumas, em outras apenas as tranças vikings, usavam tintura nos olhos assim como os homens de seu povo ali presentes, de estatura ainda maior. Isolda se sentia do tamanho de uma criança perto deles. O andarilho parecia extremamente à vontade entre eles, os pesqueiros, no entanto, se dividiam entre os que franziam a testa de preocupação e os que já estavam bêbados e abraçavam os estrangeiros sem o mínimo pudor. Na ponta de uma mesa comprida estava uma dessas "escudeiras", parecia ter o rosto esculpido de tão perfeito, o cabelo prateado estava meio preso, os dedos longos contornavam a taça com a bebida e, de todos ali, parecia ser a mais calma e observadora, não fazia gestos bruscos, quando notou que Isolda a encarava curiosa levantou a taça como quem cumprimenta à distância, Isolda movimentou levemente a cabeça como quem retribuía o gesto. Marcus havia percebido o estranhamento da parceira pelo vestuário dos nórdicos e falou-lhe ao pé do ouvido:

— O andarilho disse que é uma estratégia do líder deles, dependendo do local em que ancoram vestem-se assim para causar medo, pois a fama dos vikings antes da conversão à Igreja é que todos eram extremamente violentos e poderosos no confronto. Quando essa tripulação se depara com um local em que é mais favorável agir diplomaticamente então se vestem com as roupas normais da corte.

— Da corte? Quer dizer que todos aqui são nobres que desejam nos assustar com essas vestes?

— As mulheres e os homens que você está vendo aqui são em sua maioria da corte, variam entre suas classes.

— Então... as mulheres voltarão a vestir vestidos e joias?

— Creio que sim.

— E os cabelos? — continuou indagando curiosa.

— Bom... eu imagino que elas devam ter como disfarçar com véu ou tiaras... Elas dão um jeito — respondeu por fim.

Durante a noite Marcus puxou Isolda para dançar, o que no início parecia deixá-la tímida, mas depois a alegria e o sorriso do rapaz a contagiaram. As pessoas pareciam olhá-los como um casal de fato e se antes os homens tinham receio de se aproximar de Isolda, agora que não chegavam perto mesmo, pois entendiam que era comprometida. Algumas trocas de olhares entre Isolda e a escudeira tornaram a acontecer, mas sempre mantendo distância. Quando começou a clarear o dia, Marcus acompanhou Isolda até a porta da casa dela.

— Acho que formamos uma grande dupla — disse ele.

— Concordo... deveríamos fazer isso mais vezes — respondeu a moça.

— Podemos fazer isso para sempre se quiser.

— E de que modo isso seria possível?

— Ora, acho que tanto eu quanto você sabemos bem, quer casar comigo?

Isolda sorriu e concordou, quando fechou a porta riu de si mesma, pois estava feliz por conseguir algo que sempre disse não suportar nem a ideia.

Isolda subiu a escadinha estreita e foi dormir em sua cama ao lado da de Matteo, tinha pouco tempo para descansar, percebeu que a mãe não estava em casa, mas àquela altura já não era possível esperar algo diferente. Com certeza estava no bosque com as *streghe* homenageando Laura.

08/07/1588

Quando o dia estava claro e a jovem bebia leite de vaca com Matteo na cozinha apertada, ouviu um burburinho vindo de fora e logo em seguida a porta de entrada foi arrombada. Três guardas e dois vigários surgiram, olharam para Matteo e um dos vigários deu ordem para levá-lo dali. Isolda se desesperou e começou a gritar perguntando o porquê daquilo, um dos guardas apenas a empurrou e não permitiu que se aproximasse do irmão. O outro vigário a encarou e por fim disse:

— Recebemos uma denúncia de que esse rapaz permite satanás em seu corpo, fez um pacto com o demônio. Estamos aqui para varrer esse mal.

Isolda caiu no chão, tonta, de joelhos, o ar lhe faltava, tentava pensar em uma solução, mas não conseguia, quando conseguiu se levantar foi até a porta e havia um alvoroço, uma vizinha comentou aos prantos:

— Estão levando todos os "pecadores", que Deus tenha misericórdia de nós! Levaram minha filha, ela não fez nada!

Isolda saiu correndo atrás dos guardas e viu o irmão preso em uma gaiola quadrada enorme junto com três mulheres e para piorar tudo, Marcus estava ali também. Ela correu tentando se aproximar, ele estava com a testa escorrendo sangue, perguntou do que o acusavam e ele com lágrimas nos olhos só abaixou a cabeça e pediu desculpas.

— O encontraram cometendo o pecado da luxúria com outro homem... mas o companheiro ainda não foi encontrado — disse outro vizinho.

Isolda tentou tocar na mão do irmão caçula e de Marcus, mas a carroça que puxava a gaiola começou a andar depressa e Isolda tonteou de nervoso, o vizinho a segurou evitando que caísse no chão.

— Ainda não acabaram, moça... — disse o homem com lágrimas nos olhos.

Isolda sabia o que aquilo significava. Era apenas uma amostra do caos que se instalava. Tentou se recompor, subiu na pequena carrocinha da família e seguiu rumo à casa de Varo e Maria. Quando chegou em frente à pequena e simplória edificação se deparou com os vigários novamente. Dona Maria estava no chão, desacordada, um dos guardas tentou carregá-la, mas o marido desesperado começou a gritar que a mulher estava morta. Um dos vigários se aproximou para certificar-se de que não havia mais vida naquele corpo, foi então que se levantou e disse:

— Essa alma já foi condenada, não há mais o que fazer, tragam a outra para prosseguirmos.

Foi a primeira vez que Isolda viu o senhor Varo chorar. Olhou para a porta tentando enxergar Gaia sem sucesso, um guarda saiu segurando

Mércia. A pobre mãe levantou o rosto e viu o semblante da filha desestruturado. Isolda correu para abraçá-la nervosa, o vigário em um breve momento de compaixão permitiu que se despedissem.

— O que vou fazer agora mamãe? Sem vocês? Eu juro que tentei seguir seus conselhos, mas eles chegaram antes e... — disse soluçando.

— Minha filha eu te amo, não importa o que aconteça, lembre-se de ser leal aos que você ama, só assim encontrará paz. Sempre haverá perigo em nossas vidas, mas a dor é mais fácil de ser suportada quando dividida por dois corações, não abandone suas amigas, nem você mesma. Lembre-se que os três verdadeiros pecados são os três piores vícios que alguém pode possuir: covardia, traição e ignorância, foram esses três que trouxeram a minha morte e a de Matteo. Por outro lado, as três virtudes são a sua salvação: coragem, lealdade e inteligência — Mércia falava com o tom de voz tranquilo e o olhar melancólico.

— Eu te amo, mamãe, darei um jeito de tirar vocês da prisão! Vou provar a sua inocência!

— Poupe seus esforços minha querida, foque no seu destino, cada um de nós tem um proposito e talvez o meu e o dos demais aqui seja dar o exemplo da punição errada...

Um guarda puxou Mércia enquanto ela terminava de falar e a direcionou para a gaiola. Isolda ficou olhando a carroça partir, quando se distanciou da casa em que os camponeses e a pesqueira estavam, ela virou-se para Varo. Ele ainda estava no chão, segurando em seus braços o corpo da esposa recém-falecida. Gaia surgiu alguns segundos depois, empalidecida.

— Onde você estava?

— Escondida, claro — Varo respondeu rápido antes que a filha abrisse a boca para falar algo e continuou —, você sabe como essa gente se acha melhor e no direito de nos tomar tudo, imagine o que esses homens fariam com Gaia se a vissem desprotegida.

Isolda entendeu naquele momento o que Varo queria dizer. Gaia tinha uma beleza hipnotizante e naturalmente sensual, mesmo sendo uma mulher de hábitos tão discretos. A última coisa que Varo precisava naquele momento era perder mais uma mulher de sua família. Se Diana estivesse ali talvez ele se preocupasse menos, pois a mais nova ainda tinha

De noite

Isolda foi à masmorra em que os vigários haviam anunciado que os detentos se encontravam. Ao chegar à entrada com uma cesta de pão e frutas notou que logo haveria troca de vigia e que um dos guardas era mais irritado e o outro bem preguiçoso. Esperou o primeiro sair para o descanso e se aproximou do segundo. Ele mal parecia atentar à sua presença e deixou que ela entrasse no corredor para ver os prisioneiros. O caminho subterrâneo até as celas era úmido e frio, porém curiosamente bem iluminado por várias tochas, até muito, considerando o corredor estreito e comprido. Haviam três celas ocupadas, uma com cinco mulheres, outra somente com Matteo e Marcus e mais uma com Mércia que dividia com duas moças bem novas. Isolda repartiu o alimento entre as celas, felizmente havia trazido uma boa quantidade. De todos ali, Matteo era o de melhor semblante apesar de claramente ter sido torturado. Ainda não tinha chego a vez de Marcus ser interrogado, isso ocorreria na manhã seguinte e ele se tremia como quem está com febre alta. Quando Isolda deu o pão em sua mão e ele a tocou começou a falar:

— Você vai ser uma excelente esposa eu tenho certeza, o homem que casar com você será muito feliz... me desculpe por não ter conseguido fazer esse papel antes... me desculpe por ser essa abominação... me desc... — começou a chorar.

— Você nunca foi, não é e nunca será uma abominação, esses homens... eles têm raiva de nós, de quem consideram uma ameaça, é por isso que você está aqui! Porque eles enxergam o seu real poder! Marcus, eu não te conheço além do trabalho e da noite de ontem, mas você foi o primeiro e único homem que cogitei casar, sei que você é bom...

— Não foram eles que me chamaram assim Isolda... foi minha mãe... meu pai... meus irmãos, minha família tem vergonha de mim, eu os desonrei! Minha mãe virou as costas quando me levaram de casa... ninguém quis se despedir de mim... meu irmão me encontrou com meu... bem... eles chamam de amante... e agora estou aqui, entende?

— Marcus... eu não sei o que dizer... mas eu sei que eles estão arrependidos... Você é a família deles, é o rapaz mais carismático e gentil que conheço depois de meu irmão.

— O pior não é nem a humilhação pública que virá adiante... é o abandono de quem eu mais amo e de quem é a minha base... os primeiros rostos que conheci... os primeiros amores... agora são os primeiros que me deram as costas. Eu juro, Isolda, quando vi você, gostei da sua companhia, queria tentar... mas é óbvio que eu acabaria por condenar você junto comigo nessa cela... tome cuidado, minha amiga.

— Seja lá o que for que fizerem com você, eu nunca o esquecerei, saiba disso — falou Isolda com a voz terna e embargada.

— Vai dar tudo certo irmã, a dama da carruagem de gatos te protegerá — Matteo falou tão baixo que somente Isolda entendeu as palavras.

— A você também irmão.

...

Na praia

Isolda ficou sentada na areia por tanto tempo que nem sabia dizer. Um movimento atrás dela a fez perceber que estava acompanhada.

— Lembra daquela noite... a iniciação da minha irmã? Quando tudo parecia igual? Quando nós ainda erámos somente garotas da plebe comuns? — falou Gaia.

— Sim... lembro-me de todas as noites que viemos à praia — respondeu Isolda que tomou um tom entre cansaço e tristeza.

— Lembra de como ficava rabugenta longe de Otávia?

— Eu sou rabugenta. Minha vida não gira em torno de Otávia como vocês gostam de insinuar.

— Não, claro que não, mas quem o coração considera especial, a pessoa amada, sempre desejamos ter por perto.

— Você veio para me atazanar? É isso? Já não basta tudo o que aconteceu? Vocês gostam de ficar me lembrando que tudo o que eu e Otávia temos não é o suficiente? Que tipo de amigas e parentes vocês são? Como mamãe e os ruivos defendem tanto vocês? Diana era a mais sensata e deu no que deu — alterou o tom de voz.

Círculos:
Segredos e Sagrados

— Desculpe, tem razão — falou Gaia em tom humilde e abaixando a cabeça.

— O que você veio fazer aqui? Nem somos amigas de verdade... digo... desculpa, eu tenho medo disso tudo...

— Eu sei... eu perdi minha irmã primeiro, perdi minha mãe agora... mas vim aqui para te lembrar de que não está sozinha. Sabe... você é mais corajosa do que pensa que é. Mais leal e parceira do que realmente sente e mais inteligente do que ainda vai se descobrir ser — Gaia levantou a cabeça e começou a olhar fixo direto para o mar, junto com Isolda.

— Agradeço, mas isso não muda nossa situação atual — respondeu Isolda em tom seco.

— Você se arriscou em ir ao bosque avisar minha irmã, foi hoje à minha casa sabendo do perigo, desceu a masmorra para dar de comer aos prisioneiros... acha que isso não muda nada?

— Não. Veja nós duas aqui, de novo. Órfãs de mãe, irmãos perseguidos pelos dons. Minha coragem não foi o suficiente para esconder Diana, nem proteger Matteo, ou defender minha mãe e meu possível marido... ao invés disso estou aqui, conversando com uma *strega* sob a luz da lua.

— Você insiste em manter os olhos tapados porque acha que dói menos? Você provou lealdade a uma amiga que cresceu com você. Você provou lealdade à sua família, não deu as costas mesmo quando o pior aconteceu, você deu acalento a eles... sentir-se amado é o que dá mais poder a nós humanos e você, mesmo achando que não fez muito, trouxe calor aos piores dias de suas vidas.

Isolda lembrou-se das palavras de Marcus na cela "aberração, família" duas palavras que não fazem sentido juntas em uma frase, mas mesmo assim continham a trágica realidade do pesqueiro. "Poderia ser eu" pensou ela, "pelo menos Otávia está casada e segura... partiu antes de os vigários chegarem". Como se Gaia pudesse ler os pensamentos da amiga, continuou a falar:

— Você celebrou a felicidade de Otávia junto conosco, mesmo sabendo que isso significava o fim de um ciclo, o afastamento de vocês duas, sabia que o coração dela passaria a ser de outro e mesmo assim a apoiou, presenteou e a abraçou. Eu te admiro porque um dia eu já perdi o homem que amei para outra, mas no lugar de bênçãos eu queria jogar maldições sobre o casal. Você permitiu que ela seguisse o destino dela sem nunca propor uma fuga por mais maluca e improvável que fosse, você nunca questionou os sonhos dela, não porque eram sonhos considerados normais para uma jovem donzela, mas porque você sabia o que era importante para ela e respeitava. Está na hora de você olhar para o seu destino Isolda.

As duas moças morenas se entreolharam e seguraram levemente as mãos por alguns segundos como que em um ato de solidariedade mútua. Então Gaia se levantou e deixou Isolda sozinha, deitando-se na areia. Quando os primeiros raios de sol começaram a surgir, Isolda foi acordada por um rosto que jamais esperava ver.

— Sabia que os pescadores gostavam de mar, mas não aponto de dormirem na areia.

Os longos cabelos louros prateados pareciam brilhar ainda mais no amanhecer. A estrangeira fez um gesto como que para prestar ajuda a Isolda se levantar. Foi quando Isolda percebeu que o colo da mulher alta a sua frente tinha pinturas em forma de desenhos iguais aos que Matteo fazia nas pedras da praia.

— Então... você fala a minha língua? — perguntou a pesqueira.

— Sim, o andarilho me ensinou bastante coisa antes e durante a viagem para cá.

— Pensei que só quem sabia falar eram o andarilho e o seu líder — disse, desconfiada.

A nórdica deu um riso bonito deixando a mostra os dentes perfeitos, foi então que disse:

— A líder do navio sou eu. Permita-me que eu me apresente. Sou Eda, princesa da Noruega.

Capítulo 22

Diário de Tiberius 09/07/1588

Hoje pela manhã eu e Diana estudamos um pouco sobre a defesa do heliocentrismo de meu caro amigo Galileu. Ela não pareceu tão convencida dos argumentos, pois disse que era difícil contra-argumentar ou manter uma teoria tão revolucionária sem o mínimo de provas. Que para podermos estudar mais a fundo deveríamos ter acesso ao objeto astronômico que ele usa para seus estudos. Tive que concordar, mas apesar da ideia ser fascinante é um tanto perigosa, devo manter o assunto com discrição para evitar acusações descabidas e ignorantes de outras pessoas. Por isso, escrevi uma carta ao meu velho amigo pedindo que na próxima vez que nos encontrarmos ele me mostre como funciona seu instrumento de trabalho para que eu possa reproduzi-lo em casa.

De tarde fui ao encontro de Pe. Rizzo, encontrei-o enxotando duas galinhas de dentro da cozinha que tinham fugido do galinheiro e entraram em sua casa. Os coroinhas se davam de testa tentando segurar o galo preto enorme que saiu logo depois das duas fujonas. Foi uma cena cômica, não pude evitar rir. Quando o padre finalmente conseguiu segurar uma das galinhas, a outra voou por cima de seu cabelo cacheado deixando-o totalmente de pé misturado com algumas penas, o homem de Deus se desequilibrou e caiu no chão segurando a que já estava no colo. Aproximei-me para ajudá-lo a se levantar, mas ele jogou a galinha em meus braços dizendo para eu segurá-la firme enquanto ele ia atrás da voadora. Depois de uma busca intensa pela galinha fujona, a encontramos no quarto do padre, estava muito bem acomodada no centro da cama e tinha acabado de colocar um ovo. Ainda bem que não quebrou o ovo, coitado de meu amigo, há quem diga que as maiores aventuras são no bosque ou no campo de batalha, hoje digo que as aventuras domésticas podem não ser as mais perigosas, porém, sem sombra de dúvida, deixam sua marca satírica em nossas memórias. Um homem ungido, outro de nobreza incontestável e os dois são jovens estabanados tentando controlar animais inofensivos.

Quando Pe. Rizzo retomou seu semblante mais tranquilo começamos a conversar sobre o real motivo de eu ter ido ali. Fui pedir seu conselho.

— Caro amigo, por que algo me diz que você está se afeiçoando a esta moça mais do que pretende deixar explícito? — indagou-me.

— *Eu não nego que aprecio a companhia dela, às vezes me esqueço de que é de origem camponesa até... gostaria que nossa desculpa de estadia fosse verdade. É uma mulher muito inteligente, gosto de conversar com ela.*

— *Gosta da aparência dela também?*

— *Padre, não é disso que vim falar, ora essa!*

— *Não tente esconder nada, pois Deus vê tudo e sabe de tudo. Se você veio aqui é porque você também sabe disso e sente necessidade de falar e perguntar o que Deus pensa a respeito.*

Não estávamos no confessionário, mas sim na sala sacra, sentados à mesa e conversando como mestre e aprendiz. Dei um soco na mesa por impulso e levei a mão à testa, depois me arrependi e pedi desculpas.

— *Já pensou em contar a verdade para ela?*

— *Ela sabe de meia verdade... o suficiente para se manter segura aqui.*

— *Meia verdade é meia mentira. Omitir um fato importante como o porquê alguém é retirado do seu seio familiar e passa a viver uma realidade criada por seu algoz também é uma forma de viver uma mentira.*

— *Eu só faço o que faço porque desejo mantê-la viva, o senhor não entende? Se eu contar a verdade completa... qual será a reação dela? Ela não acreditará nunca mais em mim!*

— *E você acha mesmo que se não contar e ela descobrir ela vai acreditar em você? Meu amigo veja bem, você mesmo se coloca em posição desvantajosa para si e para ela. Diga a verdade, você está sentindo algo além da piedade por essa moça? Por que tanta necessidade de proteger uma desconhecida? Você não ficou tão desnorteado assim por nenhuma das moças que moram aqui que foram julgadas, mesmo que não concordasse com as ações dos vigários. Se você tem a boa intenção de depois mandá-la embora para ser livre por que fica tão preocupado com a visão dela sobre você?*

— *Eu não posso permitir que uma mulher com um semblante tão angelical e tão inteligente possa ser culpada por um crime que não cometeu! Padre, eu confesso que uma parte de mim deseja que ela fique... não posso negar isso aos olhos de Cristo na cruz* — *apontei para a imagem atrás do homem de batina* —, *mas para ela ficar... Eu não quero que ela me enxergue como o mostro que criei para assusta-la quando a capturei. Eu sinto que ela pode me ver como eu sou verdadeiramente, mas ainda assim, preciso de mais tempo para que ela possa considerar confiar em mim e, quem sabe, querer ficar... se ela desejar ficar... ninguém duvidará que tem origem nobre. O senhor sabe, quando fiquei noivo de*

Círculos:
Segredos e Sagrados

Sophia eu estava cumprindo meu papel de herdeiro e ela o dela, aceitando-me, mas veja o que resultou... sei que os casamentos são contratos além de nossos corações e escolhas pessoais, mas talvez Diana tenha sido enviada por Deus para mim... Talvez, no fundo, o que tanto desejei veio a se tornar real e se ela for embora agora, ou se eu contar a verdade completa... tudo pode ir pelo fim.

— Amigo — tocou em meu ombro —, é claro que essa moça pode ser uma enviada de Deus, só ele conhece e mostra seus verdadeiros desígnios, mas lembre-se, você não pode começar a nutrir uma relação baseada em mentiras, se o que você deseja é ter um matrimônio com a base de amor e não de riqueza, você precisa ser honesto com essa moça, é a vida dela que está em risco, mais do que os seus sentimentos meu caro. Veja bem, Sophia mentiu para todos e quando você descobriu a verdade sobre ela como se sentiu? Traído, certo? Olhe comigo ali — apontou para um quadro —, a sagrada família formada por uma mãe serva de Deus, pura e digna, sincera em cada humilde palavra, seu fiel esposo cumprindo seu dever de protetor. Os dois nunca omitiram nada um do outro, se o fizessem, não seriam os escolhidos para formar a sagrada família e cuidarem do nosso pequeninho Senhor quando chegou a este mundo. Devemos sempre nos espelhar nos modelos sagrados das escrituras e das palavras de Deus, nos bons exemplos que nos antecedem. Acredite, meu amigo, quando fizer isso, verá o milagre tomar forma.

Diário de Diana 10/07/1588

Escrevo agora depois de um sonho perturbador. Otávia, Isolda e Gaia choravam em torno de um triangulo desenhado na terra do bosque próximo ao panteão. Eu estava dentro do triangulo deitada sem conseguir me mexer, gritava pedindo ajuda e para que alguém me explicasse o que estava acontecendo. De repente, a visão ficou turva, mas ainda assim conseguia ver e sentir fumaça e fogo, muitas pessoas gritando e chorando em volta de nós, corpos caídos no chão, alguns sem vida, outros se rastejando agarrando o último sopro de esperança. Estalos de chicotes e cavalos relinchando. Quando consegui me levantar e retomar meus movimentos a terra parecia se inclinar ora para um lado ora para o outro. A ruiva e as duas morenas não estavam mais nos ângulos do triângulo. Tinham desaparecido, mas os corpos só se multiplicavam. Um cavaleiro encapuzado com uma túnica verde cavalgava com uma foice na mão, braceletes de ouro pesado reluziam e pareciam ofuscar minha vista. Caí para trás de volta ao triangulo, agora Paola me sacudia como quem tenta me acordar. Olhei desorientada pendendo a cabeça para a direção do inicial ângulo de Gaia, nossa casa estava coberta de sangue, tentei me levantar sem sucesso, olhei para o outro ângulo onde Otávia estava, as mangas de seu vestido estavam rasgadas e ela estava ajoelhada como quem queria se esconder. Olhei então para o ângulo restante que era o de Isolda, para a minha maior surpresa ela estava vestindo calças, o cabelo totalmente preso e o rosto pintado com desenhos que já vi antes, mas não sei dizer o que significam. Então ouvi Paola gritar nervosa: "O perigo está próximo, cuidado! O perigo age com os disfarces da beleza".

Foi quando acordei suada.

Diário de Diana 11/07/1588

Hoje o dia está absurdamente quente, uma onda de calor subiu a montanha e me fez trocar de roupa três vezes até achar um tecido mais leve e confortável para o clima. Prendi meu cabelo todo em um coque alto com a ajuda de Antonella, que parece adorar escovar meus fios, no normal, quando eu fazia isso sozinha em minha "outra vida" eu achava tão cansativo e agora tenho alguém para me ajudar em tudo. Não contei nada de meu pesadelo, obviamente, mas Antonella percebeu que eu não parecia muito bem desde ontem, coloquei a culpa no clima que me causava fadiga. Considerando que talvez nem a própria Antonella saiba ou tenha certeza que não sou nobre foi até fácil de convencê-la por esse motivo. Às vezes tenho que me lembrar de não fazer certos gestos ou tomar certas providências que apenas as mulheres que não tem serviçais e são acostumadas ao trabalho braçal tomam. Como quando me ocupo do jardim, Tiberius me deu permissão para "trabalhar nele", eu não posso ficar literalmente agachada na terra cavando e trocando as mudas como já fui acostumada, mas posso fiscalizar o serviço dos que o fazem. Só o fato de estar em ar puro no meio de flores já me faz me sentir melhor, embora o pesadelo e a frase de Paola não me saiam da mente. Será que aquilo seria um aviso para não confiar no meu algoz? Será que no final ele pretende realmente se vingar da morte do amigo com a minha morte? Bom... devo continuar atenta. Tiberius permite que eu transite pela cidade acompanhada de dois guardas, então irei à igreja em que trabalha seu amigo Pe. Rizzo. Ele me foi muito simpático desde a primeira vista e sinto que é uma pessoa verdadeira, talvez eu encontre alguma pista do que significa meu sonho atormentador pelas palavras de um sacerdote.

Mais tarde

Círculos:
Segredos e Sagrados

O Pe. Rizzo me recebeu com excelentes boas-vindas. Cheguei alguns minutos antes da celebração da missa das 11h. Ele convidou-me para assistir e aceitei. Havia poucas pessoas na igreja, a maioria eram senhoras com seus netos, aparentemente. As mães ou estavam trabalhando ou deveriam já ter falecido e os pais o mesmo. Triora foi um dos lugares que mais sofreu com a queda na produtividade do campo nos últimos verões, o que fez com que muitas pessoas morressem pela acusação indevida de bruxaria e de pragas. Como se fossem culpadas dos males do mundo e desejassem tais situações de miséria e desamor. Sentei-me em frente à imagem da Virgem Maria, Maria como minha mãe, fiquei imaginando o que ela pensaria de mim se me visse daquele jeito, se ficaria feliz, orgulhosa, decepcionada? Não sei, preocupada com certeza. Sinto falta do seu abraço, do seu aconchego, da sua ternura, parece até ironia eu me sentar justamente de frente para a mulher em que os cristãos buscam o colo sagrado de mãe. Mas nada é por acaso, sei disso, o divino que habita em cada um de nós é mais sábio que nosso ego ou nossa mente. Fui a primeira a comungar, sou crismada, participei de todos os ritos católicos de minha cidade mesmo sendo uma pagã. O ato não me tira pedaço e, além do que, é melhor para não levantar suspeitas e ser apedrejada, pois depois que o senhor Jesus ascendeu novamente aos céus parece que a maioria de seus ditos seguidores se esqueceram que não têm o direito de julgar ou exercer o ódio sobre os demais. Quando acabou a missa algumas crianças pareceram curiosas e animadas em me ver, acenaram discretamente para mim e as senhoras envergonhadas me cumprimentaram a certa distância. Eu assenti, tentando ser simpática e manter uma postura que uma mulher nobre teria. Senti-me perdida nesse segundo ponto, imitei os trejeitos da senhora Mayela e parece que deu certo.

O Pe. Rizzo me conduziu alegre à sala sacra, perguntou-me se eu gostaria de ficar para o almoço, eu disse que agradecia, mas que devia voltar até meia hora para casa que Tiberius provavelmente chegaria para a refeição. Ele soltou uma risada engraçada e gentil ao mesmo tempo e disse:

— Ora, ainda bem, porque a galinha está queimando, pelo cheiro. Não quero que a primeira vez que a senhorita coma em minha humilde moradia seja um acontecimento tão desastroso.

Tentei conter o riso alto, pois sabia que não era apropriado para mulheres, especialmente da classe alta, falarem ou se expressarem em tom acima do esperado. O padre continuou a sorrir e me ofereceu café, esse sim estava com um cheiro bom.

— Foi uma das paroquianas que fez. Elas me ajudam bastante no serviço do dia a dia quando os coroinhas não o podem, ajudam inclusive nas tarefas domésticas. Espero que o café esteja do seu agrado.

— Está ótimo, obrigada — tomei um gole e coloquei a pequena xícara no pires.

— Então, a que devo a honra de sua presença?

— Bem... o senhor é um homem ungido, creio que entenderá a minha necessidade de falar com alguém que representa o divino no dia a dia. E sendo um homem de Deus, seguidor fiel como bem me parece, sei que me dirá a verdade.

— É claro minha filha, estou aqui à sua disposição! O que lhe aflige? Imagino que esteja com saudade de casa.

— Sim, estou, nunca saí de perto dos meus pais, nem de minha irmã, para um lugar além de Savona. Padre, eu juro... eu nunca fiz ou faria mal algum ao amigo de Tiberius ou a qualquer pessoa... — minha voz começou a embargar de nervoso, mas continuei — preciso que me diga, o senhor acredita em mim? Posso me confessar se isso ajudar... —juntei minhas mãos tentando me controlar e me acalmar rapidamente.

— Senhorita, acalme-se, não veio aqui para receber um veredito, creio eu. Mesmo que a senhorita tivesse feito algo, mesmo que sem querer, para machucar o nobre Cassius e sua família, eu consigo ver em seus olhos a mesma bondade que meu caro Tiberius vê e faz com que se preocupe tanto.

— Então... o senhor acredita que ele pensa que não sou culpada? Que sou inocente?

— Bem, creio que vocês dois precisam conversar mais sobre o assunto. A senhorita tem ideia do que fazer, sendo inocentada?

Fiz uma pequena pausa, a resposta mais direta que veio em minha mente foi procurar minha família, mas isso seria perigoso mesmo eu sendo considerada inocente. Tentaria, talvez, ir direto ao bosque pedir abrigo às anciãs, mas elas mesmas não teriam me dito para eu ser firme aqui? Eu não sabia exatamente o que responder, porque o pior de tudo era que uma parte de mim esperava passar mais tempo ali, apesar de prisioneira eu estava fazendo absolutamente tudo o que desejava, mesmo que com restrições... E, por mais estranho que fosse, essa mesma parte de mim sentia-se bem na presença de meu nobre companheiro de debates, seria isso tudo uma mera ilusão da minha mente? Criada como uma válvula de escape?

Círculos:
Segredos e Sagrados

— Ainda não tenho certeza... até porque eu duvido que algum juiz me conceda a liberdade.

— Querida, vejo você como uma amiga, posso chamá-la assim?

Assenti com a cabeça.

— Pois bem, lembre-se que a fé é a nossa fonte de salvação, não se angustie antes do tempo... e mesmo que o juiz não tenha interesse em soltá-la eu duvido que Tiberius permita que façam alguma crueldade com você. Pense bem, todos nós viemos a essa vida com um propósito, os caminhos que trilhamos em parte são escolhidos por nossas ações e em parte pelo Espírito Santo e, minha cara, eu sinto que o seu propósito está muito além do que nossos simples olhos humanos podem ver.

— Obrigada Padre... suas palavras são um conforto para mim — beijei sua mão —, gostaria de almoçar conosco? Já que sua galinha está queimada... creio que Isotta preparou algo saboroso o suficiente para nós todos... e Tiberius irá gostar da sua presença em nossa mesa — ainda não acredito que falei "nossa" mesa.

— Minha cara, eu e minha barriga ficamos muito felizes com o seu convite e em termos sido úteis à senhorita — falou, mexendo na barriga em movimento rotatório.

Capítulo 23

Diário de Tiberius 12/07/1588

Ontem tive uma agradável surpresa ao ver Diana trazendo o Pe. Rizzo para almoçar conosco. Ela aparenta estar bastante à vontade com ele, como eu também me sinto. Tivemos uma refeição alegre, o que já era de se esperar já que o bom homem estava presente. Pe. Rizzo aproveitou a oportunidade para contar algumas das suas histórias de infância. Como era travesso e dava trabalho para a mãe e a irmã mais velha. Conforme contava cada situação detalhadamente e fazia gestos extravagantes quase derrubando duas vezes a taça de vinho pela empolgação, os cabelos balançavam na rapidez de seu movimento e pareciam ficar elétricos, o que tornava o semblante do digno homem mais engraçado.

Hoje pela manhã pedi para Antonella avisar Diana que tive que sair cedo, mas que voltarei a tempo da refeição do meio-dia. Irei visitar Mayela, creio que mesmo com a ajuda e suporte dos amigos próximos e de Varinnius à distância, é sempre bom contar com mais um rosto conhecido. Não sei se contarei a Diana sobre meu destino, mas, de qualquer forma, comprarei alguns suprimentos extras para trazer para Triora.

Diário de Diana 12/07/1588

Fiquei um tempo a mais sozinha na sala de estudos já que Antonella me comunicou, no horário de sempre, que Tiberius precisou se ausentar no café da manhã, mas que estaria de volta para me acompanhar no almoço. Não deveria estar reclamando, pois estou confortável e cercada de conteúdos que não imaginaria que um dia um homem permitiria que eu tocasse. Porém, a imagem de minha mãe tem se fixado a minha mente, gostaria de ir ao bosque daqui... mas isso seria impossível de ser permitido. Será que aconteceu algo com ela ou com papai? Gaia estava, no meu sonho, próxima a mim junto com Isolda e Otávia, será que algo aconteceu ou está acontecendo de grave com minha família e amigas? Que a deusa nos ajude e nos guie!

De noite

Estou agora em meu quarto. Tiberius chegou alguns poucos minutos mais tarde que de costume. Não falou muito, achei estranho, pois estávamos mantendo as conversas entusiasmadas durante as refeições, mesmo que com assuntos simplórios como pequenos acontecimentos do dia a dia. Ele pareceu tenso, notei que tentou esconder de mim a preocupação então achei melhor não forçar assunto algum. Mais tarde ouvi barulhos vindos do primeiro andar, perguntei a uma criada se ela sabia o que estava acontecendo e ela disse que Tiberius estava treinando esgrima com um cavaleiro. Por um momento fiquei em dúvida se deveria ou não descer, pois eu já havia sonhado com um cavaleiro encapuzado de verde, seria esse o mesmo? Mas claro que os sonhos são metáforas, então eu não deveria ver com olhos simplórios humanos, como o próprio padre Rizzo falou, e sim com os olhos do divino. Desci as escadas e fui em direção à origem do som das espadas. Os dois homens não notaram a minha presença, pois me mantive escondida atrás de uma coluna grossa entre o corredor e a porta de entrada para o cômodo onde se praticava a luta. Tiberius estava com a camisa branca meio aberta e com uma manga rasgada por um acerto do oponente, entretanto o rival momentâneo estava visivelmente mais cansado e com alguns cortes leves no rosto, pescoço e braço. Devo dizer que meu anfitrião tem muita classe, se ele tivesse me visto observando-o com certeza eu estaria vermelha. Resolvi sair antes que eu pudesse fazer alguma besteira e notassem que alguém observava aquela cena. Fui para o jardim e desejei do fundo de minha alma ter alguma resposta sobre minhas dúvidas.

Diário de Tiberius 13/07/1588

Os tempos difíceis apenas dão uma pequena folga entre uma batalha e outra, como em uma guerra de longos anos, para que os soldados retomem o folego e a esperança de dias melhores e o fim do confronto indesejado.

Diário de Tiberius 14/07/1588

Pela manhã, saí com Tadeu para treinar um pouco a espada, a montaria e depois caçar algo no bosque. Minha mente necessitava focar em algo físico e no agora, pois as últimas notícias e pensamentos que rondam minha mente não me dão tranquilidade. Para meu infortúnio, minha ânsia no bosque foi punida quando me desequilibrei do cavalo, pois este tropeçou em uma raiz alta.

Círculos:
Segredos e Sagrados

Bati a cabeça no chão de imediato, ouvi de longe meu nome sendo chamado por Tadeu e o barulho de seus pés correndo em minha direção. Depois disso fiquei desacordado.

Reanimei meus sentidos quando já me encontrava em minha cama. Diana, Antonella e Tadeu me olhavam com uma expressão de ansiedade, mas pareceram relaxar quando comecei a falar. O cavaleiro se pôs à minha disposição de me ajudar a me movimentar ou me carregar de fato, o que não era necessário. Diana verificou que eu tinha feito uma pequena torção no ombro, motivo pelo qual doía e atrapalhava um pouco o movimento do braço direito. O hematoma no alto da testa que descia para o olho direito chamava mais atenção e claramente aumentava a tensão de todos que me encaravam ali.

Isotta preparou um almoço diferenciado para mim, que tive que fazer a refeição na mesa de meu quarto. Antonella insistia para que eu não me mexesse muito, mas ficar o tempo todo na cama estava fora de cogitação, amanhã mesmo pretendo voltar à ativa. Reparei somente ao me levantar da cama que também estava com o tornozelo machucado, mas nada que uma boa compressão não ajude. Diana se ofereceu para almoçar comigo no quarto e me fazer companhia, porém pedi a ela que transcrevesse algumas de nossas observações sobre Galileu para que tivéssemos uma cópia a mais. Mandei chamá-la agora, já são 21h, já deveria estar, quem sabe, se arrumando para dormir, mas preciso lhe esclarecer algumas questões, que Deus me ajude e que eu não fale o que não devo.

Diário de Diana 14/07/1588

Pensei que seria um dia tranquilo, eu deveria já estar acostumada com a falta de previsibilidade deste lugar. Tiberius caiu do cavalo. Soa tão estranho contar isso, logo ele, um guerreiro habilidoso. Se tivéssemos de fato uma rotina de família diria que isso ocorreu porque me deixou sozinha, mas obviamente, mesmo que fosse real ele teria suas atribuições como eu as minhas. Minha manhã solitária teria me feito bem se meu pressentimento de que algo ruim pudesse estar prestes a acontecer me deixasse relaxar. De fato, não demorou a vir a notícia do acidente no bosque. Esperei na porta do quarto de Tiberius sua chegada, estava sendo carregado pelo cavaleiro com quem treinava e por um criado, sinceramente, se as escadas não fossem tão longas ou se ele tivesse apenas caído em casa o cavaleiro que o acompanhava conseguiria carregá-lo sozinho sem problemas, parecia ter uma força absurda e o criado ao lado apenas servia de apoio. Tratei de verificar suas lesões. Eu, Antonella e o cavaleiro que chamam de Tadeu aguardamos meu nobre algoz acordar, o que também não demorou muito. *Ofereci-me para fazer companhia no almoço em seu quarto, mas ele me pediu para que eu transcrevesse nossos textos. Confesso que gostaria de ter ficado ali para observar melhor sua situação, ele não parecia bem desde o dia anterior e fiquei pensando se eu era ou não a melhor opção para um desabafo. Se fosse um assunto político, mesmo que eu entendesse, não seria bem um perigo eu tomar ciência, diferente se ele comentasse com o cavaleiro hospedado aqui. Uma prisioneira que divide suas horas não é alguém importante, mas ainda assim, é a pessoa com quem ele mais debate nesta casa.*

De noite, quando eu já estava prestes a me preparar para dormir, a neta de Antonella bateu na porta de meu quarto dizendo que Tiberius me aguardava em seu cômodo. Eu já tinha desfeito as tranças e fui com o cabelo solto ao encontro dele. Quando adentrei o quarto, Antonella estava de pé ao lado da cama com uma jarra prata em suas mãos e uma toalhinha, provavelmente para passar no rosto de seu senhor. Tiberius dispensou Antonella e pediu que eu me aproximasse. Estávamos os dois sozinhos mais uma vez, ele estava nu da cintura para cima, o peitoral musculoso exposto, levemente suado, me deixou um pouco desnorteada e constrangida, fiquei por um momento aliviada pelos lustres não estarem completamente acessos e esconderem o rubor que subiu em meu rosto.

— *Sente-se, por favor* — *falou Tiberius apontando para um espaço na cama.*

Fiquei com receio de que aquilo fosse alguma armadilha mental. Bom... e se fosse, eu acharia tão ruim? Não saberia dizer exatamente. Eu já era louca por aquele homem desde o primeiro dia em que o vi, mas o bom senso nunca me permitiu acreditar que um dia estaria literalmente na cama dele, pois se estivesse, o que sucederia após a consumação não poderia ser algo bom para minha posição de mulher e camponesa. Ele sendo um nobre e eu a prisioneira dele, boas ou ruins suas intenções, do que adiantariam meus pensamentos nesse momento? O que eu deveria fazer? Ou não deveria fazer nada? Mas no meio de tanta inquietação emocional e mental ele começou a falar cuidadosamente como quem percebia minha instabilidade.

— *Diana, sei que para você tem sido difícil passar por tantas mudanças... e vir para cá contra sua vontade* — *fez uma pequena pausa e continuou* — *Sua companhia me faz muito bem, entretanto, você não pode viver como prisioneira para sempre sem um julgamento, se houver um julgamento não a pouparão... por isso a trouxe para cá. Acredito que seja a hora de pensarmos em outras possibilidades para a sua segurança.*

Círculos:
Segredos e Sagrados

Nós dois engolimos em seco, Tiberius encarava-me como quem procurava uma reação conhecida. Eu tentava me manter serena, acarinhando minhas mãos quase que freneticamente.

— Então... isso significa... que estou livre para ir e vir? Não morarei mais aqui?

— Você pode decidir... bem, não pode voltar para Savona, até porque todos pensam que você está mofando em alguma cela agora. Isso me causaria problemas com Varinnius, espero que entenda. Se ele souber que está livre será um caos. Pensei que talvez você possa gostar de passar um tempo abrigada em um convento indicado pelo Pe. Rizzo, ou ficar responsável por minha casa em Mântua.

— Entendo... posso escolher minha "cela"... me desculpe... não esperava por isso. Posso trabalhar aqui com Antonella?

— Se quiser ficar aqui, será muito bem-vinda... mas precisará de uma nova identidade.

— Como?

— Terá que de fato assumir ser uma mulher da nobreza, uma prima distante. Teremos que trocar seu nome também.

— O senhor faria isso por mim? Se arriscaria tanto por uma desconhecida?

— Diana, eu já me arrisquei desde o dia que fui atrás de você. Além do mais, creio que devemos ficar juntos. Nunca senti tamanha paz e afinidade com alguém desde que minha mãe faleceu — tocou a minha mão — Espero que seja feliz nessa casa assim como eu sou na sua companhia.

Sorrimos um para o outro e ficamos nos encarando por um tempo como quem contempla uma bela visão.

— Bem se é assim... é melhor então eu cuidar bem do senhor. Devo ir para deixá-lo descansar.

— Espere, tenho algo para você — ele puxou minha mão enquanto eu ia me levantar — Creio que isso é seu — disse me entregando algo embrulhado em um lenço.

— Onde o senhor achou isso?!

— Caiu da sua saia quando a capturei no bosque. Guardei para entregar-lhe. Imagino que deva ter algum valor emocional.

Minha flauta mágica, tudo o que eu havia mais precisado em todo aquele tempo estava ali, no quarto próximo ao meu, aguardando o momento certo para retornar às mãos da verdadeira dona.

Capítulo 24

Diário de Diana 15/07/1588

Dormi com a flauta debaixo do travesseiro. Não sabia o que mais me deixava agitada, se era ela ou a proposta de Tiberius sobre minha estadia. De qualquer forma, ambas representam a minha liberdade. De manhã cedo agi o mais naturalmente possível. Antonella me chamou para a refeição matinal, quem ajudou a prender meus cabelos e a me vestir foi sua neta. Tiberius me aguardava já à mesa. Se não fosse pelo hematoma no alto da testa diria que nada demais havia acontecido. Ele pareceu se alegrar com a minha presença quando entrei na sala, é incrível como o semblante dele tem tanto poder sobre mim. Como me faz sentir viva e focada no presente.

— Mandei chamar o Pe. Rizzo para nos auxiliar com aquele assunto de ontem — disse ele.

Tadeu, que tinha iniciado a refeição antes e estava presente quando cheguei, pediu as devidas licenças para sair e ir tratar dos cavalos.

— Então, você já sabe como quer ser chamada?

— Daniela. Significa "Deus é meu juiz".

— Combina com você! — disse, sorrindo — Tinha uma prima que morreu há poucos anos em um convento. Ela foi criada lá desde pequena, ninguém além das freiras e nossos pais a conheciam. Ela se chamava Daniela, creio que seja um sinal... vamos ver a opinião do padre.

— Acha que ele será de comum acordo com uma mentira? — indaguei.

— Se conheço bem meu amigo, ele prefere a mentira à omissão.

Fomos esperar Pe. Rizzo no jardim, ficamos sentados na grama sentindo o perfume das flores que se intensificava quando o vento passava mais forte.

— Você gosta mesmo de ficar em meio à natureza, não é mesmo?

— Isso não parece ser exclusividade minha — respondi levantando o rosto para o céu.

— É, eu gosto também.

— Porque os homens têm dificuldade de admitir isso?

— Só os nobres você quer dizer.

— Sim, vocês homens nobres.

— Porque aprendemos crescendo que somos maiores e melhores que todos os animais e tudo que compreende a natureza.

— Você acredita nisso?

— Acredito que Deus criou algo tão perfeito e incrível como esse mundo e a vida, estamos dentro de uma bela pintura, os homens nobres podem estar no centro da tela, mas só são tão admirados assim porque existe algo atrás para os destacá-los. Se não fosse assim, seríamos como uma pintura comum. E você? No que acredita?

— Acredito que somos parte do todo e o todo faz parte de nós. Nós adoecemos e nos recuperamos conforme o clima, a potencialidade da natureza. Quando estamos alinhados a ela estamos em equilíbrio conosco. Entendemos nossos papeis, nossos ciclos, nossos encontros...

— Aí estão vocês dois! — exclamou Pe. Rizzo carregando uma cestinha de vime.

— Bom dia padre — respondemos.

— Então vocês já se acertaram, pelo visto — falou com a voz um pouco rouca e colocando uma das mãos com o punho fechado na cintura.

— Bom... — começou Tiberius — como o senhor bem sabe, precisamos fazer algumas adaptações para Diana...

— Daniela — interrompi.

— É claro. Já entendi — disse o padre franzindo o cenho — Para viver como uma nobre deve agir como uma nobre e ter a breve história de uma nobre.

Tiberius contou a ideia sobre a minha origem de parentesco e Pe. Rizzo escutava atentamente sem esboçar outra reação a não ser manter a mão no queixo coçando-o. No final, ficou acordado que chamariam uma freira amiga para me auxiliar com alguns "dotes" que pudessem ser apresentados no futuro como forma de reafirmar meu novo nome e minha nova história.

— Quero deixar claro que vocês não vão fugir da penitência! — disse o bom homem de cabelos cacheados balançando o dedo e a cabeça.

Mais tarde eu e Tiberius fomos ver como estavam os cavalos cuidados por Tadeu. O cavaleiro partirá no dia seguinte a pedido de Tiberius para buscar Irmã Madalena, que se encontra em um convento próximo de Triora.

— Quer montar? — perguntou Tiberius enquanto eu acariciava um dos cavalos.

Círculos:
Segredos e Sagrados

— *Na última vez que montei em um cavalo de raça foi com você.*

— *Podemos repetir sem a corda desta vez — ele deu um sorriso.*

— *Bom, quem está machucado hoje é você.*

— *Estou bem melhor, podemos ir com calma, nada de correr — disse abrindo o portão que nos separava do cavalo que eu inicialmente acarinhava.*

Tiberius mandou um criado buscar a cela para mim e outro cavalo para ele. A sensação de estar dentro do bosque, novamente cercada por tanto verde, me revigorou. Parecia que eu tinha dormido bastante tempo para descansar e ao entrar no bosque foi como acordar pronta para uma aventura. Mantemos uma velocidade mediana e quando chegamos à parte mais baixa e distante das terras de Tiberius, paramos. Ele me ajudou a desmontar, mesmo comigo preocupada pela queda do dia anterior.

— *Em outros verões eu costumava vir aqui brincar com meus amigos. Eu, Cassius e Varinnius formávamos um bom trio. Inventávamos que estávamos em guerra com os animais maiores e montávamos estratégias para vencê-los — falou melancolicamente e deu um riso leve no fim — Depois de fato participamos de guerras juntos.*

— *Parece um lugar bem propício para as crianças se esconderem — respondi.*

— *E criar uma emboscada também... — risos — Venha cá, quero lhe mostrar algo — complementou estendendo a mão para mim.*

Demos alguns passos, Tiberius segurando minha mão para me ajudar a me equilibrar melhor no terreno pedregoso e íngreme, mal ele tinha ideia de quanto tempo eu passava no bosque em Savona quando criança também, junto com Gaia, Otávia e Isolda perturbando Fillus e a família de elementais. Paramos em cima de uma pedra mais grossa e alta, foi quando percebi o que ele queria me mostrar. Uma visão perfeita de Triora, porém do ângulo de baixo. Os musgos subindo em volta das rochas junto com galhos de árvores que pareciam abraçar a montanha. O contraste acinzentado das casas com o azul e o dourado dos raios de sol no topo.

— *Sempre bom mudar o ângulo, não acha? — perguntou olhando para mim com satisfação — Nunca se sabe o que podemos descobrir.*

— *Ora, ora, o regente de Triora prefere a visão de quem está por baixo?*

— *Não disse que prefiro, mas também que não recuso.*

— *Já se imaginou camponês? — perguntei e me arrependi com medo da reação na mesma hora.*

— Não exatamente, mas me preocupo com meu povo. São a sustentação de Triora, sem eles não há governo, não há nobreza. Não há motivo para lutar e vencer.

— Então você luta pelo seu povo?

— Eu luto por você.

Aquelas palavras me deixaram tão nervosa e entusiasmada que no mesmo instante virei-me completamente de frente para Tiberius com a respiração acelerada. Ele me puxou pela cintura para perto de si e nos envolvemos em um beijo apaixonado. Não sei exatamente quanto tempo passou entre um beijo e outro, só sei que abri meus olhos quando uma gota de chuvisco caiu em meu rosto pouco depois de eu ter afastado minha boca da dele. Ficamos um breve momento encostados em uma árvore que parecia nos proteger das leves gotas quem caíam ao redor.

— É bom para refrescar — eu disse.

Capítulo 25

Diário de Tiberius 15/07/1588

Parece que finalmente os ventos sopram ao meu favor! Apesar de não ter tomado coragem para contar da morte da mãe de meu amor, creio que foi a melhor opção. Diana, ou melhor, Daniela ficaria muito abalada, e com razão. Essa vida em Savona não a pertence mais, só traria mais dor e sofrimento àquele rosto angelical. Se tudo ocorrer como o planejado, irmã Madalena deverá estar aqui em pouco tempo e poderá auxiliar Daniela com o que for preciso. Amanhã devo ir ao joalheiro, ajustar algumas joias de família para dar-lhe de presente de casamento. Farei o pedido formalmente amanhã ao pôr do sol.

Diário de Diana 16/07/1588

Escrevo agora pela manhã, pois não conseguirei passar o dia todo com esse pensamento sem expor a alguém, mesmo que esse alguém seja eu mesma dona deste diário, os outros ainda não estão acordados. Cogitei tocar a flauta de madrugada para visitar mamãe, papai e Gaia, contar-lhes que estou bem, segura e feliz. Que estou apaixonada e que sou correspondida, porém lembrei--me da conversa com Tiberius sobre eu não poder pisar mais em Savona. Todos pensam que eu morri ou que estou presa, ninguém pode saber ou cogitar que estou assumindo um novo nome e posição social, pois além de criminoso o ato, ainda coloca em risco todos aqueles que quero bem. Minha família, ao saber de minha condição, meu salvador por trair aqueles quem julgou vingar, Pe. Rizzo, um homem do clero, e todos os que vieram a me ajudar de alguma forma. Sei que estou com o poder em minhas mãos, mas como vovó sempre diz... não é porque se tem que deve se usar sem pensar. Creio que seja melhor esperar um tempo para entrar em contato com Gaia ou as anciãs... apesar de Tiberius ter uma mente aberta ao novo creio que se ele souber que sou uma strega de fato poderá sofrer um choque. Mesmo que venha a me defender e estar ao meu lado respeitando a minha natureza de bruxa, se alguém desconfiar os vigários serão chamados e podem descobrir que Daniela é Diana.

Samantha Tedesco

Diário de Tiberius 16/07/1588

Hoje eu e Diana, ou melhor, Daniela, demos uma volta pela cidade, não ficamos juntos o tempo todo, pois tive que resolver algumas questões sobre a entrada e saída de mercadorias, já que alguns genoveses estavam causando um pequeno furor com os soldados no portão principal. Deixei um saco de moedas de ouro para que Daniela pudesse comprar algo de seu interesse como tecidos novos, utensílios do lar ou o que fosse do seu agrado no mercado. Deixei que a neta de Antonella fosse junto conosco para acompanha-la nessas questões mais femininas.

No final da tarde, depois de passar no joalheiro peguei as caixas que continham as joias de família e levei para casa. Daniela já tinha ido à frente, pois mandei um guarda avisá-la que eu demoraria. Quando cheguei mandei avisá-la que a esperava no jardim.

— Acredito que agora posso fazer o pedido formalmente.

Eu estava de costas quando ela se aproximou de mim então me virei olhando em seus olhos doces e curiosos, peguei sua mão e pedi para que uníssemos nossas vidas em matrimônio. Ela abriu um sorriso que parecia iluminar até o jardim no fim do dia, disse "sim" com a boca um pouco trêmula e não me contive em beijá-la. Como é delicada! Os lábios macios e rosados destacados pela pele alva. Os cabelos dourados presos para trás com uma tiara evidenciavam os traços finos e meigos do rosto, os olhos amendoados e grandes, o nariz fino e proporcional, parecia uma pintura, uma imagem celestial. Como eu poderia imaginar estar tão feliz como hoje?! Ela recostou a cabeça em meu peito e a abracei forte, beijei sua testa e prometi fazê-la feliz, protegê-la e nunca machucá-la. Virei-me para o banquinho que estava atrás de mim, ela não tinha percebido, mas eu tinha trazido uma das caixas do joalheiro para o jardim:

— Presente de casamento... o primeiro de muitos — mostrei a ela a joia abrindo a caixa em sua frente.

Ela pareceu estática, por um momento achei que ia desmaiar.

— É... lindo... incrível... eu... meu Deus — respondeu colocando a mão na boca.

Coloquei o colar de safira em seu pescoço, combinava perfeitamente com o vestido azul que ela estava usando. Parecia que tudo de mais perfeito e belo combinava com ela, era feito para ela. Ela me beijou e fomos para casa. Nos casaremos assim que irmã Madalena chegar.

Diário de Tiberius 17/07/1588

Tadeu e madre Madalena entraram em Triora cerca das dez da manhã. A religiosa subiu de posição nos últimos meses passando agora a ser a gestora do convento, ou seja, madre superiora. O que foi ótimo, pois agora não precisa de autorização de uma supervisora para fazer visitas ou deslocar-se além das posses do convento. Pe. Rizzo convidou-a para entrar na igreja assim que chegou, não dando muito tempo para ela obter qualquer informação equivocada sobre o real motivo de sua visita. Nem mesmo Tadeu sabe por que ela está aqui. Ela pareceu muito à vontade com a ideia, mais do que eu esperava, confesso.

— Então você é a nova Daniela? A minha menina? — falou sorrindo olhando para Diana.

Chegamos à Santa casa do Senhor assim que um guarda nos notificou que ela adentrou a igreja com Pe. Rizzo. Ela ficou um tempo a sós com minha noiva, as duas pareceram criar uma afinidade natural, o que foi ótimo na hora da refeição do meio dia, pois Tadeu acreditou na versão que contamos sobre a origem de Daniela. Iremos nos casar amanhã. Como o rosto de Diana ainda pode estar fresco na mente de Varinnius, usarei a desculpa da morte de Cassius para fazer uma cerimônia intimista e sem festa com Daniela. Fiquei sabendo por outro cavaleiro que adentrou em Triora hoje cedo que o Doge em Milão não tem dado sossego ao meu caro amigo que, como conselheiro oficial, não pode se ausentar tão cedo dali, o que me causa alívio e tristeza ao mesmo tempo. Sempre imaginei que compartilharia esse momento especial de minha vida com meus dois melhores amigos e irmãos de alma. Nem Mayela pode saber que Diana e Daniela são a mesma pessoa, pelo menos não por enquanto.

— Deus é bom o tempo todo — disse Madre Madalena tocando em meu ombro enquanto eu vagava com meus pensamentos perto da hora de nos despedirmos de noite.

— Eu sei madre, acredito nisso, a senhora, padre Rizzo, Daniela... são todos prova da generosidade e perfeição divina.

— Ficarei aqui essa semana, depois mandarei uma irmã de confiança. Daniela tem uma bela voz, é bom que ela treine um pouco de canto e, já que o senhor tem interesses mais ao norte, ensinarei franco a ela. Deixarei alguns exercícios e ela poderá treinar com o senhor, com padre Rizzo e com a freira que eu enviar aqui depois.

— Fico muito grato pelo seu apoio, estou em dívida com a senhora por uma vida inteira. Para o que precisar de mim, farei tudo o que estiver ao meu alcance.

— Não agradeça a mim querido, agradeça a ele — apontou para a cruz —, somos instrumentos do seu amor.

Diário de Diana 18/07/1588

Escrevo um dia depois da data indicada.

Casei-me com Tiberius.

Depois da cerimônia pedi a meu marido que saíssemos para cavalgar, estar na natureza e com o homem que eu amo ao mesmo tempo era a maior satisfação que eu poderia ter em belo dia ensolarado de verão. Nossos queridos e poucos convidados focaram no banquete que Isotta preparou minuciosamente, enquanto os recém-casados davam uma curta fuga para o bosque. Fomos para o mesmo local que Tiberius havia me levado alguns dias atrás. Curiosamente, quando desmontamos de nossos cavalos começou a chover bem forte e tentamos nos abrigar na mesma árvore de antes, o que foi inútil pelo nível de água que descia dos céus. Nós rimos como duas crianças brincando na chuva. Nos beijamos e consideramos a situação como um "jorro de bênçãos" à nossa união.

Quando chegamos em casa Antonella teve uma reação engraçada olhando para nossas roupas encharcadas. Ela me acompanhou até meu quarto para que eu trocasse de roupa e depois fosse aproveitar o banquete enquanto Tiberius fazia o mesmo em seu quarto. Quando tirei meu vestido e fiquei apenas de camisola, enquanto Antonella soltava meu cabelo, me olhei no espelho e mandei que parasse. Ela me olhou sem entender então pedi que me trouxesse minha capa verde, ela rapidamente pegou e entregou-a a mim, perguntando se eu não queria que ela preparasse o banho quente, mas eu a dispensei. Fui até o quarto de Tiberius vestindo apenas minha capa verde por cima da camisola. Bati na porta.

— Diga à sua senhora que logo estarei no salão para me juntar a ela — disse ele de dentro.

Abri a porta e entrei, Tiberius estava de costas envolto em um roupão cor de vinho, de seda. Ele virou-se para mim como quem fosse dar uma ordem a um criado e pude ver nitidamente a surpresa em seu rosto em me ver.

— Eu... não ia demorar.

Círculos:
Segredos e Sagrados

— *Não quis esperar... precisava te ver — respondi.*

— *Bem... eu ia mais tarde ao seu quarto...— ele sorriu e se aproximou devagar.*

— *Você faria isso com uma mulher de origem nobre... — retruquei me aproximando e tirando a capa verde — mas aqui e agora você está com uma mulher do campo.... uma selvagem... — falei quase sussurrando em seu rosto, estávamos tão próximos que podíamos sentir a respiração um do outro.*

— *Sente-se — passei a mão por seus braços e depois os ombros fortes, abri levemente o robe e o empurrei delicadamente para que se senta-se na cama.*

— *Daniela... meu amor.*

Ele me puxou para seu colo, o que nem seria preciso, pois eu mesma faria isso, tirou carinhosamente minha camisola e enquanto passava as mãos grandes pelo meu corpo delicado eu beijava seus lábios com doçura e acarinhava sua nuca e seu cabelo que estava visivelmente maior do que da primeira vez que nos vimos. Sua respiração era mais agradável do que qualquer pássaro cantando em meus ouvidos, assim como qualquer brisa em meu colo, nenhum ar fresco seria melhor do que o que saía de sua boca e percorria cada parte de mim. Nenhum criado ousou se aproximar do quarto ou de nós, nem mais tarde quando saímos de madrugada envoltos apenas no robe e na capa atrás de vinho e frutas para saciar nossa fome. Entrei silenciosamente na cozinha e Tiberius me acompanhou, ele claramente não entrava no cômodo há tanto tempo que parecia perdido em sua própria casa. Fomos para meu quarto dessa vez, a janela alta proporcionava a visão do luar, Tiberius me abraçou por trás enquanto eu contemplava a visão do céu.

— *É tão linda quanto você — ele falou no meu ouvido.*

— *Sempre olhei para ela perguntando se um dia alguém me amaria... e agora eu estou aqui.*

— *Bom, somos dois. Sempre pedi uma esposa bela, inteligente e doce, ganhei você.*

Nós tornamos a nos beijar e fomos para a cama. Em nada poderia comparar minha noite de iniciação com minha noite de núpcias. Primeiro porque meu caro amigo Fillus não estava exatamente na mesma dimensão que eu estava. Claro, estávamos muito próximos apenas com um leve véu separando as dimensões da terra com a dimensão mais densa de onde moram os elementais da origem de Fillus, mas apenas uma parte de mim poderia ser tocada. Eu trocaria energia com ele a fim de completar a energia masculina em meu ser, mas não do mesmo modo que ocorreu com Tiberius. Com Tiberius eu estava na mesma vibração humana, até porque ele de fato é um homem e Fillus um duende em forma de homem para ser mais atraente e do mesmo tamanho que um humano teria, mas ainda assim ele estava ali para me servir e ser meu mestre. Com Tiberius eu estava ali, preenchida pelo todo, pelos cinco elementos que compõem um homem e uma mulher, meu corpo (matéria/terra), minha mente (razão/ar), meu coração (sentimento/água), meu instinto (paixão/fogo) e meu espírito (éter).

Diário de Diana 25/07/1588

Meus dias de casada têm sido bastante empolgantes. Primeiro pelo óbvio, quantos apaixonados tem a sorte de serem casados com quem amam de fato, sem precisarem de encontros às escondidas? Eu tenho no mesmo homem o marido e o amante. Durante o dia não temos tanto tempo juntos, pois Tiberius precisa dar atenção ao governo e aos negócios, quando há um intervalo costumamos debater algumas filosofias e treinar minha pronúncia de francês. Tiberius recebeu um convite para o aniversário de um nobre de Mântua. Todo ano é certo dele ir e o convite vem com meses de antecedência, pois a festa dura em torno de uma semana com nobres de variadas origens. Madre Madalena me deixou alguns exercícios e me ensinou alguns modos comuns entre as mulheres da realeza.

Há algumas noites sonhei com mamãe, não foi bem uma projeção astral típica, mas senti que o recado era real. Ela estava linda como sempre, entretanto, apesar de parecer feliz em me ver e saber sobre a minha nova condição quando eu tentava ajudá-la não podia tocá-la. Achei estranho, ela parecia bem e mesmo assim pedia para eu ficar atenta... atenta a que, exatamente? Pensei em usar minha flauta para ir à casa dela, mas essa atitude seria arriscada e imprudente, talvez seja melhor eu apenas ser precavida com as pessoas que eu for conhecer... afinal, já conheço as pessoas aqui.

Diário de Tiberius 31/07/1588

Parece que o clima tem melhorado, de alguma forma, as plantações. Vejo rostos de camponeses esperançosos e há alguns dias o mercado emergiu em prosperidade. Madre Madalena enviou uma jovem freira chamada Letícia, o que pareceu deixar Daniela contente, pois a irmã além de mesmo nome possuía o carisma da mesma que a alfabetizou. É um tanto quanto risonha apesar de muitas vezes eu não conseguir identificar suas emoções, parece ter origem asiática, uma família de viajantes que encontrou Gênova como lar e o cristianismo como fé.

Círculos:
Segredos e Sagrados

Diário de Tiberius 01/08/1588

Daniela voltou a falar dormindo, bem, não sei se falar é a melhor definição, pois não dá para entender com quem ela está conversando. A questão em si não é essa, mas sim que ela me perguntou hoje no café da manhã sobre sua família em Savona. Foi difícil manter a expressão tranquila, tentei desconversar dizendo que aquilo não era conversa adequada. Seu semblante foi tomado de tristeza e desânimo e tentei amenizar o sentimento dizendo que apesar do perigo e perseguição de Varinnius e dos vigários pelas cidades maiores, a economia ali estava próspera e que os camponeses deviam estar bem. Ela tentou mostrar um sorriso para mim como quem se contenta com a resposta, sei que não era o que ela esperava, mas do que adiantaria eu falar a verdade? Não tenho como trazer a mãe de volta à vida e, mesmo que pudesse, agora ela tem outro nome, outros pais falecidos.

Pela tarde recebi uma carta de meu amigo Galileu me perguntando quando eu o visitaria e se tinha confirmado minha presença no aniversário de Vicente. Eu enviei uma carta respondendo-o e contando que agora sou um homem casado. Em breve nos encontraremos.

Capítulo 25

Capítulo 26

Diário de Diana 02/08/1588

Minhas noites têm ficado cada vez mais agitadas e não apenas no bom sentido. Tiberius diz que eu falo muito dormindo, mas que não entende uma só palavra. Bem, espero que não entenda mesmo, pois seria difícil de explicar o motivo. Meu sonho com mamãe se repete, noite sim noite não, mas agora não somos só nós duas. Otávia está presente e de uma forma que nunca esperei vê-la um dia. Nós três estamos vestidas de branco, mamãe em um branco tão alvo que chega a doer os olhos, a cauda do vestido é prateada e parece que ela flutua descalça, já eu estou com um vestido branco, porém bordado em detalhes verdes como se fossem galhos, o meu vestido não tem mangas e meu cabelo está meio preso apenas com flores violeta. Otávia está vestida de branco, mas o traje está todo manchado de vermelho... vermelho do seu sangue. Ela está toda machucada, do rosto aos pés, uma das mangas bufantes está rasgada como se tivesse entrado em uma luta corporal com alguém. Tento me aproximar de Otávia e ela cai no meu colo, tonta, me abraça soluçando, pergunto o que houve, mas ela não me responde, apenas balança a cabeça em negativa, depois vejo sua mão inchada e ela tentando tirar um anel de brilhantes do dedo, mas quanto mais ela tenta se livrar dele mais apertado fica. Então esse é o momento que acordo, atordoada.

Hoje à tarde Madre Madalena apareceu de surpresa em Triora novamente. Um cavaleiro que precisava de ajuda pediu auxílio no convento dela e em troca a trouxe para cá. Ela só fala comigo em francês, o que me deixa um pouco irritada às vezes. É engraçado ver a reunião dela, Pe. Rizzo e Irmã Letícia no mesmo ambiente. De todos nós cinco, incluindo eu e Tiberius, Madre Madalena é a mais velha, regula em torno dos quarenta anos. É muito enérgica, movimenta os braços com firmeza e faz muitas expressões ao mesmo tempo, em uma pequena frase. Tem as sobrancelhas claras, o que me faz acreditar que ela seja naturalmente loira. Tem como temperamento predominante o colérico pelos traços do rosto, apesar de não ser tão "explosiva", como muitos deste tipo. Pe. Rizzo por sua vez também é muito enérgico, mas tende ao lado mais brincalhão e mental, tem um jogo de palavras mais ardiloso, enquanto a primeira fala logo o que vem à cabeça. Felizmente para sua posição de freira gestora, sua natureza ativa e direta é uma característica admirada dentro do convento, importantes características para a *gestão além de um bom coração devoto a Deus. Já irmã Letícia parece ser a mais quieta, apesar de empolgada com os projetos pessoais de todos. É muito prestativa. Lembra-me bastante a freira que me ensinou a ler e escrever quando criança, mas a primeira Letícia tendia para a pele morena clara e o rosto afinado, essa de agora tem bastante contraste da pele clara com o cabelo e os olhos negros, o rosto arredondado, um semblante difícil de identificar, às vezes seus pensamentos são típicos de um temperamento fleumático.*

Caminhamos eu, Tiberius e nossos amigos religiosos na área próxima ao bosque e notei algumas pedras irregulares mais altas do que as outras no caminho.

— Eram do castelo dos meus antepassados — explicou ele — Depois de alguns terremotos e tentativas de invasão, parte dele caiu e meu avô resolveu que seria melhor reconstruir apenas os muros e a torre. Soterrou o castelo com as próprias rochas, em cima construiu essa casa maior e redividiu a cidade de forma estratégica.

— É verdade que antigamente havia uma estrada murada diretamente para Savona? — perguntou Madre Madalena.

— Sim, mas foi soterrada, o acesso é impossível agora — respondeu secamente.

Madre Madalena voltou a fazer perguntas tipicamente sociais em francês pra mim.

Diário de Tiberius 08/08/1588

Meu aniversário hoje foi motivo de organização de uma festa em Triora para todo o povo. Na praça central os músicos animavam os participantes, artistas encenavam peças satíricas no palco improvisado arrancando gargalhadas da multidão que se espremia para vê-los. No início não estava tão empolgado com a comemoração, depois percebi que foi uma excelente ideia, pois gerou um grande movimento entre os moradores e trouxe diversão e alimento em um período não tão abundante em Triora. Cheguei a pegar a navalha para raspar o cabelo como fazia há algum tempo já, mas Daniela pediu para que eu deixasse crescer e assenti. Daniela e eu vestimos trajes verdes. Ela estava usando uma tiara de esmeraldas que minha mãe havia comprado quando eu era criança ainda. Estava linda como sempre e cada dia mais habituada aos costumes da realeza. Notei que as pessoas nos olhavam com admiração e confesso que aquilo inflou meu ego de tal forma, que não me contive em exibir o máximo possível nós dois. Peço perdão a Deus pela vaidade, mas a sensação foi por demais prazerosa.

Círculos:
Segredos e Sagrados

Depois que voltamos para casa, um embrulho me foi dado por um dos soldados de plantão.

— Foi enviado pelo nobre Varinnius.

Escutar o nome de meu amado e querido amigo foi um golpe de sentimentos. Um de emoção, felicidade por lembrar-se do meu aniversário e, ao mesmo tempo, preocupação pela possibilidade de ele descobrir o que fiz... o que não fiz e o que estou fazendo. Abri o embrulho já sabendo, pela forma, o que era. Um modelo de espada que ficamos enlouquecidos para adquirir quando ainda éramos garotos e fomos estudar uma temporada em Florença. Preso na ponta com um lenço envolvendo estava um velho anel conhecido. O que Cassius usava em batalha, dizia que era o anel da sorte abençoado pelo Papa. Um bilhete acompanhava o presente:

"Caro amigo, não há vitória se não abraçarmos a guerra, e essa arte nós conhecemos bem, a arte composta de estratégia, companheirismo, coragem e paciência... bem, essa última você a tem mais do que eu. Não nascemos do mesmo ventre, nem pertencemos à mesma casa, mas você sempre foi e sempre será um irmão para mim, sei que Cassius sentia o mesmo que eu por você e sei que é recíproco. Que esse anel o proteja do inimigo e que a espada golpeie com coragem quando for necessário. Obrigado por tudo, um abraço. — Varinnius".

Levei os presentes e Daniela para meu quarto. Ela parece dormir bem, está quieta, gosto de contemplá-la assim. Creio que as palavras de Varinnius sejam mais reais do que ele imaginava ao escrever. Coloquei o anel de Cassius em meu dedo indicador direito e amanhã deixarei a lâmina afiada para qualquer eventualidade que possa surgir. Voltarei para cama agora e tentarei aproveitar o sono, como minha esposa está fazendo.

Capítulo 27

Em Veneza 09/08/1588

Varinnius se aproximou de uma taverna onde dois homens estavam encostados na porta de entrada. Velhos conhecidos da vida boêmia. Os cumprimentou e os dois se dispuseram em uma postura de respeito. Varinnius tinha se oferecido para espionar alguns nobres habitantes de Veneza a interesse do Doge de Milão para ter certeza do lucro e bom negócio que resultaria de um futuro casamento das filhas do Doge com os tais homens a serem investigados por Varinnius. De início, o Doge tinha oferecido uma de suas filhas ao nobre louro, mas este recusou a oferta agradecendo e dizendo ser mais útil prestando seus serviços, fora o fato de que acreditava que não teria uma vida longa, pois amava as aventuras e batalhas, duelos perigosos que colocariam em risco a vida de um homem casado e um homem casado tem seus deveres com sua esposa, o principal é protegê-la e ampará-la. Varinnius percorreu o salão da Taverna de teto baixo e espaço pequeno, as taberneiras que serviam as mesas usavam lenços no rosto e deixavam a barriga exposta com adereços na cintura baixa que ao se movimentarem causavam um som semelhante ao de sinos. Varinnius observava uma das moças com um sorriso nada tímido, porém notou que nenhum homem ousava tocá-las. Um dos clientes que o tinha cumprimentado na entrada disse, percebendo a expressão e dúvida:

— É noite árabe. São dançarinas contratadas de fora, estrangeiras do oriente, ficarão apenas essa semana aqui, segundo o dono.

— Parece que cheguei em momento oportuno, então.

— Sim, é uma bela visão, mas não tente tocá-las senão perderá a mão.

— Não fazem o serviço completo?

— Não senhor, são artistas, estão sob a tutela do nobre da mesa mais à frente.

Varinnius olhou na direção que o homem indicava com o queixo. O nobre do qual falavam era Giovanni, um dos possíveis pretendentes das donzelas herdeiras. Varinnius deu um leve tapinha nas costas do informante e se aproximou da mesa de seu alvo.

— Posso?

— À vontade.

— Onde achou essas beldades?

— Veio aqui por elas? Tem que vê-las dançar.

Uma das moças serviu uma taça grande prata de vinho a Varinnius. Ele agradeceu com o mesmo sorriso de antes e uma postura tranquila e maliciosa ao mesmo tempo em que parecia hipnotizante. Giovanni ordenou que o show começasse. As moças se reuniram, eram quatro, cada uma vestindo uma cor diferente. Uma de laranja, outra de verde, uma de vermelho e outra de amarelo. Os músicos, também de origem estrangeira, tocavam flauta e tambor enquanto cada dama tinha um momento de apresentação solo. O público ficou enlouquecido e apesar de Varinnius contemplar o desempenho da dança aproveitou a oportunidade para se aproximar mais do real interesse e motivo de sua vinda a Veneza.

— Cheguei há pouco tempo em Veneza. Sabia que encontraria algo de interessante, só não a esse nível de entretenimento. Uma grata surpresa para um viajante.

— Fico feliz em saber que meus clientes ficam satisfeitos com a minha oferta.

— Então você é o dono desse estabelecimento?

— Eu sou o investidor dele.

— Sorte dos viajantes então — risos de ambos e levantam as taças — Creio que goste de viajar para conseguir essas diversidades — Varinnius apontou para as odaliscas.

— Todo homem gosta, creio eu, se não gosta é porque ainda não experimentou.

— Ou é um covarde.

— Tem esses também.

— Tem interesse de explorar mais essas terras do oriente?

— É um caso a se pensar... por que quer saber?

— Porque talvez precise de companhia.

...

Círculos:
Segredos e Sagrados

No dia seguinte, Varinnius foi ao mercado, como um turista em busca de lazer. A missão dada pelo Doge funcionava como uma perfeita válvula de escape para os pensamentos sobre a morte do irmão, embora não pudesse fugir o tempo todo, pois tinha tomado para si a responsabilidade de dar apoio a Mayela e ao futuro sobrinho. Sempre acreditou que morreria primeiro, a vida leviana proporcionava felicidade, mas também era um anúncio de vida curta.

O sol iluminava os corredores amplos e destacava as peças esculpidas nas barracas de artesãos. Varinnius andava entre os moradores e estrangeiros sorrateiramente coberto por uma capa com capuz. Foi na vila de tecidos que avistou um rosto conhecido. Uma mulher de costas para a rua, com o cabelo ruivo preso por um broche dourado virou-se na direção dele. Seus olhos cruzaram instantaneamente e Varinnius pode perceber a expressão de surpresa e nervosismo da mulher que não sabia se sustentava o olhar ou se desviava. Logo Varinnius entendeu o porquê, um homem saiu de dentro do estabelecimento e a conduziu pelo braço para entrar. Era seu marido, obviamente, pela postura. Varinnius se aproximou da entrada da loja, mas se manteve escondido atrás de uma pilha de tapetes e ficou esperando o marido sair. Como estava demorando, pagou duas moedas de ouro a um garotinho para que desse o recado ao homem de que um nobre estava o esperando em outro local para fazer uma compra grande. Assim que o garotinho e Claudius saíram, Varinnius entrou perguntando quem era o dono do estabelecimento. A ruiva surgiu atrás de outra pilha de tapetes dizendo:

— Meu marido, senhor Claudius, já deve retornar.

— Bom dia senhorita... digo, senhora Otávia.

— Bom dia senhor. Que tipo de tapete procura?

— Qual o seu preferido, senhora?

— Este persa aqui.

— É bonito, mas não faz seus olhos brilharem... tem certeza que é o seu favorito?

— É o meu favorito dos que estão à venda.

— E os que não estão?

— Ora, senhor... por favor, não me arranje problemas, meu marido já irá retornar e não gosta que eu fale com...

— Senhora, peço desculpas por meu comportamento, só gostaria de ter um tapete tão belo e de tão bom gosto quanto a dona.

Otávia pareceu suspirar aliviada ainda que mantendo um pouco tensionados os ombros.

— Por aqui, senhor — puxou de um armário um tapete vermelho bordado com fios cinza formando um leão — Este é meu favorito, foi finalizado tem pouco tempo.

— Posso encomendar um assim, porém com o brasão de minha família? Quero do mesmo material que este.

— Pode... mas irá demorar em torno de um mês ou mais para ficar pronto.

— Não tenho pressa, foi um prazer revê-la.

— Igualmente, boa estadia em Veneza.

— Tenho certeza que terei. Volto dentro de um mês.

— O senhor está só de passagem, então?

— Sim, mas só de revê-la já valeu a vinda, embora prefira a senhora com aquele sorriso de Savona, combina mais com seu rosto e seu ânimo.

Otávia sorriu envergonhada como se nunca tivesse sido cortejada por homem algum. Na verdade, o pouco tempo de casada tinha se revelado como a frustração dos sonhos mais belos que alimentava quando solteira. As poções de amor que seriam dadas ao marido para manter a paixão acesa não eram uma boa opção, considerando o ciúme doentio que aumentava cada dia. Em vez de poções de amor, Otávia tentava manter o relacionamento com Claudius a base de poções tranquilizantes tanto para ele, evitando agressões, quanto para ela conseguir dormir e se manter como uma mulher discreta. A empregada mais velha parecia odiar Otávia e instigava Claudius a um comportamento dominador sobre a pobre esposa. Não havia parentes próximos que pudessem ajudá-la, nem de Claudius nem os dela, não incomodaria os irmãos nem se envergonharia a expor a situação a público. Somente depois da primeira festa junto ao marido é que entendeu o porquê de o silencio predominar na casa em que moravam. Todos tinham medo de Claudius, inclusive ela, agora.

Diário de Diana 10/08/1588

Tiberius ficará fora de Triora cerca de duas semanas ou mais, tem questões políticas a tratar em Gênova. Sinto-me mais confiante com o francês, de tanto que Irmã Letícia me força a falar. Ela irá retornar daqui a dois dias para o convento e voltará para cá quando for mais próximo da viagem para Mântua. Assim, terei o idioma bem fresco à mente. Tenho ido bastante à missa, apesar de gostar da palavra do Pe. Rizzo sinto falta do coven e dos ensinamentos das anciãs. Gostaria de poder ir à casa da deusa.

Diário de Otávia 11/08/1588

O nobre Giovanni convidou Claudius e eu para uma confraternização, entre a elite comerciante e os nobres locais, para celebrar um acordo que fizeram com orientais que triplicaria a renda dos presentes. Não sei muito do que se trata, até porque os homens sempre se reúnem excluindo as damas dos negócios e suas visões de longo alcance. Fui para a varanda mais ampla tomar ar fresco e, para a minha surpresa, encontrei, ou melhor, reencontrei um nobre que mexe comigo das mais diversas formas, Varinnius. Já estava difícil tirá-lo da mente desde que entrou na loja de tapetes, agora, vê-lo em uma festa, como antes em Savona, me deixava ansiosa e amedrontada. Mesmo sabendo de sua índole extremamente duvidosa e maliciosa em relação a todo tipo de dama, confesso que sua presença e suas palavras me foram confortáveis em um período de vida tão doloroso. Claudius estava entretido demais com os assuntos comerciais para lembrar que tinha esposa e o momento de liberdade me proporcionou um pouco de relaxamento.

— Ora, ora, quem está aqui. Ia dizer que o canto de uma sacada não combina com a dama presente, mas lembrei-me que não é apenas uma dama, é o rouxinol de Savona, agora de Veneza.

— Não chegava a tudo isso, mas sou grata pelo elogio.

— Estou à disposição e ouvidos, senhora — disse beijando minha mão.

— Pensei que o veria apenas no fim do mês, ou no próximo.

— Desculpe desapontá-la, tenho alguns negócios aqui para revolver.

— Ficará o mês todo aqui?

— Se minha presença não for um incômodo à senhora, nem lhe causar problemas, ficarei. Os maridos não gostam de mim, eu sei.

— *A fama o precede.*

— *Ir atrás do que se quer é o que dá sentido à vida.*

— *Ah... então seduzir esposas ou donzelas é a causa de sua existência?*— *rimos os dois ao mesmo tempo.*

— *Bem, em parte sim, a paixão é uma força além da física. Especialmente quando a dama sente o mesmo* — *ele não olhou em meu rosto nesse momento, dando de ombros e observando alguns bêbados no salão principal.*

— *Não acredito que o senhor ficará diferente deles até o fim da festa* — *apontei discretamente com um dos dedos que segurava a taça de vinho branco.*

— *Igual àqueles sapos eu não fico, só falta a lagoa, os pulos e o som que emitem agora estão perfeitos.*

Eu ri e ele olhou para mim com um olhar não de malícia, mas sim de ternura, algo que não havia visto antes em seu semblante, talvez seja parte do processo de sedução das esposas alheias para me fazer me sentir à vontade... De fato me senti bem, foi como olhar nos olhos de um velho amigo em meio a um salão de falsidade.

— *Devo me retirar agora, seu marido não gostará de me ver, até breve, foi um prazer dispor da sua presença mais uma vez.*

— *Obrigada, até breve!* — *respondi fazendo um gesto leve com a cabeça.*

Do outro lado do salão, saía de um cômodo de reunião só para homens selecionados um grupo, nele vinha Claudius com um ar de soberba em meio aos colegas, depois o nobre Giovanni cumprimentou e abraçou Varinnius que pareceu se despedir pronto para sair daquele lugar tóxico. Claudius e eu dançamos duas músicas e depois pedi para que voltássemos para casa, mas ele disse que precisava ficar mais um pouco então mandaria o condutor me levar e retornar para buscá-lo mais tarde.

Quando entrei na cabine e o condutor fechou a porta foi que me dei conta de que não estava sozinha.

— *Por favor, se quiser que eu vá embora não grite, eu vou, mas se a senhora me deseja tanto quanto eu a desejo, então permita-me ao menos lhe dar essa rosa para que ao sentir esse perfume lembre-se de como é inebriante para mim. O bilhete é onde podemos nos encontrar de forma segura para a senhora, jamais a colocarei em perigo pelos meus sentimentos.*

Fiquei em choque, eu deveria enxotá-lo, dizer que não sou como as outras, mas será que não sou mesmo? Talvez eu, que me gabava por ser tão inteligente e esperta entre as garotas solteiras de minha cidade, estivesse ali carente de afeto

Círculos:
Segredos e Sagrados

por um homem que eu sentia tamanha atração desde o primeiro contato. Seria carência ou desespero? Uma coisa é certa, quando uma mulher trai um homem é porque seu coração não tem mais esperança na relação. Peguei o bilhete das mãos de Varinnius tremendo, ele acariciou as costas da minha levemente enquanto me entregava o papel e em seguida a rosa, depois saiu sorrateiramente sem que ninguém pudesse perceber e então o condutor que nada era fiel ao meu marido perguntou se podia prosseguir para casa, e eu assenti.

Capítulo 28

Diário de Otávia 12/08/1588

Claudius saiu de manhã cedo para uma viagem de negócios com o nobre Giovanni, esperei em torno de uma hora de sua partida para seguir meu destino.

O bilhete de Varinnius continha o endereço de sua propriedade em Veneza, mais precisamente em Chioggia. Uma bela casa de tom avermelhado de três andares, muito bem cuidada para um local pouco habitado pelo dono. Diferente do centro de Veneza, em Chioggia as carruagens são um meio de transporte mais comum, pois não há tantos canais de um espaço para o outro, ainda que os barcos não sejam dispensáveis pois trata-se de uma ilha.

Não havia quase movimento quando adentrei na casa, levei uma sacola com um livro mostruário da loja de tapetes para que, caso olhos curiosos conhecidos me vissem, entendessem que eu estava visitando um cliente. Como Claudius era conhecido por levar tais livros à residência de clientes mais exigentes não seria de se estranhar que eu fizesse o mesmo, ainda mais tratando-se da residência de um nobre, típico de comprador de nossa loja.

Fui recebida por uma criada que me levou a um dos cômodos que parecia ser uma sala de reunião. Lá estava Varinnius sentado de costas para a porta, virou-se ao ouvir meus passos, levantou-se com um sorriso no rosto cativante enquanto segurava uma harpa no colo.

— A senhora sua mãe me disse que você sabe tocar isso. É verdade?

— Sim... — fiquei admirada — eu não toco desde que vim para cá, Claudius diz que chamo muita atenção... mulheres casadas devem ser discretas para não envergonhar seus maridos... o que estou dizendo, cá estou aqui me envergonhando, devo ir embora.

— Espere! — ele apressou o passo e se colocou na minha frente — Ninguém além de nós dois sabe que você está aqui. Não está envergonhando ninguém, seu marido que deveria ter vergonha de falar isso a você. Deveria exibir você.

— Varinnius, por favor... deixe-me ir.

— Eu deixo você ir com uma condição.

— Qual? — perguntei arregalando os olhos, com medo da resposta.

— *Toque uma música para mim.*

Olhei para ele e depois para a harpa, suspirei e peguei o instrumento para mim. Ele fez menção para que eu sentasse na cadeira próxima a que ele estava quando eu cheguei. Quando meus dedos começaram a tocar a harpa foi como se eu pudesse reviver novamente, sentir-me Otávia e não apenas esposa. Foi como sonhar por alguns minutos e cair na realidade quando terminei. Varinnius me observava com o mesmo olhar de ternura que a noite anterior, quando parei de tocar e abaixei minha cabeça deixando as lágrimas escorrerem pelo meu rosto e molharem a saia de meu vestido ele se ajoelhou na minha frente, segurou minhas mãos com delicadeza e eu levantei minha vista para olhar em seus olhos.

— *Obrigado* — *disse ele, com uma voz doce.*

Ajoelhei-me diante dele e o abracei ainda chorando, ele me puxou para cima levantando nós dois e beijou meus lábios, porém quando o a pressão entre nossos corpos ficou mais intensa senti uma dor latejante no meio de minhas costas, onde uma das mãos de Varinnius estava me segurando, soltei-me de imediato e ele me olhou sem compreender.

— *Fiz algo de errado? Machuquei-a?*

— *Não, quem está fazendo sou eu, a cônjuge... e meu marido me deixou uma marca nada agradável para que eu me lembrasse dele até mesmo em um momento de prazer.*

— *Me desculpe se a ofendi trazendo-a para cá, eu...* — *coloquei meus dedos em sua boca antes que completasse a frase.*

— *Bem, você está acostumado a convidar mulheres comprometidas para dormir com você. Então o que verá não deve ser uma novidade.*

Comecei a despir meus trajes e gradativamente os hematomas começavam a surgir, alguns mais leves no ombro, outro mais roxo no braço... até que pedi a ajuda de Varinnius para tirar a última peça e ele pode ver o resultado da surra que levei há poucos dias por ter conversado brevemente com o Doge na Igreja sozinha. Varinnius parecia assustado e ao mesmo tempo compadecido.

— *Você me desejava ver assim, não é? Aqui estou. Espero que se um dia desposar alguma jovem não cometa os mesmos atos infelizes de maridos ciumentos que acabam por atrair o que temem de suas esposas indefesas.*

— *Pelo amor de Deus Otávia, a última vez que vi um machucado assim foi após um treino intenso de combate* — *ele passou os dedos cuidadosamente pela minha pele nua e machucada* — *Espere aqui.*

Círculos:
Segredos e Sagrados

Ele saiu do cômodo deixando a porta fechada e voltou em pouco tempo com um pote.

— Deite-se de bruços — ordenou ele.

Àquela altura eu estava já acostumada a receber ordens de homens e me deitei conforme sua vontade. Para minha surpresa ele me manteve o máximo possível coberta com uma manta que tinha ali, deixando exposta apenas a marca do hematoma causador de maior dor. Ele abriu o pote, pude sentir de imediato o cheiro forte de alecrim misturado a mais alguma erva que não soube reconhecer, senti então ele deslizar os dedos em minhas costas com óleo gelado que me causou uma sensação agradável e de alívio conforme ia massageando em volta do machucado.

— Alguém deveria ao menos ter feito isso logo — falou em voz baixa.

— Ninguém naquela casa é feliz, já tinham dado os sinais e eu não percebi, a criada mais velha me odeia, os outros têm medo do patrão, não tenho amigas aqui, as damas sequer conseguem disfarçar a antipatia por mim. Você é a primeira pessoa aqui que se importa em cuidar de mim.

Levantei-me e o encarei nos olhos. Ele estava sério, esperando e escutando cada palavra que eu tinha a dizer.

— Sei que você não deve me dar grande valor a não ser o suficiente para um galanteio e alimentar seu ego de conquistador, mas mesmo assim, agradeço por me permitir ser eu mesma, ser verdadeira com alguém aqui e agradeço do fundo do meu coração, ou o que restou dele, pela atenção e cuidados com... as minhas feridas.

— Otávia, sou um homem de guerra, um homem de duelos e combates, a maior desonra de um cavaleiro é manter uma luta desigual com o seu oponente sabendo que esse nem em sua melhor forma teria condições de lutar à sua altura. Uma batalha justa e equilibrada é digna de títulos e nomeações por coragem e bravura, do contrário é vergonhosa e ridícula. A vitória em cima de um oponente indefeso nunca foi e nunca será meu objetivo, prometo que se um dia eu vier a desposar alguma donzela jamais a destratarei como Claudius faz, as ações dele só provam que não é um homem de sangue real. Meu irmão Cassius, enquanto vivo, jamais levantou a mão para minha cunhada Mayela, assim como tenho certeza que meu caro amigo irmão Tiberius não fará com a futura esposa.

— Obrigada... fico feliz pelas palavras... espero que outras mulheres tenham essa sorte que eu não tive.

Sentados lado a lado no divã agora, Varinnius envolveu-me cuidadosamente em seus braços fazendo com que eu pudesse apoiar a cabeça em seu ombro, ficamos um tempo abraçados sem dizer uma só palavra, apenas ouvindo a respiração um do outro até que levantei minha cabeça olhei frente a ele e beijei sua boca, ele interrompeu esquivando-se.

— Não se sinta pressionada a fazer nada que não queira, não quero ser um segundo torturador, amantes servem para trazer amor e prazer.

— E quem disse que não é isso que está trazendo? Eu gostei de você desde a primeira noite que nos vimos em Savona, permita que agora eu faça o que tenho vontade e não o que os outros querem que eu faça.

Foi então que nos entregamos um ao outro.

Diário de Diana 13/08/1588

Depois que terminei a última refeição fui para meu quarto sozinha, como meu cabelo estava arrumado de forma mais simples dispensei Antonella. Bem, não foi exatamente por isso que a mandei se recolher e sim porque queria aproveitar para usar minha flauta na ausência de Tiberius. Aguardei a escuridão do corredor por baixo da porta indicando que os criados estavam em seus devidos quartos, então peguei minha flauta e a toquei na direção do espelho maior do cômodo. Em poucos segundos abriu-se um portal em forma de espiral e, em seguida, materializou-se uma porta no lugar do espelho, esperei um pouco para ter certeza de que ninguém tinha ouvido nem batido na porta de meu quarto, então virei-me novamente para a porta mágica criada pela magia da flauta e a abri, passei por um corredor semelhante ao do antigo templo, mas no final dele havia um buraco grande aberto ao invés das opções. Passei por ele e cheguei onde desejava.

— Sabia que não ia resistir por muito tempo. Como você está elegante!
— disse Fillus.

Eu o teria abraçado se estivesse em forma humana, como estava em seu tamanho original, ele pulou em minhas mãos e eu o levantei.

— É tão bom vê-lo novamente!

— Esse bosque não é o mesmo sem você.

Olhei em volta, tudo tão silencioso, o coven deveria estar reunido, porém não havia o menor sinal de que alguém estivesse ali.

Círculos:
Segredos e Sagrados

— São tempos difíceis Diana, desde que você foi embora as reuniões estão cada vez menos frequentes, os vigários não tem dó ou misericórdia na hora de acusar e condenar. As anciãs pedem discrição dos integrantes para a própria segurança.

Lembrei-me de quando Tiberius mencionou a ida dos vigários a Triora e um arrepio me subiu pela coluna fazendo-me estremecer. Naquele momento eu tive certeza que não teria notícias boas de minha família... Respirei fundo e perguntei, me preparando para o pior, pois se os vigários tinham tão má fama de julgadores, os parentes de uma acusada de bruxaria e assassinato logo seriam perseguidos e teriam o destino que na teoria eu tive: a condenação à prisão ou morte.

— Gaia está bem? Você a tem visto? — comecei por Gaia, com receio de sua beleza ter atiçado o interesse desses homens ditos de Deus.

— Na medida do possível está bem... está noiva, deverá desposar Antonio perto da noite dos mortos, quando a casa deles estiver pronta.

— Antonio... nosso vizinho?

— Sim, esse mesmo — Fillus desviou o olhar de mim e colocou as mãos pequeninas nos bolsos.

— E os outros? Mamãe, papai, vovó e as outras anciãs... Isolda e Otávia, tem notícias delas?

— Laura finalizou seu ciclo de sacerdotisa, agora se encontra com o divino. Sua avó, Paola e Aisha continuam no templo cuidando da casa da deusa. Otávia casou, você ainda estava aqui, não sei nada sobre ela, mas pela expressão de Paola quando observa a luz da ruivinha, não parece muito satisfeita. Isolda partiu em um barco estrangeiro depois que dona Mércia, Matteo e o noivo foram presos e condenados.

— E meus pais?

— Seu pai continua em casa com Gaia... a sua mãe estava abatida desde a sua captura... foram na casa dela e pelo estresse ela não aguentou e faleceu antes de prenderem ela e dona Mércia.

— Você está dizendo que minha mãe está morta? — as palavras me aterrorizaram quando as pronunciei.

— Infelizmente sim... sinto muito, Diana.

— Diana... nem isso me pertence mais, meu próprio nome.

Comecei a chorar, coloquei Fillus no chão e me encostei-me a um tronco de árvore, sentindo-me atordoada. A mulher que sempre admirei e quis ser igual, que me carregou no ventre e depois no colo, que cuidou de mim com tanto amor e carinho estava agora sete palmos abaixo da terra. Claro que ali é somente o corpo, uma parte dela, sua alma eu a tinha visto há algumas noites. Por isso não podia tocá-la, nunca mais poderei... somente quando eu passar definitivamente para o outro plano. De certa forma, eu já estava destinada a reencontrá-la apenas nessas circunstancias, mas a esperança de sentir o calor do seu abraço, seu perfume ainda nesta vida, me causava um reconforto, agora nem isso tenho, tudo me foi tirado. Tentei me recompor (como se isso fosse possível) então toquei a flauta novamente e vi o buraco por onde passei surgir.

Diário de Diana 14/08/1588

Fiquei deitada em minha cama o dia inteiro, disse que me sentia indisposta e que preferia ficar sozinha. Antonella insistiu para que eu desse ao menos uma volta no jardim para pegar ar fresco, mesmo assim neguei e dei alguns serviços para que se ocupasse longe de mim.

Projetei-me algumas vezes para Savona, tive que fazer um grande esforço para me concentrar e ter domínio da ação, pois geralmente era mais fácil ser guiada quando dormindo sem ter um foco ou um destino certo em mente. Ninguém me via, obviamente, eu não estava presente de corpo e sim de espírito. Os lugares por onde costumava passar todos os dias pareciam normais e calmos, porém, no centro em frente à igreja matriz um palco revelava tempos difíceis para os pagãos. Troncos posicionados em círculos e gravetos ao redor de cada um indicavam o uso da arrumação. Uma verdadeira matança. Fiquei observando, imaginando tantas pessoas conhecidas que deveriam ter passado por aquela humilhação e degradação humana. Dona Mércia, Matteo... mamãe, se a deusa não a tivesse poupado e levado sua alma para fora do corpo antes que esse pudesse ser manchado por mãos intolerantes e maléficas. Minha instabilidade emocional me fez voltar para meu corpo em Triora, mas eu estava determinada a saber mais, então me concentrei novamente e desta vez fui ao meu antigo lar... Minha irmã e meu pai trabalhando juntos como sempre, tão focados, creio que no fundo Gaia sentiu minha presença, pois chegou a forçar a vista em minha direção, consegui escutar Varo perguntando qual era o problema a ela e ela não soube o que responder. Fui então para frente da casa da senhora Mayela, ela estava no jardim bordando algo que suponho ser para seu herdeiro.

Círculos:
Segredos e Sagrados

No fim da tarde, resolvi sair um pouco do quarto e fui para a sala de estudos tentar ocupar um pouco a mente para me distanciar da dor da perda. Encontrei alguns livros em francês e aproveitei para praticar a leitura. Madre Madalena diz que não devo passar um dia sem treinar, pois se eu não criar o hábito do estudo com uma rotina, terei mais dificuldade em memorizar as palavras chaves.

Diário de Diana 15/08/1588

Resolvi ir ao mercado central pela manhã comprar algumas especiarias para incrementar as receitas de Isotta. Quando estava prestes a voltar para casa vi no fim de uma fileira de tendas uma mulher velha, pobre, vestida de preto com um chapéu pontudo me observando. Apesar da aparência não muito agradável, seus olhos transmitiam serenidade e profundidade. Aproximei-me dela devagar, ela virou-se de costas para mim então acelerei o passo e gritei para que me esperasse. A mulher obedeceu e manteve-se de costas até eu tocar em seu ombro e me colocar em frente à ela. Ela tocou a minha mão e beijou. Seus lábios estavam ressecados e a pele era áspera e enrugada. O rosto queimado de sol revelava anos de trabalho braçal exposto ao ar livre.

— Minha Senhora. Espero não tê-la incomodado — disse com a voz rouca e fraca.

— De forma alguma, precisa de algo? Está com fome? — tentei usar um tom doce para que ela não se envergonhasse ou ofendesse.

— Há quanto tempo não escuto alguém me perguntar isso...

Ordenei a uma criada que tinha vindo comigo que comprasse pão, leite e um pouco de carne para a pobre mulher. Ela apressou o passo como se estivesse com medo da idosa de chapéu pontudo e pude perceber sua ansiedade pela sua inquietação ao me olhar conversando com a tal.

— Os homens matam selvagemente as mulheres que não negam a loba dentro de si. Matam também as que negam e no final se autoproclamam santos. Como se isso os tornasse melhor que elas. Mal eles percebem o vício destrutivo da própria natureza —comentou — Não temos mais nada a não ser a fé e nós mesmas. Que a Senhora sempre se lembre de quem é — complementou.

— O que quer dizer? — indaguei com medo de a resposta ser "impostora" ou "farsante".

— Um reflexo da deusa.

Naquele momento senti um calor percorrer meu corpo todo. Olhei para o lado para me certificar que a criada não estava próxima o suficiente para ter escutado as palavras da velha, um rapaz parecia tentar cortejá-la em uma tenda um pouco mais distante e roubou toda a atenção da mocinha para ele. Quando virei minha cabeça para a velha novamente ela já estava muito longe. Parecia ir em direção à cabotina. Um comerciante do qual minha criada tinha comprado leite se aproximou de mim.

— Senhora, abençoado seja seu coração e sua segurança, aquela mulher não é confiável.

— Porque diz isso? — eu sabia o que ele queria dizer.

— A família dela fez um pacto com o inimigo, a filha mais nova está louca e a mais velha foi condenada à forca. Dizem que foi a filha mais velha e o marido que trouxeram o caos aos familiares. Aquele lugar é bom a senhora evitar.

— Entendo. Que Deus tenha misericórdia e nos ensine a ser como Ele também, para que não sejamos injustos. Tenha um bom dia e boas vendas.

Pela tarde o alfaiate veio entregar alguns vestidos que tinha encomendado há algum tempo. Somente um necessitou de um pequeno ajuste na cintura e foi feito na mesma hora, pois o senhorzinho de baixa estatura e barba alva trouxe material para possíveis eventualidades. Encomendei mais quatro, ele trouxe alguns desenhos de inspiração para que eu escolhesse os modelos. Pensei nesses quatro para os eventos em Mântua, já que a celebração do aniversário do anfitrião dura vários dias. Entre os vestidos já prontos que o alfaiate trouxe, já estavam inclusos os que levarei para nossa viagem.

Diário de Diana 16/08/1588

Resolvi sair para cavalgar durante a manhã, queria fazer isso no fim da tarde e início da noite, mas os criados poderiam desconfiar. Estar em meio ao bosque era sempre revitalizante, desta vez não foi diferente. Desci do cavalo e andei um pouco descalça, soltei meus cabelos e sentei em um tronco de árvore já caído. Comecei a cantar alguns cânticos da deusa em voz baixa para me conectar com ela e os elementais dali. Fechei meus olhos e fiquei em silencio em seguida, ouvindo apenas o som da natureza e da minha respiração. Uma luz prateada emergia em minha direção tão forte que mesmo se quisesse não ousaria abrir os olhos, pois é pela curiosidade inadequada que muitos perdem a visão e até mesmo a vida aqui na terra como a mulher de Ló[16]. Esperei a luz prateada tomar conta de todo o meu corpo até que escutei seu chamado.

— Diana, venha cá, abra os olhos agora.

Era a minha voz, mas minha boca não se mexeu, as palavras não saíram de mim e sim chegaram a mim.

Abri meus olhos, estava sentada no chão apenas de camisola, meu espírito tinha saído de meu corpo, minha projeção astral fora guiada pelos elementais até a casa da deusa, ou melhor, uma de suas casas. Levantei-me e olhei em volta, estava dentro de algum panteão em outra dimensão, podia ver as mulheres vestidas de branco se revezando para alimentar o fogo sagrado no centro da cúpula.

— Venha até mim — escutei novamente minha voz saindo de outra boca.

Passei pelo corredor amplo desviando das Vestais[17] até me deparar com uma enorme parede feita de espelho no fim do corredor que fazia uma curva, mas não me detive nela, pois a luz prateada chamava a minha atenção para o espelho. Quando me aproximei dele e vi meu reflexo percebi uma tiara em minha testa, o símbolo triluna todo em prata. Foi aí que percebi que a imagem refletida não era minha e sim da deusa.

— Como você está? — ela me perguntou.

— Sinceramente? Bom... claro que vai saber se estou mentindo ou não... estou confusa, não da mente, mas do coração.

— Não poder se permitir lamentar o luto é uma das maiores provações desta vida.

— Deusa... eu sou grata por minha mãe não ter sido presa e torturada... eu sei que tudo poderia ter sido muito pior... não só para ela como para mim... Mas me sinto confusa, ao mesmo tempo em que gostaria de ser Diana e ir ao encontro de minha família, chorar e poder caminhar na floresta sem ser acompanhada, sou feliz em ter me tornado Daniela... como Daniela estou a salvo e tenho tudo o que eu poderia crer ter apenas em sonhos... mas... eu sinto falta de uma parte de mim... e essa parte mesmo que estivesse viva também não poderia fazer o que fazia antes... não teria direito a mais nada.

— Minha doce alma, tudo o que desejamos e adquirimos na vida tem um preço a ser pago, por isso devemos escolher com prudência e sensatez os sacrifícios

---

[16] Referência bíblica: Lucas 17:28-32.

[17] Sacerdotisas de Héstia/Vesta, deusa virgem protetora do lar e do fogo sagrado de grande importância durante o império romano. (SAUTEREAU, François; HALICARNASSO, Dionísio de. **Contos e lendas do nascimento de Roma**. São Paulo: Companhia das Letras, 2000).

que estamos dispostos a oferecer para alcançarmos a gloria de nossos sonhos. Daniela e Diana são a mesma pessoa, Daniela precisou de Diana para nascer, assim como Diana necessitou de Varo e Maria para adentrar neste mundo, mas como você mesma disse, se ainda fosse somente Diana não seria a mesma, pois o passado pode ser congelado, mas o presente está em constante mudança ainda que não percebamos. Abrace quem você é, quem você foi e quem está se tornando.

— Senhora... o perigo se aproxima de quem sou e quem estou me tornando?

— Há perigo em cada esquina da vida, assim como há o poder em cada homem e cada mulher para enfrentá-lo.

Então retornei ao meu corpo, abri meus olhos da matéria, fiz uma trança em meu cabelo solto, lavei meus pés em um córrego, calcei meus sapatos e voltei a montar em meu cavalo. Senti uma onda de calor subir por minha coluna fazendo com que minha postura ficasse impecável e quando adentrei minha casa estava com o porte de uma nobre crescida nos ambientes mais requintados existentes. Não era apenas Diana ou Daniela, era a elegância e iluminação de uma sacerdotisa da grande mãe.

Diário de Tiberius 17/08/1588

Escrevi uma breve carta a Daniela assim que cheguei a Gênova:

"Querida esposa, escrevo essa carta como meio de diminuir a distância entre nós e para informar que o percurso até meu destino foi tranquilo e rápido. Gênova continua igual, como sempre. Repleta de aristocratas e comerciantes. Em muito se assemelha a Savona que perdeu o posto de porto mais importante do mediterrâneo para a referida. Vi alguns rostos conhecidos, aliás, praticamente todos, os que me eram confusos à memória me foram apresentados como filhos agora crescidos de homens importantes. Em breve estaremos juntos novamente, com amor, Tiberius."

Amanhã devo reunir-me com outros recém-chegados de viagem para possíveis acordos. Deus, dai-me paciência para aturar determinadas companhias indesejadas, porém necessárias.

Capítulo 29

Diário de Tiberius 29/08/1588

Retornei à Triora o mais rápido que pude. Gostaria de um descanso entre uma viagem e outra. Dentro de poucos dias partirei com Daniela para Mântua. Sei que o ideal seria trazer Daniela comigo para Gênova e de lá partir para Mântua, porém não seria prudente deixar Triora agora sem um representante, mesmo esse sendo uma mulher, pois a família do governante se fazer presente em suas terras demonstra estabilidade e confiança de quem está no poder, do contrário, muitos poderiam alegar descaso com as posses e o povo.

Daniela me aguardava em frente a nossa casa com os criados em volta. Estava mais bela do que nunca, não sei se pelo tempo que não a vi fiquei mais admirado por seu encanto e doçura, ou se de fato a realeza a tinha tornado assim. Poderíamos ter mantido os cumprimentos discretos apenas, entretanto, bastou Daniela ordenar aos criados que trouxessem a bagagem e voltassem para seus afazeres que, quando viraram-se de costas para nós, aproveitamos e nos jogamos nos braços e beijos um do outro. De noite, fomos para o jardim admirar as mudanças que minha amada tinha feito e aproveitar a brisa refrescante. Como a maioria dos criados estava dormindo, somente os guardas cuidavam da entrada e saída de nossa casa, vigiando-a de dentro para fora. Fomos os dois nos abrigarmos atrás de uma árvore de pequeno porte, onde aproveitamos o momento como dois amantes que se encontram as escondidas. Mais tarde fomos para o quarto de Daniela onde ficamos até o dia seguinte aproveitando cada segundo como marido e mulher até nos cansarmos e dormimos tranquilos na companhia um do outro.

...

Em Veneza 30/08/1588

Varinnius constatou pelas suas investigações que tanto Giovanni como Afonso preenchiam os requisitos que o Doge elencava para ocuparem a posição de genros. Pela manhã, como de costume, fulaninho repassou os planos e programação do patrão ao nobre louro. Desta vez Varinnius pôde se animar, pois Claudius sairia no meio da manhã e retornaria a casa no outro dia, o que possibilitaria um reencontro com Otávia. Desde a última vez em que estiveram juntos ele ansiava por uma oportunidade de repetir o feito. Embora estivesse bastante acostumado à categoria de amante, mais precisamente de mulheres casadas, Varinnius se incomodava com a mudança de comportamento da ruiva, quando olhava para Otávia de longe na rua em que se localiza a loja de tapetes, só conseguia pensar no quanto o casamento funcionava como uma erva potente, uma droga, que para alguns servia de remédio e cura, como ocorreu com Mayela, e para outros um envenenamento extremamente ácido. Perguntava-se se Sophia agia da forma que agia durante o período de noivado com Tiberius porque acreditava que teria uma reação à "erva matrimonial" como fatal. Talvez ele não fosse o melhor e mais indicado homem a julgar ou compreender a mente feminina, porém imaginava que dentre os três inseparáveis amigos/irmãos, Tiberius seria o sonho de bom partido que toda donzela desejava enquanto Varinnius seria o exato oposto, a própria condenação à fatalidade e abandono por conta da fama. Indagava a si mesmo se Otávia acreditava na felicidade quando desposou Claudius. "Bom... isso não importa agora" pensou. "Devemos aproveitar um ao outro e isso deverá nos bastar" concluiu por fim.

Pela tarde

Varinnius recebeu Otávia no mesmo endereço. Dessa vez, ela levou uma caixa e o tapete encomendado enrolado, porém, quem o carregava era o cocheiro do nobre. Varinnius separou um saco de moedas de ouro cheio e deu a amante na frente de alguns criados. É claro que eles sabiam que ela não tinha ido ali pela entrega da tapeçaria e sim de outra coisa.

— Ficou perfeito, a senhora tem de fato muito bom gosto — disse enquanto Otávia abria o embrulho e o perfumava com a essência que havia trazido na caixa.

— Ficamos felizes em sermos úteis ao seu agrado e satisfação — respondeu.

Ele fez sinal para que os criados saíssem, se aproximou ligeiramente da ruiva e a beijou com intensidade.

— Tenho algo para você! — disse Varinnius com empolgação.

Círculos:
Segredos e Sagrados

— Para mim? Mas não posso levar nada para casa, você entende que... — ele colocou os dedos nos lábios dela delicadamente para que ela se calasse.

— Não é algo para você levar, é algo para você deixar... ou seria buscar de volta? Venha cá.

Varinnius conduziu Otávia quase que correndo a outro cômodo, aparentemente escondido.

— Está preparada? — perguntou com a mão preparada para empurrar a porta.

— Sim! — respondeu rindo.

Quando Otávia adentrou o espaço de teto baixo e temperatura mais fria teve uma grata surpresa. Era uma piscina em meio a várias esculturas e pinturas do tempo do império romano, a casa de Varinnius tinha sido construída nesse período e mantida intacta apenas com a diferença do acumulo de móveis atuais nos cômodos principais.

— Não é uma praia, mas podemos fingir que é a piscina dos deuses antigos — riu Varinnius aproveitando o bom impacto causado a Otávia se colocando atrás dela e despindo-a.

— Realmente os nobres são privilegiados em muitos aspectos!

Otávia virou-se para Varinnius usando apenas o colar que Isolda o havia dado na última noite no bosque em Savona, soltou os cabelos e o puxou para mais perto de si.

— Quem diria que um homem de guerra poderia ser tão criativo em um encontro! Ou esse método já está ultrapassado?

— Acha que um guerreiro não pode ser criativo? Ele deve! Porque no momento da adversidade e do confronto é a autenticidade dos seus movimentos e estratégia rápida que o farão vencedor ou perdedor, sobre amantes e piscinas, é a primeira vez que uso a minha com alguma dama.

A água estava morna apesar de o espaço em si parecer mais fresco do que os demais cômodos. Enquanto os dois se movimentavam e se tocavam formando ondas na piscina, Varinnius observou um novo e leve hematoma na coxa direita da mulher. Ficou parado alguns segundos olhando para nada, o que deixou Otávia confusa.

— O que foi? O desagradei? Fiz algo de errado?

— Seu marido lhe bateu de novo... Foi por minha causa, de alguma forma? — perguntou sério.

— Não quero falar disso.

— Por favor, Otávia, me diga.

— São os amigos dele... ele saiu e voltou bêbado de madrugada... exigindo os direitos de marido. Eu disse que ele precisava descansar... mas enfim, você deve imaginar que ele não concordou — tocou o pescoço e baixou a cabeça desviando o olhar de Varinnius — Ele tentou me forçar, mas como nem conseguia se manter e pé, tropeçou quando o empurrei, caímos os dois, bati na quina da mesinha e ele bateu com a cabeça no espelho da cama e tombou no chão. Eu troquei suas roupas ainda desacordado e fui dormir no divã. De manhã ele não se lembrou de quase nada.

— Desculpe, não queria trazer más recordações... venha cá — Varinnius a envolveu nos braços e beijou a testa.

— Podemos ir para um lugar seco agora?

— Tem uma escada atrás da porta oposta que passamos que dá direto no meu quarto.

Os dois saíram da piscina, Otávia se abaixou para pegar as roupas e Varinnius a cobriu com uma túnica vermelha.

— Deixe que as roupas eu levo.

Depois de subirem a escada caracol estreita e chegarem ao quarto, Otávia sentou-se encolhida na cama ainda envolta na túnica. Observou o cenário e parou o olhar em um tabuleiro de xadrez egípcio.

— Sabe jogar? — perguntou a ela.

Otávia se lembrou de quando Aisha apresentou o jogo pela primeira vez e como explicou calmamente passo a passo os segredos das melhores jogadas. "Desvie a atenção do oponente, nunca o subestime".

— Posso? — Otávia apontou para as peças, Varinnius assentiu com a cabeça.

Durante a partida Otávia deixava, com o decorrer da movimentação das peças, apenas o cabelo cobrir os seios enquanto a túnica descia por sua cintura, quando o pião se tornou uma rainha, chegando no último quadrado oposto, a ruiva deu o xeque mate.

— Parece que temos uma vencedora — falou o nobre levantando as sobrancelhas.

Círculos:
Segredos e Sagrados

— Os vencedores recebem um prêmio, pelo o que me lembro — respondeu a ruiva com a voz maliciosa, apoiando os braços para trás e deixando o tronco todo à mostra para frente, sentada com as pernas cruzadas na cama.

Varinnius levantou-se do divã, passou pela mesinha que separava os dois deixando cair a túnica azul que o vestia da cintura para baixo, deixando o corpo magro atlético e torneado totalmente exposto.

— Logo você irá descobrir — falou com um sorriso e tom de voz sensual.

Capítulo 29

Capítulo 30

Diário de Otávia 02/09/1588

Hoje vi Varinnius, provavelmente é a última vez que o verei em minha vida que se seguirá aqui. Tivemos um breve momento juntos, escondidos sob uma capa e em uma rua estreita quase impossível de passar.

— Continuarei lhe escrevendo, meu amor.

— Poupe suas palavras e meu coração de promessas que não podem ser cumpridas... mesmo que eu queira, mesmo que você de fato me escreva, ainda assim, seria perigoso para nós dois.

— Prometo que não a esquecerei, juro por minha glória e felicidade.

— Eu acredito, só me abrace, permita que meu coração sinta a pulsação do seu agora.

Nos abraçamos e quando nos soltamos cobrimos nossos rostos novamente com o capuz de cada um, seguindo caminhos opostos sem ousar olhar para trás. Pelo menos... eu não olhei. Toquei meu ventre e senti a esperança de ter um pouco daquele homem permanentemente em minha vida mesmo que ninguém, nem mesmo ele, possa compartilhar desta felicidade para a segurança da criança que está por vir.

Diário de Tiberius 03/09/1588

Acordei de madrugada e não consegui voltar a dormir, tive um sonho nada agradável e creio que a angustia causada por ele foi o motivo da minha agitação persistente. Era como se fosse meu aniversário de 15 anos, estava comemorando em Florença com Varinnius e Cassius, havia outros filhos de nobres ao redor, alguns eram parentes distantes, outros eram colegas do tempo de faculdade, de repente estávamos dentro de um bordel que frequentávamos, os três amigos, nesse período. Todos estavam bebendo e interagindo com moças do local até que um primo de terceiro grau diz para mim que tem uma surpresa especial. Atrás dele uma meretriz de rosto coberto por um véu azul me leva para um dos quartos, ela se despiu, porém manteve o véu, achei aquilo excitante, tomei o corpo dela no leito então quando estava próximo do clímax *algo arrancou o véu de seu rosto e tive uma visão chocante: a mulher era minha mãe! "O que foi, querido?" ela me perguntava, saí de cima dela atordoado, ela se levantou e veio em minha direção repetindo a pergunta. Foi quando risos e gargalhadas altas preencheram todo o quarto, meus companheiros estavam todos ali presentes vendo aquela cena horrenda de incesto e zombando de mim por eu ter caído na deslealdade de um deles. Pensei que aquilo não tinha como piorar, mas piorou. Meus dois amigos irmãos se colocaram cada um de um lado, a direita estava Cassius, nu, assim como eu e acompanhado de uma meretriz de rosto coberto assim como a minha MÃE, ele puxou o véu e o rosto que apareceu foi o de Sophia, que apesar de ser gêmea de Mayela tinha algumas diferenças físicas óbvias. Minha NOIVA falecida ali rindo e se esfregando em meu amigo, irmão, também falecido. Do outro lado, Varinnius com outra prostituta de véu no rosto, ele riu alto quando o véu foi puxado, ali estava DIANA, minha esposa! Não ousaria chamá-la pelo seu nome atual naquele estado de fornicadora de satanás. Quando acordei nervoso e suado com Daniela deitada ali ao meu lado foi como alcançar a superfície após ter afundado em um rio e ter passado muito tempo sem respirar. Levantei da cama e fui para a janela, voltei para a cama tentando recuperar o sono em vão. Tornei a levantar e dessa vez fui para a sala de estudos ler um pouco, escolhi ironicamente pelo destino "Mulieribus claris"[18] e atingi a paz. Pela manhã bem cedo fui acordado por Daniela. Ela tinha acordado e sentido minha falta em sua cama, foi me procurar e, como me encontrou dormindo no tapete com um livro no colo, sentado encostando a cabeça na parede, me moveu para que eu ficasse ao menos deitado com o apoio de uma almofada e coberto por uma manta fina. Ela ficou velando meu sono até que os primeiros raios de sol surgissem e voltássemos para o quarto.*

— Você parecia inquieto dormindo, mas como inicialmente não deu sinal de algum pesadelo não o acordei, depois vi que estava aqui com o semblante tão tranquilo que fiquei com pena de ter que acordá-lo — ela falou sentada nas pernas como quem se ajoelha primeiro e descansa brevemente em frente a mim.

— Me desculpe por tê-la deixado sozinha — inclinei-me para ela e beijei sua mão.

Passei o dia trabalhando acerca da administração de Triora em várias reuniões. De noite enquanto eu e Daniela fazíamos a última refeição, ela começou a indagar sobre nossa futura e primeira viagem juntos.

---

[18] *Mulieribus clari* (BOCCAGIO, Giovanni, 1374), é um livro que trata de mulheres históricas, tanto lendas, mitos como personagens reais, das virtudes e vícios de cada uma.

Círculos:
Segredos e Sagrados

— *O caminho é muito longo daqui até Mântua? Digo... na prática... em distância física eu já vi o mapa, ficaremos um dia em Gênova, certo?* — *indagou-me como um aprendiz escolhe cautelosamente as palavras para seu mestre.*

— *Não passaremos desta vez por Gênova.*

— *Não? Mas... vi que é a rota mais segura e rápida.*

— *Rápida sim, segura não. Vamos passar um ou dois dias em Turim, ficaremos hospedados na residência do Duque de Saboia[19]. Mantenho contato com Emanuel[20] desde muito tempo, sempre nos encontramos em eventos sociais. Provavelmente partiremos juntos para Mântua.*

— *Então não passaremos por Savona?*

— *Não* — *respondi em tom firme.*

Fez-se um breve silencio.

— *Tiberius... preciso ver meu pai e minha irmã... creio que os vigários não estejam mais lá....*

— *Como você sabe que os vigários estavam lá se eu a trouxe antes para nossa casa?*

— *Eles mataram minha mãe* — *usou de tom de voz melancólico e sério* — *Preciso ver minha família nem que seja escondida na estrada.*

— *Como você tomou conhecimento disso?*

— *Um morador de Savona me contou.*

— *Quem?* — *insisti.*

— *Isso não importa, o que importa é que minha mãe está morta!*

Bati com o punho fechado na mesa irritado.

— *E você acha que vão fazer o que quando virem você?* — *não contive o tom sarcástico* — *Parece que se esqueceu do nosso acordo Daniela.*

— *Esse não é o meu nome.*

— *É sim, é o que você escolheu, lembre-se que suas escolhas não afetam somente você! Lembre-se disso! Não acredito que passo alguns dias fora e você descobre.*

— *Você sabia então?* — *ela arregalou os olhos.*

— *Sim, quis poupar-lhe o sofrimento e uma cena como essa.*

---

[19] Referência ao Duque de Saboia, Emanuel Felisberto, reinado de 17 de Agosto de 1553 a 30 de agosto de 1580.

[20] Referência Campbell, Miles E.; Campbell, Miles W.; Holt, Niles R.; Walker, William T. (1999). The Best Test Preparation for the Advanced Placement Examination, European History.

— Eu não posso acreditar nisso! Por Deus! Como você me esconde algo assim? Você não quis me poupar, quis poupar a si mesmo! Para que eu continuasse a agir feito uma boneca! É isso que sou para você! Uma boneca! — gritou e arrancou o colar do pescoço com tanta força que se desfez — Me veste como uma boneca! Me engana o tempo todo! Desde o início, e eu acreditei em você! Como fui burra, o que falta acontecer agora? O que falta descobrir? — falava alto e as lágrimas escorriam pelo rosto vermelho de raiva.

— Recomponha-se, mulher!

Ela saiu correndo e se trancou no quarto, fui atrás e bati com força em sua porta. Antonella apareceu ao meu lado com o rosto coberto de espanto, mas a mandei embora dizendo que era assunto de marido e mulher e que ela deveria se ocupar com outra tarefa.

— Abra essa porta agora ou eu arrombo!

— Se você arrombar eu pulo da janela! — ela ameaçou de volta.

— Não seja tola, ande logo Daniela! Sou seu marido! Abra a porta!

De repente ouvi um som de flauta tocando de dentro, imaginei que Daniela estivesse zombando de mim, então sem pensar duas vezes arrombei a porta. Entrei no quarto procurando por ela, vi que a janela estava aberta, corri em direção, olhei para baixo e nem sinal de minha esposa, um calafrio se mantinha em minha espinha.

— Daniela! — gritei.

Nada. Então, rodando pelo quarto, passei em frente ao local onde ficava um espelho grande, ao invés dele, estava uma porta entreaberta e luminosa. Achei estranho, pois, entrei muitas vezes naquele cômodo e nunca vi aquilo antes, dirigi-me a porta luminosa e resolvi passar por ela.

Capítulo 31

Diário de Tiberius (continuação)

Do outro lado do espelho, ou melhor, porta, adentrei um espaço que ao mesmo tempo em que me era familiar me causava angustia. Queria eu estar sonhando, mas não, estava dentro de uma cúpula onde a boca da fornalha se mantinha acessa por belas moças vestidas de branco em túnicas de outros tempos. Elas pareciam me ignorar, estavam focadas em suas tarefas, me aproximei do fogo que tinha chamas azuladas, quase hipnotizado por tanta beleza. Uma voz macia e feminina falou meu nome "Tiberius... venha" aquela voz se confundia entre a de minha mãe e a de Daniela, percebi o fato em comum somente quando ela insistiu em me chamar novamente, eu me aproximei do fogo, senti alguém tocar meu braço, uma das moças fez um gesto com a cabeça como quem indicasse que eu estava indo ao lugar errado e apontou o dedo para um corredor longo e estreito. Caminhei por ele, não sei dizer se foi algo rápido ou não, era como se ali o tempo não existisse de verdade, parei em frente a um espelho grande, eu poderia prosseguir dobrando, entretanto, o espelho soava familiar e atraente, observei minha imagem refletida nele, era como se ela tivesse vida própria e senti como se eu fosse forte como um animal selvagem. Fiquei tonto e abaixei a cabeça colocando as mãos em meu rosto, quando levantei a vista para o espelho novamente vi uma figura masculina semelhante a mim, porém com chifres de veado, com o tronco despido, pés de bode e uma flauta[21] semelhante à de minha amada nas mãos. Ao lado dele estava o reflexo de Daniela, porém usando uma tiara prateada com o que pareciam ser as fases da lua, estava de camisola e com os cabelos soltos brilhantes, apesar de pouco vestida tinha uma luz brilhante em volta de si que formava uma espécie de manto. Tentei manter a respiração normal para me acalmar, pisquei os olhos para ter certeza do que estava vendo, de repente eu estava no bosque posicionado de frente para Daniela, naquela forma suprema do espelho.

— Quem é você? — perguntei.

— Sou aquela que você ama, aquela que odeia e sou você também.

---

[21] Referência ao deus Pan/Pã: deus dos bosques e apreciador da música dentro da mitologia grega.

— Que brincadeira é essa, Daniela? Aaah... já entendi, demônio desgraçado!

— Então enxerga sua mulher como um demônio? — perguntou usando o tom suave e curioso de Daniela.

Aquilo parecia um pesadelo, se o demônio tivesse se apossado de verdade do corpo de Daniela a culpa não era somente dela e sim minha! Nós estávamos criando uma farsa e Deus não admitiria isso! Ao mesmo tempo em que as palavras duras subiam e rodavam pela minha cabeça, agachei-me na grama atordoado até sentar em uma pedra baixa. Senti que o ar estava me faltando e orei a Deus para que o demônio fosse embora, mas ele não foi, pelo contrário, se aproximou de mim e me deu colo como uma mãe dá a um filho doente ou machucado, o corpo da mulher era tão macio quanto o de Daniela, passava as mãos pelos meus cabelos e pelas minhas costas enquanto eu me debruçava em suas coxas pedindo afago.

— Mil podem cair ao seu lado, dez mil à sua direita, mas nada o atingirá.[22] Senhor tenha piedade de nós!

Repeti tantas vezes essa frase enquanto as lagrimas de tormento escorriam pelo meu rosto e molhavam as coxas daquele corpo, até que parei por um momento, como se um esclarecimento divino tivesse disparado em minha mente. Levantei meu rosto para encarar o daquela que seria minha esposa ou outra coisa e ela sorriu. Seus olhos adquiriram um azul índigo e o rosto todo pareceu se iluminar mais ainda.

— Como isso é possível?

— O divino não é apenas um homem barbudo, nem está o tempo todo sentado nos céus, ele habita em cada ser. Naqueles que você mais ama e em quem você odeia também, mas principalmente dentro de si mesmo.

— Você é Deus então? Deus é uma mulher?

— Eu sou os seus sentimentos, eu sou a fertilidade, sou sua mulher e sua mãe, sou o que você carrega no íntimo.

Fiquei em silêncio, observando.

— Então... você é Daniela?

— Eu sou parte dela e ela parte de mim, mas agora não sou Daniela nem parte dela, ainda que ela seja minha representante corporal, eu sou suas emoções, seus sonhos, seus desejos, seu cuidado. Eu sou sua consciência.

---

[22] Bíblia, Salmo 9:17.

Círculos:
Segredos e Sagrados

— Se você é minha consciência então estou sonhando? Estamos apenas dentro da minha mente?

— Não exatamente. Estamos em outro plano, por assim dizer.

Olhei ao redor, ainda parecia o bosque, a sensação de estagnação do tempo ou inexistência dele permanecia no ambiente.

— Diga-me, por que estou aqui? Você devolverá minha esposa?

Ela riu.

— Diana tem o livre arbítrio para decidir.

— E Daniela?

— Parece que ela tem a você. Bem... você seguiu as duas.

— Estou ficando confuso.

— Para ter uma, você tem que aceitar a outra. Se deseja Daniela de volta terá que aceitar viver com Diana e para que você consiga sair da estagnação da própria mente você deve ser sincero com a sua própria consciência.

Mais uma vez o silencio. Fechei meus olhos e respirei fundo, soltei o ar devagar assim como abri os olhos.

— Tiberius! — uma voz conhecida.

Levantei-me depressa e Cassius estava ali. Parecia animado em me ver. Tentei me aproximar para abraçá-lo sem sucesso, uma espécie de vibração não permitia que nos tocássemos. Olhei curioso o fato.

— Não estamos no mesmo plano, amigo, embora longe em termos de dimensão astral, estamos sempre juntos em pensamento e saudade.

Ele fez um gesto carismático abrindo as mãos e os braços como alguém que tem um problema que sabe que não pode resolver na hora e ainda fica tranquilo.

— Diga à ela, amigo, o que você sente.

Eu não sabia o que dizer, ver Cassius ali tão vivo... de repente três crianças passaram por nós. Um garotinho loiro e magrelo, outro de cabelo castanho claro e risonho, o outro moreno dourado claro de cabelos cacheados e olhos grandes curiosos. Eu não precisava falar nada, as lembranças estavam ali para contar o que eu sentia. Quando estava em apuros eu sabia que meus amigos irmãos estariam ali para me ajudar, como quando cai da árvore, quando tentaram me atacar na taverna, quando fiquei gravemente ferido no campo de batalha... Quantas e quantas lembranças e provas de lealdade e parceira, no fundo aquilo me fazia falta não somente porque eu realmente os tinha como meus parceiros de batalha, astutos por natureza, mas também, porque a companhia deles me *desviava da dor da perda de minha mãe, a pessoa que eu mais amava e que mais me amava também. Eu perdi a chance de ter uma família com Sophia e o golpe da morte e de suas condutas em vida foi como perder uma mãe também, não que eu desejasse casar com uma mulher que fizesse o papel materno para mim, mas queria que de alguma forma eu pudesse confiar e amar alguém de forma infinita.*

— Não fique atordoado pelo passado, amigo, o nosso passado deve servir de auxílio para as escolhas presentes e resultados futuros — disse-me Cassius em um tom positivo característico de sua personalidade.

Olhei de volta para o corpo... ser... figura feminina semelhante à Daniela, parecia terna e ao mesmo tempo bastante introspectiva, era meu próprio estado de ânimo. Fui em direção à ela, segurei com cuidado suas mãos enquanto me ajoelhava na sua frente esperando uma expressão diferente.

— Vamos voltar para casa querida?

Os olhos dela piscaram e o azul desapareceu, uma luz forte veio da tiara e eu não tive escolha a não ser fechar os meus, quando abri Daniela estava exatamente igual antes de adentrar no espelho.

— Ah... senhor, eu não fiz nada! Não me prenda, por favor! — ela ficou agitada.

— Daniela, ei! Não vou prender você meu amor, acorde — tentei sacudi-la de leve para não ser bruto e assustá-la mais.

— Tiberius... você... viu a deusa! — ela soltou as mãos das minhas rapidamente e se levantou dando um passo para trás.

— Querida... se acalme, está tudo bem.

— Você veio aqui... atrás de mim... Você veio me matar ou me prender? — seu tom de voz oscilava.

- Nenhum dos dois, eu estava com raiva, mas agora não estou mais, foi só um momento de raiva... está tudo bem.

— É em momentos de raiva que as pessoas se matam — falou em tom desconfiado e mais baixo virando o corpo de lado.

— Diana... olhe para mim, você realmente acredita nisso? Que eu tentaria algo contra você?

Ela parecia prestes a chorar e correr para longe de mim, mas me abraçou.

— Desculpe, vamos voltar para casa — ela disse em um suspiro mais calmo.

Círculos:
Segredos e Sagrados

— *Eu não devia ter gritado com você querida, não irá se repetir — beijei seu rosto e nos abraçamos de novo.*

— *Toque a flauta — ordenou ela apontando para o instrumento amarrado na minha cintura.*

Capítulo 32

Diário de Tiberius 04/09/1588

— Por que não usou sua flauta para ir ver a sua família e falar com eles?

— Porque eles não podem me ver de fato ali, há uma espécie de cortina. Posso observá-los, mas não me escutarão. A flauta não necessariamente vai transmutar seu corpo de um lugar para o outro, na verdade ele fica em um plano próximo à nossa realidade enquanto nossa alma pode vagar livremente — respondeu Daniela pela manhã em seu quarto, enquanto nos mantínhamos deitamos em sua cama.

Voltamos cansados de nossa "aventura astral", a ideia me soa extremamente ilusória e eu quase acreditei que tinha sido um sonho apenas, entretanto, a flauta estava na mesma posição ao meu lado quando fui me deitar. Não sei o que pensar do acontecido, se Daniela não tivesse confirmado eu teria negado para mim mesmo apesar da evidência. De qualquer forma, não posso focar nisso agora, devo resolver algumas pendências quanto à segurança e fiscalização da entrada e saída de visitantes em Triora, o chefe da guarda disse que alguns visitantes estão criando confusão, não posso impedir a entrada dessas pessoas, pois o movimento criado por habitantes de outras regiões tem amenizado a crise dos camponeses.

Diário de Diana 14/09/1588

Irmã Letícia tem ocupado boa parte do meu tempo treinando-me à exaustão. O que até considero positivo já que desde o incidente no espelho quase não vejo Tiberius, pois está sempre trabalhando e pouco tempo sobra para ficar comigo, nem mesmo de noite. É estranho pensar que estamos afastados mais do que fisicamente. Em teoria, o que houve entre nós deveria ter nos aproximado. A própria deusa havia mostrado sua face através de mim, mas isso só evidenciou mais as nossas diferenças. Ele não comenta nada sobre o assunto desde o episódio, evita olhar meu rosto por muito tempo, será que deixou de me amar? Não me deseja mais nem de corpo ou companhia? Estou tentando ser uma boa esposa, uma boa mulher e uma boa bruxa. Tenho repassado o que tenho de conhecimento sobre ervas para as servas, assim elas conseguem ajudar mais os doentes, especialmente Isotta, tenho mais abertura com ela dentre as jovens que me acompanham. A sensação que tenho é que a solidão que me acompanhou desde a minha concepção até minha chegada a Triora voltou a tomar conta de meu coração. Estar sozinha para apreciar a própria companhia é uma coisa, estar sozinha porque se sente desalojada é outra. Gostaria de me abrir mais para as freiras, porém há um limite, não sei até onde suas crenças me absolveriam ou condenariam do pecado chamado mulher selvagem.

Mais tarde

Vim da igreja, além de evitar levantar suspeitas fui conversar um pouco com Pe. Rizzo. Ele se mostrou preocupado embora eu não o tenha revelado exatamente o que houve e nem sei se Tiberius o fez.

— Minha querida, a paciência é a maior das guerreiras. Quem a tem em dia pode se considerar um vencedor — disse ele sobre nosso afastamento matrimonial e as diferenças entre um e outro.

Havia cheiro de tinta na sala e ao abaixar o rosto um pouco para a esquerda notei algumas telas desenhadas com figuras santas. Pe. Rizzo sorriu percebendo meu desvio de foco repentino.

— É um passa tempo valioso... me ajuda a me conectar com o sagrado coração — falou em tom relaxado, enchendo o peito de ar e soltando devagar olhando para as telas.

— O estímulo à criatividade eleva nossa vibração nos tornando mais próximos de Deus, pois Deus é a própria energia criadora — respondi levantando a cabeça.

— Escolheu bem suas palavras, entretanto, nem todos os meus colegas de vocação pensam assim, ainda mais se tratando da criatividade de uma mulher.

— É por isso que não admitem que Maria também criou algo?

— Maria não criou algo, Maria conservou, é diferente e ainda assim, especial. Isso é conversa para outro dia ou quem sabe outra existência.

— Perdão Padre, eu não deveria fazer tais perguntas nem vir aqui importuná-lo com questões que são do meu dever — falei apressadamente, nervosa e tímida.

— Minha querida, sempre pode vir aqui, sempre poderá contar comigo, sou um dos poucos homens que pode se dar ao luxo de dizer que está feliz e realizado exatamente onde está. É claro que tenho problemas, Triora tem problemas, minhas ovelhas então... mas se estou aqui, é porque escolhi servir a Deus e servindo a Deus eu cumpro meu propósito e realização pessoal. Ninguém sabe exatamente quais são os desígnios de nosso Senhor, mas me faço aqui como instrumento de mensagem entre ele e os que necessitam de uma voz guia ou uma acolhida. Estamos exatamente aonde devemos estar e com as pessoas certas, cada um de nós cumprindo o papel que nos foi dado para interagir com o outro.

As palavras daquele homem mexeram profundamente com meu coração, se aquilo não era um sinal, uma benção divina eu não saberia dizer o que mais poderia ser. Sinto-me grata por estar viva, que cabeça a minha! Pe. Rizzo deu-me a resposta! Estou aqui cumprindo meu propósito mesmo sem perceber! Estou em posição diferente agora, tenho tudo o que quero e ainda posso mais do que o óbvio. Se eu de fato acreditar que sou Daniela, porque me tornei Daniela, se tenho a deusa dentro de mim, se estou viva, casada, rica e ainda sim bruxa, do que eu devo temer? Devo ser a que cuida e não a que fica esperando ser cuidada, se eu tenho o conhecimento que salva então devo salvar, não esperar ser salva, se tenho o amor no coração então que eu demonstre e ame ao invés de ficar esperando ser amada, porque a mulher que tem a consciência da própria essência descobrirá do que necessita ir atrás e, indo atrás do que é de valor para si mesma, transforma sua realidade e a dos que estão em sua volta.

Diário de Tiberius 15/09/1588

— A prova de que Deus existe somos nós mesmos, suas criaturas feitas semelhantes à energia criadora e como suas criações idênticas temos o poder de cocriar nosso próprio mundo.

Foi o que Daniela me falou ontem de noite. Parecia decidida e confiante com os olhos convidando-me a encará-los. Eu tinha passado a vê-la não mais como uma criatura angelical e sim como uma mulher com traços demoníacos pelo medo de enxergar a verdade à minha frente, todos esses dias me mantive longe para conseguir digerir o episódio no espelho. Agora, vendo-a assim, tendo que encará-la da mesma forma como ela fazia comigo em meu quarto tive o melhor sentimento que um homem pode sentir. Coragem. Coragem de encarar o medo da perda, da verdade, da quebra da ilusão, coragem para arcar com as consequências de meus atos. Homens de verdade provam sua honra em situações que ameaçam sua estabilidade e de sua família e ali estava eu tendo que encarar a ameaça vestida de azul a minha frente. A beldade pela qual me apaixonei e que me deu esperanças como uma criança em véspera de natal.

— *Saiba que por mais que eu aceite suas condições naturais, como seu marido é meu dever protegê-la e assim cumprirei meu papel, mas você também me deve a discrição, por esta família a que pertence agora — me dirigi a ela com a voz calma, porém firme, mantendo uma postura séria.*

— *Eu sei bem o meu papel, o meu lugar é aqui ao seu lado, foi uma escolha conjunta, não abandonarei quem precisa de mim, nem você nem o povo, sou Daniela agora e tenho também minha função como dama — ela respondeu em mesmo tom, porém com os olhos mais adocicados e ternos.*

Ficamos alguns segundos nos encarando até que ela tomou um passo à frente e disse:

— *Eu te amo, Tiberius.*

— *Eu te amo, Diana.*

Nossos olhos estavam cheios de lagrimas e, apesar de Daniela permitir que as suas escorressem pelo rosto terno antes das minhas, a abracei forte e deixei as minhas molharem o cabelo louro preso cuidadosamente em um broche em formato de borboleta azul.

— *Me chame pelo meu nome — disse ela afastando um pouco a cabeça para me olhar.*

— *Pensei que preferia que a chamasse pelo de batismo... aliás, você é batizada? — indaguei curioso.*

— *Sim... de várias formas... mas quero me enxergue como sua esposa de verdade porque é o que sou, espero que minha natureza não o magoe, serei dedicada a você tanto quanto sou à deusa, creio que ela me trouxe até você ou, se não trouxe, me mostrou o homem bom e nobre de coração que você é.*

— *Minha vida não tem a menor graça sem você, Daniela... como senti sua falta esses dias — tornei a abraçá-la.*

— *E eu a sua. Não sabia o que fazer, mas fui à igreja falar com Pe. Rizzo e percebi que estaria sendo uma tola de não aproveitar a noite com você.*

— *Que bom que você decidiu vir, eu deveria ter tomado essa atitude primeiro.*

— *Vamos aproveitar o momento — ela passou os dedos macios em meus lábios e me beijou.*

Capítulo 33

Diário de Tiberius 19/09/1588

Partimos de Triora cedo pela manhã, o caminho até Turim se mostrou tranquilo e auspicioso. Daniela aproveitou boa parte da viagem observando a paisagem pela janela de nossa carruagem verde e dourada, enquanto eu seguia montado em meu cavalo ao lado. Poderia estar evitando o sol quente, porém parte da estrada mais baixa antes da entrada de grandes ducados costuma ter salteadores e é melhor que ficar atento, ainda mais quando se trata de trazer a esposa de um nobre e esse nobre é você mesmo, além do que, estar a cavalo torna mais rápida a reação e ordem aos que nos acompanham em oposição aos fora da lei.

Ao chegarmos a Turim fomos muito bem recepcionados pelo Duque de Saboia, algo que eu já esperava e me senti por demais satisfeito, já que além de colega vi ali um homem de honra. Após servir-nos uma excelente refeição e nos mostrar nossos aposentos, o Duque me convidou para me juntar a ele e ao seu conselheiro afim de discorrer sobre alguns assuntos políticos, enquanto Daniela aproveitou a tarde para conhecer o centro com uma criada local e a neta de Antonella que veio conosco. De noite nos mostraram nossos aposentos bem decorados e repletos do perfume de rosas, além disso, a família não poupa em usar ouro puro em toda a decoração do palácio, o que não é de se surpreender pela origem e costumes dos donos. Devo deixar registrado que Daniela pareceu muito à vontade e bem ambientada com o comportamento real, além de uma excelente pronúncia da língua francesa, elogiada pelo nosso anfitrião.

Capítulo 34

Em Savona 20/09/1588

Gaia observava as estrelas deitada na grama ao fundo de casa.

"O que será que o destino me reserva? Serei feliz? Que pensamento bobo! É bem óbvia a minha jornada nessa dimensão". Os olhos de Gaia reviraram para cima, enquanto colocava os braços para trás na direção da cabeça para apoiá-la. Os cabelos negros bagunçados estavam soltos e seu perfume de ervas misturava-se com o cheiro da grama como se ela mesma fosse uma flor que tivesse brotado ali e embelezasse o local. "Deusa... sei que pode me ouvir, há algo que possa confortar-me? Não posso fraquejar agora, papai não aguentaria me ver assim... já perdemos Diana, depois mamãe... em breve me casarei, isso já era esperado antes dos últimos acontecimentos, mas... devo esperar algo a mais do casamento, posso desejar um futuro prospero e seguro? Terei o companheirismo que meus pais tiveram? Não tenho o dom com que Diana nasceu, não sou uma sacerdotisa, mas, ainda sim sou sua filha, sou uma *strega*, sei do meu papel e ainda assim almejo uma bênção".

— Conheço bem esse olhar — Varo sentou-se ao lado da filha — Sua mãe tem... digo, tinha a mesma expressão quando falava com a deusa.

— Mamãe pensava de forma tão expressiva que esquecia que estávamos do lado e conversava em voz alta com a deusa e os espíritos — riram —, lembra? — disse Gaia ainda deitada virando o rosto para olhar Varo.

— É claro! Você e ela olham para o céu ou para o espaço vazio, que na verdade não está vazio, com um olhar inquieto, ao mesmo tempo em que obediente e suplicante, já Diana olhava com curiosidade e calmaria, talvez ela compreendesse melhor os propósitos de cada um do que nós e enxergasse o sentido por trás de nossas obrigações — fez uma pausa antes que a voz embargasse e falhasse.

— Às vezes... sinto como se ela estivesse viva pai, digo, ela é tão presente que... outro dia, tive a sensação de que ela apareceria bem na minha frente enquanto trabalhava arando a terra.

— Ela e sua mãe sempre estarão presentes em nossas vidas até nós encerrarmos esse ciclo e atravessarmos o portal da além-vida e voltarmos a nos encontrar — Gaia tinha se sentado e os dois se abraçaram de lado.

— Eu sei, pai... — respondeu em voz baixa.

— Está ansiosa para seu casamento?

— Ainda vai demorar algumas luas.

— Não foi isso que eu perguntei.

— Não sei bem dizer na verdade... quando o senhor casou com a mamãe, ficou nervoso?

— Eu dormia feliz às vésperas do casamento imaginando nossa vida a dois, sabia que Maria era a mulher que qualquer camponês ficaria feliz em se casar. Eu não a conhecia bem, mas sua fama veio antes até mim.

— E se surpreendeu quando passou a conhecê-la?

— As pessoas, por mais estáveis que sejam, sempre conseguem nos surpreender, porque mesmo que nos conheçamos a nós mesmos, nossas versões se atualizam todos os dias, a cada lua que passa temos uma versão diferente, assim como as fases dela, somos como a natureza, em constante mudança e ainda assim previsíveis em alguns aspectos.

Fez-se um breve silencio. A resposta de Varo foi tão verdadeira e completa que resultou em efeito sobre a perspectiva de Gaia sobre o próprio pai, pois ele, que sempre se mostrou tão "previsível", um homem de poucas palavras e de braços trabalhadores prontos para executar as tarefas rotineiras acabou por surpreendê-la.

— Acha que meu futuro marido vai gostar das minhas surpresas?

— Querida, quem não gosta de profundidade é quem não tem capacidade para nadar. Somente os corajosos que enfrentam as grandes ondas do mar.

...

A terra ainda estava úmida pelo breve chuvisco que tinha ocorrido durante a tarde dentro do bosque. Como se a natureza e os seres daquele lugar tivessem desejado tal acontecimento e assim as nuvens se formaram e despejaram a água e o frescor que ansiavam. Decerto, esse deveria ser o real motivo por ter chovido apenas naquela área de Savona. Gaia caminhava descalça, com a saia enrolada na altura dos joelhos para facilitar o movimento de suas pernas torneadas. Quando chegou em frente ao antigo templo hesitou em entrar "eu também sou filha da deusa, eu também fiz minha iniciação, é direito meu estar aqui tanto quanto uma sacerdotisa" pensou. Uma coruja marrom de forma mais arredondada e pequena pousou na estátua da deusa e a encarou, Gaia não se intimidou, nem teria motivo para isso, afinal todos os animais que circulavam o templo não estavam ali à toa e tinham suas formas por algum motivo que nem sempre era óbvio, nem mesmo às bruxas pertencentes ao *coven* ou às solitárias. Gaia despiu-se e lavou-se na fonte, não ousaria entrar na casa da deusa toda suja, mesmo que a sujeira se tratasse da própria terra. As vestes não importam neste local, se as usam é por habito, mas até mesmo suas cores e bordados tem uma ligação especial com o divino feminino. Não há perigo nem julgamento, a magia flui melhor com menos influência do externo e de crenças sociais. Em nada se compara a nudez da alma com a do corpo, ninguém deveria temê-las, o corpo é o recipiente sagrado do espirito nesta dimensão, capaz de proporcionar tudo que cada ser necessita para experienciar a criação do divino. Sem o envoltório da matéria a energia substancial da alma não tem nada a ocultar, porém uma das maiores virtudes de alguém consiste no ato de ser verdadeiro independentemente de ter uma capa para ocultar as intenções e é por meio desse ato que advém uma das possibilidades de evolução humana.

As três mulheres subiram a escadaria, passaram pela sala principal e, no trajeto, Gaia viu a avó sentada com as pernas cruzadas em cima de um tapete, com as mãos em direção ao peito segurando algum objeto que não conseguiu identificar. A anciã tinha deixado a porta aberta e o

Após passar pelo labirinto e encontrar a casa da deusa, Gaia foi recebida por Paola e Aisha.

— Vocês sabiam que eu vinha, claro.

— Pensei que me reconheceria lá fora — Paola deu um sorriso simpático.

— Eu deveria imaginar que era você usando o animal — Gaia falou com certo tom de desdém e arrependendo-se de imediato.

— Não precisa dizer mais nada meu bem — mais uma vez Paola se mostrou terna e meiga.

— Temos algo para você — Aisha usou tom mais imponente e sedutor, inclinando a cabeça para trás convidando a jovem para segui-la.

As três mulheres subiram a escadaria, passaram pela sala principal e, no trajeto, Gaia viu a avó sentada com as pernas cruzadas em cima de um tapete, com as mãos em direção ao peito segurando algum objeto que não conseguiu identificar. A anciã tinha deixado a porta aberta e o local estava cheirando a jasmim. Gaia fez menção de ir até ela, mas Aisha tocou seu braço.

— Ela está em transe, não vai ouvir você agora — sussurrou no ouvido.

— Ela é a anciã mais velha agora — falou Paola.

—Vamos — disse Aisha insistindo e puxando Gaia pelo braço.

As três mulheres chegaram a uma sala de banho ampla.

— Aqui encontrará as respostas que precisa — falou Aisha apontando com o braço estendido para a banheira.

— Então o que eu procuro saber me será revelado? Posso fazer qualquer pergunta?

— Eu não disse isso. Isso não se trata de um jogo de perguntas e respostas como os oráculos de nossos ancestrais. Trata-se de ouvir e ver o que pode ajudá-la de fato. O universo é a sabedoria pura, tente ser tão madura quanto aparenta para absorver e interpretar bem seja lá o que lhe for mostrado — disse Aisha segurando as mãos de Gaia.

Paola segurava uma garrafa pequena amarela delicada de óleo. Gaia despiu-se e Aisha passou delicadamente o óleo nas costas da moça. Tal sustância era resultado de uma mistura de ervas e extrato de cogumelos alucinógenos que auxiliavam no transe, especialmente para aquelas não vividas na experiência e vocação do sacerdócio. Gaia entrou na banheira, tomou uma taça de vinho doce e mergulhou, quando voltou à superfície se deparou com Diana parada bem a sua frente.

— Senti sua falta... — a voz de Diana parecia estar mais aveludada.

— Eu sinto sua falta todos os dias, irmã — a jovem de cabelos negros respondeu — Como... é o outro lado? Onde você está...

— É perfeito, não vê?

De repente as duas não estavam mais na sala de banho, embora Gaia ainda estivesse dentro da banheira, porém em um quarto desconhecido. Diana ainda estava de frente para ela quando soltou os cabelos longos loiros dourados, estava mais bela do que nunca, vestida em trajes tão finos que poderia ser confundida com alguém da nobreza. Ela virou-se e sentou-se em uma cadeira mais afastada, de frente para a penteadeira. Um homem forte adentrava o quarto e a abraçava por trás beijando o rosto da irmã caçula e em seguida acariciando-a com malícia enquanto Diana se virava e fazia o mesmo com seu par. Um grito veio da janela do quarto e fez Gaia e Diana olharem ao mesmo tempo na mesma direção. Era Otávia em outro quarto agora. Estava em trabalho de parto, duas criadas estavam presentes, uma enxugando a testa suada da ruiva e a outra pronta para receber a criança que vinha ao mundo, Otávia deu mais um grito e encarou Gaia nos olhos, depois Gaia sentiu uma pontada de dor nas costas e em seguida no ventre. Quando olhou para baixo era ela quem estava grávida, começou a gritar de dor, levantou a cabeça e viu o noivo apreensivo depois olhou para baixo sentindo as contrações e a dilatação cada vez mais intensas, quando colocou a mão entre as coxas para fazer o toque, sentiu algo mordê-la. Então, no lugar do bebê nasceu uma cobra dourada, Gaia a tomou em suas mãos e a trouxe para fora d'água olhando nos olhos do animal que, curiosamente, tinha até bigodes longos e um olhar de sabedoria... não parecia uma cobra comum... parecia um filhote de dragão com as pernas e as asas recolhidas. Por mais estranho que aquela cena pudesse ser para qualquer mulher, Gaia entendeu aquilo de imediato como uma metáfora, sentiu alguém tocar-lhe o ombro, era seu noivo sorridente afagando o rosto da jovem. Decidiu então mergulhar, pois a sensação de calor no rosto surgiu e a incomodou, quando voltou à superfície e abriu os olhos estava de volta à sala de banho, porém um homem louro estava de costas para ela, segurando um colar com um medalhão coberto de sangue. Gaia piscou três vezes, mas o homem mantinha-se em pé imóvel ali, a ponto de que a moça poderia pensar estar vendo uma imagem congelada no tempo, mas escorria e pingava sangue do medalhão sujando o piso de mármore amarelo claro, quando ele começou a virar o rosto de leve Gaia foi despertada do transe por Aisha.

— Você está pálida. Imagino que a visão possa não ter sido das mais agradáveis.

— Você não viu o homem ali à frente? Era uma ilusão?

— Nada do que você vê no transe é uma ilusão minha querida.

— Então minha irmã está viva?!

— Talvez mais do que nós duas juntas, só não sabemos por quanto tempo.

Diário de Diana 21/09/1588

Chegamos enfim ao nosso destino! Depois de usufruir da hospitalidade em Turim, iniciamos nossa viagem pela manhã com o Duque de Savoia.

Confesso que dormi na maior parte do caminho, apesar da bela paisagem me senti um pouco indisposta e agradeci internamente ao cosmos por poder ficar quieta dentro da carruagem. O Duque nos fez companhia na primeira parte do trajeto conversando comigo e proporcionando-me pôr em prática as aulas de etiqueta e francês de Madre Madalena e irmã Letícia, ele até comentou que minha voz o lembrava de uma parenta. Depois de três bocejos, ele se retirou de nossa carruagem e adentrou à própria com a desculpa de me fazer repousar e dar privacidade ao jovem casal, escutei ele comentar do lado de fora com Tiberius que nós provavelmente poderíamos comemorar meu cansaço como sinal de uma possível gravidez. Não descarto a possibilidade, porém ainda devo esperar alguns dias, a próxima lua, para saber se minhas regras desceram normalmente ou se o primogênito está por vir antes do que eu imaginava.

Sobre Mântua, o que devo dizer... é belíssima, o verde e o azul predominam na paisagem, as mulheres, até mesmo as criadas, são elegantes. Fiz o possível para manter uma postura aceitável diante delas, pois os olhos femininos são criteriosos e mais capazes de descobrir uma farsa do que o deslumbramento objetivo dos homens. Os homens veem o que seu ego quer ver, as mulheres querem ver as minúcias e os segredos de suas possíveis rivais ou de seus almejados amantes. É claro que cada pessoa tem sua peculiaridade e particularidade, mas em termos práticos a descrição acima revela minha vivência neste lugar.

Capítulo 35

Diário de Diana 22/09/1588

Acordei com mais disposição, talvez tenha sido pelo aroma do café da manhã logo cedo servido em nossos aposentos. Tiberius parecia bastante animado e ansioso pela socialização. Como Tiberius e o Duque de Mântua eram amigos mais íntimos, ficamos na ala mais próxima aos quartos da família e no andar de baixo ficaram os convidados formais da elite. Mais tarde conheci Galileu, ele e outros estudiosos estavam fazendo uma apresentação de suas ideias no terraço semelhantes às que ele faz em Florença para o público livre.

— Não esperava menos de você! — falou Tiberius indo em direção ao rapaz de barba escura e rosto oval.

— Ora, ora, vejam só quem está aqui! — os dois se abraçaram e riram — Vejo que está muito bem acompanhado dessa vez, imagino que essa deva ser a dona de seu coração e da sua mente! — ele me cumprimentou beijando minha mão e me olhando com as sobrancelhas arqueadas.

— Permita-me que eu apresente minha esposa, Daniela.

— Encantada senhor, li muito sobre seus estudos com Tiberius, sua análise é muito perspicaz.

— Muito prazer minha doce senhora e espero poder chamá-la de amiga também! Tiberius me escreveu sobre suas observações, estava bastante curioso para conhecê-la.

Galileu nos conduziu até uma mesa retangular de madeira escura sobre a qual havia uma maquete peculiar. Os mais jovens observavam a tal "obra" com certo descaso, enquanto os convidados artistas pareciam deslumbrados.

— É magnifico que alguém tenha feito isso nesses tempos! — falei me inclinando para a maquete para ver melhor os detalhes.

— Sabe do que se trata, cara amiga? — Galileu tinha um tom de voz forte, porém em nada arrogante ou mandão, era a voz que combinava com um intelectual, um pouco rouca.

— É o sistema planetário heliocêntrico — respondi sem desviar o olhar de cada estrutura colorida denominadas de astros.

Tiberius aproximou-se da maquete ao meu lado, ficou um tempo em silêncio observando.

— Então, o que acha? — indagou ao meu marido.

— Bom... é inovador, com o apoio da Santa Igreja pode-se dizer que é visionário — usou um tom mais baixo e prudente passando a mão no queixo.

— Me animo com a resposta de ambos!

— Mas isso não é o suficiente, não é mesmo? — virei-me para encará-lo.

— Não. O Duque de Mântua é aberto às teorias diversas às do Santo Papa, contanto que comprovadas, sei que meu caro Tiberius e outros aqui também pensam igual, se minha apresentação causar um bom impacto será mais fácil de apresentar sem preconceitos negativos ao Vaticano, minha intenção não é e nunca será ser inimigo dos dogmas de cristo, pelo contrário, sou seu leal servo e creio que se nasci com uma mente capaz de criar tais teorias é porque Deus assim quis me criar.

— Ciência e fé devem andar juntas, são companheiras, não rivais — respondeu Tiberius.

— Ainda assim, a ignorância pode fazer com que as pessoas não enxerguem a verdade a sua frente — afirmei com seriedade trocando olhares com meu marido.

— De fato — responderam os dois ao mesmo tempo com o olhar para baixo.

...

De noite nos juntamos à mesa com o duque e sua família. Comi a melhor lagosta de minha vida e para a minha grata surpresa, as damas da casa eram, além de estonteantemente belas, muito animadas, duas delas se encarregaram de contar histórias engraçadas da corte de Londres. Todos pareciam adorar a narração, especialmente dos escândalos de traições matrimoniais, depois um dos cavalheiros comentou sobre a mais recente regente da Inglaterra, Elizabeth I. Houve vários comentários cheios de suposições sobre quanto tempo ela conseguirá se manter no trono sem um marido e um herdeiro no ventre. O duque, por sua vez, emitiu poucos comentários acerca da jovem rainha, somente disse que havia a possibilidade de outra dama subir ao trono:

— Mary Stuart[23], rainha da Escócia, rainha consorte de Francis rei da França, parece interessada na linha de sucessão.

---

[23] Mary Stwart, Maria I, rainha da Escócia, reinado de dezembro de 1542 a julho de 1567.

Círculos:
Segredos e Sagrados

— Ela não é prima de Elizabeth[24]? — perguntou Tiberius.

— Sim, exatamente.

— Não parece muito inteligente — um cavalheiro disse — Não é bom criar inimizades com outro regente, ainda mais tendo já dois reinos para tomar de conta. A ambição dela pode prejudicar até a nós.

A conversa tomou um ar mais que político, começou a gerar tensão entre alguns, até que o duque convidou a todos para se reunirem para uma apresentação teatral satírica e assim, a noite foi salva.

Diário de Diana 23/09/1588

Hoje acordei com um beijo de Tiberius em minha testa, ele já estava pronto, devidamente vestido de forma impecável, o cabelo castanho claro formava uma combinação tão agradável, com seu tom de pele moreno claro com o sol brilhando e iluminando seu rosto através da luz que atravessava a fresta da janela.

— O duque deseja caminhar comigo agora, aproveite a cama mais um pouco, de noite temos um baile para dançar.

— Está bem, nos vemos depois — concordei balançando a cabeça e acarinhando a mão dele que estava no meu ombro quando me beijou na testa.

Dormi mais um pouco e tive a sensação de ouvir a voz de Gaia, abri os olhos e estava sozinha, segundos depois uma criada bateu à porta perguntando se podia entrar com a minha refeição matinal, depois a neta de Antonella apareceu e me ajudou a vestir-me e arrumar meu cabelo.

Fui à sala de exposição de pinturas e encontrei Galileu que rapidamente me deu o braço e me acompanhou me perguntando se eu e Tiberius tínhamos de fato reproduzido as experiências de seus estudos em Triora e se eu não tinha alguma ideia para algo novo. Galileu realmente não é um homem comum. Mais tarde almoçamos juntos, Tiberius parecia animado, acarinhava minha mão com frequência e percebi o olhar de Galileu observando o gesto.

Por volta das 18h eu e Tiberius nos arrumamos para o baile, vestimos verde, combinando. A festa iniciava-se no jardim e se estendia por todo o andar térreo. Mais tarde os acrobatas e ciganos trouxeram animação enquanto os músicos aceleravam o ritmo. Uma dama me chamou atenção de longe, estava de costas para mim, mas seu movimento e seu longo cabelo trançado com orna-

---

[24] Elizabeth I, rainha da Inglaterra, reinado de 1558 a 1603.

mentos de pedra azul turquesa destacados nos fios ruivos eram inconfundíveis. Afastei-me de Tiberius discretamente enquanto o Duque de Saboia lhe roubava o foco e fui em direção à ela, claro que ela sentiu minha presença virando-se devagar de frente para mim. Fizemos um cumprimento formal.

— Olhe só você! — disse Otávia.

— Olhe só vocês... — repeti a ela, ambas se observando cuidadosamente.

No fundo, sabíamos que cada uma vivia através de uma máscara, não precisávamos falar nada, contar nada, uma bruxa reconhece outra bruxa, a sensibilidade enérgica vai muito além do consolo a alguém triste, entendemos mais que o coração, sentimos a alma. Se a alma está longe da essência em matéria ela se machuca, se reprime e nos dá a sensação de sufocamento, por outro lado se está próxima de algo que a alimenta, que foi criada energeticamente a partir da sua essência em matéria, então ela está feliz. Uma alma artista só consegue mostrar a totalidade de seu brilho quando recria a sua arte na matéria, nesta dimensão. Uma alma amante só transborda de amor quando ama seu próprio corpo, não por vaidade, mas por honrar a materialização de si mesmo.

— Boa noite senhoras, desculpe incomodar, mas o duque pede a atenção de todos — um criado entregou duas taças, uma para cada.

O duque fez um discurso de agradecimento aos convidados, todos brindaram ao final e uma sequência de fogos de artifício surgiu no céu, iluminando totalmente o imponente palácio. Senti Tiberius se aproximar de mim, tocando levemente minha cintura, enquanto o marido de Otávia vinha em sua direção com passos fortes e a puxando para perto de si, sorrindo para nos cumprimentar.

— Lindo o espetáculo de cores, não acham? — falou Claudius.

— Esplendido! Permita que eu apresente minha esposa, Daniela — disse Tiberius virando o rosto quando disse meu nome para mim de um jeito orgulhoso e festivo.

— Um prazer conhecê-la senhora, vejo que já conhece minha esposa Otávia.

— Estávamos apreciando o evento, querido — a ruiva falou em um tom submisso.

— É verdade, sorte a minha ter encontrado sua esposa próximo a mim.

— Mas que gentil da sua parte, senhora, realmente a companhia de uma mulher para a outra é sempre bem vista, ainda mais se tratando de alguém de tamanho respeito. Agora que esperamos nosso primeiro filho as boas companhias são ainda mais bem vindas.

Círculos:
Segredos e Sagrados

Otávia sorriu baixando ainda mais o queixo e nos olhando timidamente de lado. Aquela mulher parecia totalmente diferente da que cresceu comigo! Os olhos firmes azuis escuros de Claudius eram desconfortáveis até mesmo para quem não sabia o que ocorria dentro de sua casa. Pedi licença aos maridos para mostrar uma decoração feita de espelhos em um canto não muito distante de onde estávamos e, felizmente, Claudius pareceu empolgado com o meu pedido quando disse que tomaria um pouco a atenção da esposa. Ele não me reconhecia, apesar de me olhar atentamente, como poderia? Eu mal cheguei próximo aos noivos no dia do casamento deles em Savona, fiquei recolhida nas sombras o máximo que pude, somente Otávia acenou para mim da carruagem na janela, ele não estava me vendo na partida.

— Preciso contar algo... — Otávia deixou as palavras saírem de sua boca tão tremulas quanto as mãos agitadas — Não sei exatamente o que houve com você, mas fico feliz que encontrou no seu algoz um marido afetuoso, já eu... meu marido afetuoso virou meu algoz... e esse filho que carrego não é dele — lágrimas escorreram por seu belo rosto.

— Mas... Otávia, quem a fez mal além de seu marido... deveria contar a ele, ele é ciumento pelo visto, não deixará o infeliz fugir nem ter paz... — toquei suas mãos afagando-as, tentando tranquilizá-la quando ela me interrompeu.

— Diana, se ainda posso chamá-la assim... — ela deu um sorriso como se tivesse recuperado uma esperança perdida — essa criança é fruto de amor... é a quem dedicarei minha vida, farei de tudo para que seu destino seja feliz em nome da deusa — passou a mão no ventre e com a outra puxou a minha para que eu sentisse também.

— Bem... quem sabe daqui a próxima lua eu possa afirmar que tenho uma criança esperança também.

— Logo será a mãe do herdeiro de Triora, minha amiga, tome cuidado sempre, a realeza lhe caiu bem, mas há veneno em muito requinte.

— Eu sei... não posso retornar a Savona... nem ver minha família.

— É mais que isso, você tem privilégios agora e tem sempre alguém querendo algo de você ou acima de você julgando-a a todo custo, se manter discreta é uma habilidade que estou tentando desenvolver à força.

— Posso perceber isso, pelo menos agora podemos nos escrever oficialmente — respondi enquanto o rosto dela se iluminava mais uma vez.

Abraçamo-nos, olhamo-nos nos olhos e mesmo sem dizer uma só palavra prometemos nos amparar, afinal qual seria o propósito da amizade senão esse? Os ciclos se iniciam e se fecham, mas as almas afins sempre se reencontram, não importa o tempo.

Capítulo 36

Em Milão 01/10/1588

Varinnius andava de um lado para o outro, impaciente. Tinha enviado há poucos dias uma carta para Otávia após escutar um comentário de uma das filhas do duque de Milão sobre um escândalo de traição matrimonial em que o marido espancou a esposa e mandou jogá-la em um chiqueiro, ateando fogo em suas costas. A pobre mulher fora acusada sem provas, apenas com o boato da lascívia e não teve a menor chance de se defender. Não era uma mulher nobre, embora o marido ciumento e possesivo fosse rico, era bem mais velho o que provavelmente causava insegurança e descontava na jovem esposa. Varinnius se perguntava se não seria culpado de um futuro assim para Otávia, mas ele tinha bons informantes e mensageiros que entregariam a carta em segurança. Decidiu então que deveria responder a carta de boas notícias de Tiberius:

"Caro amigo, sou eternamente grato por todos esses anos de lealdade e pelo seu último gesto honrando a memória de nosso irmão Cassius, sei que, assim como eu, ele o considerava da família e sei também que repito isso todas as vezes que nos vemos, mas o essencial também é necessário ser dito. Fico feliz de saber que se casou e já fez sua primeira viagem com sua esposa, já estava mais do que na hora de encontrar a sortuda. Em breve nos veremos, devo ir ao seu encontro em Triora daqui a duas semanas, tenho um serviço em aberto ainda para o duque. Um abraço. — Varinnius".

...

De noite, como de costume, Varinnius aproveitava o que o horário proporcionava. A solitude nas ruas. Caminhou próximo ao lago de Como observando o movimento das bandeiras das pequenas embarcações e escutando a gargalhada de mulheres de moral duvidosa aos olhos da sociedade. Varinnius parou de lado, um pouco distante de um casal ardente, notou como a "dama" apesar de péssima atriz conseguia entreter o velho rico que parecia afogado em seus seios fartos apertados no traje decotado. Revolveu voltar-se para o movimento suave do lago e sentir a brisa do verão antes de entrar na taberna. Fechou os olhos e deu um sorriso espontâneo lembrando-se do pai dando um sermão "Você é um aristocrata meu rapaz, deixe as cozinheiras em paz, lá em baixo não é lugar para você, agora solte essa galinha!". Varinnius adorava perturbar Benedetta, a governanta mais leal à família, como amava perturbá-la, não por maldade, mas porque adorava ver como era expressiva quando braba. Também desde cedo, Varinnius amava uma aventura seja ela qual fosse. O louro sentiu um perfume adocicado e uma mão tocar-lhe o braço direito, sabia muito bem quem era.

— Já estava me perguntando se tinha encontrado uma amante aqui em Milão.

— E você já está com ciúmes? Não combina com você — respondeu com um tom sarcástico virando-se para a meretriz.

— E se eu estiver? — a mulher arregalou os olhos de um jeito engraçado enquanto Varinnius a puxava para si mantendo os corpos unidos.

Enquanto compartilhava dos prazeres físicos com a meretriz Varinnius teve a infeliz imagem de imaginar se naquele mesmo momento Otávia estava na mesma posição com o marido. "E se estiver? O que você tem a ver com isso?" balançou a cabeça.

Quando acabou, o louro apressou-se em dar as moedas de ouro para a mulher dando de andar sem olhar para trás.

— Vai tão cedo? Não gostou do serviço de hoje? — indagou a mulher arrumando o vestido.

— Tenho assuntos para resolver.

Varinnius escorregou em uma das vias próximas à do palácio do Duque, não estava bêbado, porém sentia-se tonto "O que há de errado comigo? Saio para me distrair da mente e dos sentimentos e eles simplesmente me dobram? Sou meu próprio inimigo essa noite!" pensou.

Capítulo 37

Diário de Diana 02/10/1588

O evento em Mântua me proporcionou algo que eu desejava, mas não tinha total consciência: comunicação. Sim, claro que eu me comunico com os que estão à minha volta aqui em Triora, porém a chance de poder me expressar sendo eu mesma de forma segura, com uma amiga de verdade, me alegrou. Creio que Otávia também se sente sozinha em sua vida matrimonial, muito mais do que eu, nem todas as mulheres tem a sorte de serem casadas com bons homens, não é à toa que existem amantes. Fico imaginando quem será o pai da criança em seu ventre, com certeza deve ser alguém muito animado, Otávia sempre sonhou em desposar um homem que tivesse seus negócios em cidades grandes para ter a oportunidade de ir a festas excêntricas, no entanto, sua animação e brilho pessoal foram roubados no dia em que acreditava estar realizando seu sonho. Agora, tanto ela quanto eu, temos uma preocupação maior do que nossa própria vida, cuidar de quem precisa de nós, quem cresce a cada dia mais em nossos corpos femininos joviais e magistas. No fim da tarde, enquanto admirávamos a vista do alto da sala de estudos, me aproximei ficando lado a lado de meu marido, assim que dei a notícia que Tiberius será pai em breve, ele me carregou no colo nos girando o que me deixou levemente tonta, mas não falei nada, apenas olhei para ele rindo enquanto me dizia:

— Sou o homem mais abençoado! Ai de mim, que um dia pensei o contrário!

Beijamo-nos e ele me pôs no chão com cuidado.

— Está sentindo algo? Chamarei o médico imediatamente! — havia percebido meu leve desiquilíbrio quando meus pés tocaram o piso da varanda.

— Estou bem, não será preciso alarmes agora... eu... — Tiberius fez um sinal com os dedos para que eu parasse de falar.

— Querida, é fundamental que o médico faça uma pré-avaliação, só por garantia.

— Tudo bem, mas já está tarde agora, chame-o amanhã de manhã, vamos aproveitar esse momento agora só nós dois... — beijei seus lábios — ainda temos tempo antes do jantar.

Seus olhos de inocência transformaram-se em segundos, ele entendeu que eu o desejava.

Diário de Tiberius 05/10/1588

Que turbilhão de emoções em poucos dias. Recebi uma carta de Varinnius em resposta à que enviei quando parti com Daniela de Mântua. Em pouco tempo ele estará aqui em Triora conosco, parece animado, claro que está, eu deveria estar também, porém a consciência do perigo eminente para Daniela, ainda mais agora em sua nova condição, me causa dores físicas agudas que tento disfarçar na frente dela. Chamei o médico com a desculpa de que Daniela vomitou mais de três vezes ao dia, embora todas as criadas tenham dito que isso é comum em algumas grávidas e eu mesmo acreditando nisso mandei que trouxessem o homem à minha casa para que, depois de atendê-la, pudesse me dar algum medicamente para aliviar as tensões. Por Deus, não sinto algo assim desde a última batalha partilhada com Cassius e Varinnius.

— Isso deve aliviar um pouco, mas tente relaxar, senhor. Sei que os assuntos de um regente são pesados e a expectativa do primeiro filho causa nervosismo e euforia, mas se conseguir equilibrar a mente e o coração, tudo ficará bem — ele suspendeu um frasco amarelo e o entregou para mim com cuidado e uma expressão terna — Tome quando sentir que a tensão está começando, mas tente não tomar muito para não depender o tempo todo da medicação.

— Sim, tudo está sob controle, é só a euforia, como disse — evitei dar grandes explicações e mandei que um criado o conduzisse até sua carruagem.

Pela tarde fiquei analisando algumas transações e empréstimos de Gênova e Triora a fim de conseguir uma nova negociação benéfica para a população que ainda sofre com os dados causados pela praga dos últimos tempos no campo, prejudicando a colheita dos camponeses e apontando pobres culpados pelos olhos dos inquisidores. Preparei algumas propostas para um grupo seleto de aristo-cratas genoveses, creio que também poderei usar o assunto político para desviar os olhos de Varinnius de Daniela quando ele chegar aqui. Tenho esperança de que não a reconheça depois de tanto tempo, no último encontro ela estava suja e assustada, agora é a mãe de meu primogênito, que Deus me ajude a cuidar dos que eu amo e de quem precisa de mim.

Círculos:
Segredos e Sagrados

Diário de Tiberius 10/10/1588

Nos últimos dias não sabia como contar da vinda futura de Varinnius a nossa casa, temi que Daniela ficasse instável a ponto de.... o bebê sentir e sofrer, ou algo pior. De manhã, quando estávamos ainda deitados, ela apoiando a cabeça em meu peito comecei:

— Tenho que lhe contar algo, sei que não irá gostar, mas é inevitável — tentei transparecer calma para não assustá-la.

— Do que se trata? — perguntou ainda sonolenta.

— De sua identidade.

— Como assim? — ela pareceu despertar, levantando a cabeça e virando o rosto para me encarar nos olhos.

— Você confia em mim, não confia? Sabe que não deixarei nada acontecer com você nem com nosso filho.

Daniela sentou-se na cama ficando praticamente de costas para mim, fez-se um silencio atormentador entre nós enquanto eu a olhava esperando uma reação, até que ela suspirou e respondeu:

— Ele está vindo, não está?

Ela já sabia, claro. Eu deveria esperar o contrário de uma bruxa? Mesmo assim tornei a perguntar:

— Você confia em mim?

— Estou aqui, não estou? — pude notar ela tocando a barriga — Resta saber se você confia de verdade em mim também.

Confiando ou não, estamos juntos desse momento em diante, eu ainda tinha e tenho muitas dúvidas sobre minha esposa e, antes que eu pudesse responder qualquer coisa, meus pensamentos sobre como continuar a conversa foram interrompidos por um pedido:

— Você sabe que é casado com alguém... bem fora dos padrões, apesar de estarmos disfarçando bem, muitos que vivem de aparências tem seus segredos para lidar com as adversidades... o que quero dizer é que, não pense que somente eu que tenho o conhecimento e recorro à magia... então se estou sendo caçada por tal conhecimento que eu seja defendida por ele também. Preciso que, você me dê algo de Varinnius.

— O que você pretende fazer? Não irá machucá-lo, não permitirei isso! Aliás, nem a Varinnius, nem ao nosso filho que está em seu ventre.

Samantha Tedesco

— Não irei machucá-lo, irei apenas fazer com que não se recorde de meu rosto, assim ele não se lembrará de Diana, apenas de Daniela quando estiver aqui, mas preciso de sua ajuda para que dê certo.

Daniela estava séria do mesmo modo que eu, respirei fundo e assenti com a cabeça.

— Está bem, mas terá que me contar exatamente o que planeja.

Diário de Tiberius 11/10/1588

Pela manhã, enviei um mensageiro de confiança a Savona, pois sabia que encontraria Varinnius na casa de Mayela. Dei a missão de pegar um pouco do cabelo de meu caro amigo, lembrei-me que ele sempre portava consigo uma escova de pelos macios para coçar a nuca logo quando acorda, um hábito curioso mantido até mesmo às vésperas de confrontos maiores. Daniela instruiu o mensageiro onde conseguiria encontrar imediatamente a escova (ela contou-me que obteve a informação pela projeção), o homem fez uma cara de quem estava estranhando a conversa, mas assentiu e partiu sem fazer grandes perguntas.

Triora estava aparentemente igual aos últimos dias, apenas eu e Daniela tínhamos mudado pela tensão, apesar de nos esforçarmos para disfarçar, todos pensam que nossa ansiedade se deve pela gravidez. De tarde, o mensageiro voltou e me entregou um lenço dobrado que continha alguns fios do cabelo loiro de Varinnius. Paguei o homem naturalmente na escadaria de entrada, como se ele tivesse me trazido algo das mãos de Mayela, e retornei para dentro de casa. Entrei na sala de estudos onde Daniela me aguardava:

— Conseguiu? — estava sentada na cadeira da ponta e se levantou devagar, arregalando os olhos ao ver que eu portava algo nas mãos.

— Espero que saiba o que está prestes a fazer... ou melhor, o que nós estamos fazendo... — estendi os dois braços entregando o lenço carinhosamente nas mãos dela.

— Nada de ruim vindo de nós ocorrerá a ele, pode ficar despreocupado, agora deixe-me sozinha. Trancarei a porta para que ninguém interrompa.

— Por que não faz isso no seu quarto?

— Porque para o feitiço ser executado perfeitamente preciso da luz que vem dessa janela... o sol do meio dia bate aqui.

Fiz um breve silêncio observando o material em volta... aparentemente nada demais, um lenço que parecia mais um véu, uma vela branca, alguns

Círculos:
Segredos e Sagrados

rabiscos que desconheço em folhas avulsas que me lembravam de livros de história e os fios loiros de meu amigo perigoso.

— Só isso? — perguntei, coçando a cabeça.

— E você esperava o quê? — ela riu — Não preciso sacrificar ninguém, ao contrário do que os vigários espalham por aí.

— Não me referia a sacrifícios... só pensei que era algo mais... elaborado.

— Quem nasce verdadeiramente bruxa segue a intuição e transmuta com simplicidade. Magia não é um show pirotécnico. Magia é conhecimento, verdade e fé. É tudo e nada. É o poder de ser quem se é.

— Parece Galileu, falando desse jeito.

— Galileu é um homem mais que estudioso, é sábio.

— Não posso ficar para ver como funciona? — apontei para os rabiscos.

Daniela deu um leve suspiro e disse:

— Querido, se você ficar, você tem que se concentrar no que eu for falar, certo? Se desviar a atenção, sua energia pode me prejudicar e o feitiço não terá efeito completo, entende?

— Farei o que você mandar.

— Então fique bem aqui ao meu lado. Não fale nada até eu terminar, quando eu pôr o véu em meu rosto você irá mentalizar que Varinnius não enxergará a camponesa e sim alguém da realeza, entendeu?

Agora fazia sentido o véu ali.

— Entendi, para que a vela?

— A chama da vela facilita a conexão mais rápida com a energia criadora. É melhor eu avisar Antonella para que o almoço seja servido depois.

— Já fiz isso antes de pegar o embrulho na entrada.

— Ótimo. Vamos começar.

Daniela falava com tanta naturalidade e calma passando os dedos pelos rabiscos que cogitei que ela não estivesse de fato fazendo o feitiço na minha frente, até que ela vestiu o véu e queimou os fios loiros de Varinnius ao final. Se isso é realmente a magia dos pagãos então a quantidade de almas inocentes que foram enxotadas desse mundo pelas ordens da Igreja são um número muito maior do que eu imaginava.

Abracei Daniela, tirando o véu de seu rosto, quando o feitiço acabou, ela estava um pouco desnorteada, disse que era normal e encostou a cabeça em meu *peito. Descemos até a sala de refeições, Isotta parecia ter feito um prato novo já que os enjoos de Daniela pediam algumas alterações no menu. Ela comeu bem mais do que nos dias anteriores e parecia mais calma também. Espero que isso seja um bom sinal do que vem pela frente.*

De tarde treinei esgrima para aliviar um pouco a tensão e tomei algumas gotas do frasco que o médico me deu, Daniela pareceu mais quieta nesse período e evitei tocar no assunto que devia ser o motivo de tal silêncio. Agora estou aqui, escrevendo esse diário que me serve como um monólogo com Deus todo poderoso, sei que ele lê e vê tudo o que se passa em meu dia e minha mente, mas a sensação de desabafo com um eu superior vindo pela escrita é revigorante para mim. De qualquer forma, intensificarei os treinos de luta até que Varinnius chegue, é melhor ter algo com o que entretê-lo e desviar o máximo possível os olhos do rosto de seu alvo fatal, ou, melhor dizendo, minha esposa, mãe de meu filho.

Capítulo 38

Diário de Otávia 13/10/1588

Tive um pesadelo noite passada. Uma cobra verde de cabeça quadrada me perseguia em um campo aberto gigantesco, não havia ninguém, somente eu e meu filho... minha barriga estava enorme e eu estava cansada de tanto correr até uma cobra dourada surgir na minha frente e engolir a cobra verde atrás de mim. De repente eu estava dentro de uma banheira toda suja de sangue como se tivesse acabado de parir, escutei o choro do bebê, mas não o via, Varinnius estava de costas para mim, em frente à banheira, segurando algo pequeno na mão pingando sangue, quando ele se virou devagar para mim acordei suada ao lado de Claudius, deitado de bruços, que, como sempre, estava em sono profundo sem nunca perceber quando eu acordava no meio da noite.

Ontem, recebi a visita de meus pais, mamãe estava ansiosa para me ver grávida, queria a todo custo ficar perto de mim, claro que Claudius não gostou muito da ideia, pois sempre que pode tenta me privar de tudo e todos, mas dessa vez não tinha como evitar sem ficar evidente o ciúme. Pelo menos agora, que carrego meu filho no ventre, as agressões físicas sanaram, as emocionais nem tanto. Sempre que me vê prestes a sair ele pede para um minuto para falar comigo e me dá um alerta: "Veja bem aonde vai, não quero minha esposa perambulando em qualquer lugar para depois ficar mal falada e me envergonhar". Toda saída era uma angústia e hoje quando saí com mamãe para mostrar o mercado de frutas tive uma crise de choro enquanto passávamos pela ponte de um dos canais que interligava a praça.

— O que foi, querida? Que lágrimas são essas nesse rosto lindo? — ela enxugou carinhosamente meu rosto com a ponta dos dedos e depois o acariciou com as costas da mão.

— Estou preocupada, mamãe, só isso... — tentei não soluçar.

— Meu bem, respire fundo, me dê um abraço — encostei o rosto em seu ombro e senti um alívio de estar em seus braços mais uma vez, como fazia na infância ao me machucar brincando.

Mamãe afagou meu cabelo do jeito que só ela sabe fazer, perguntei-me se um dia meu filho ou filha lembraria de mim ou sentiria esse calor materno, esse amor incondicional que eu sentia vindo de minha dona Marika.

— Tem algo que está me escondendo, querida? Está tão quieta, até suas cartas estão curtas... tem algo te incomodando...

— Não, mamãe, é só que são muitas mudanças e a vida de uma mulher casada e mãe de família exige bastante responsabilidade... e eu ainda estou só me acostumando....

— Minha fada, a vida de casada requer muitos sacrifícios, eu sei, mas com amor e dedicação tudo ficará bem.

— Claro, claro, é só o nervoso mesmo, estou feliz que esteja aqui comigo, você e o papai são muito importantes para mim — contive mais as lágrimas e consegui sorrir balançando a cabeça e beijando aos mãos dela.

— Sabe que pode contar conosco para qualquer coisa, não sabe? Se tiver algo que queira me falar... ou se Claudius não tem tido muito jeito com você... seu pai pode falar com ele, muitas vezes homens acabam por escutar somente conselhos de outros homens, sabemos que isso é uma questão de orgulho... eles nos acham emocionais... Coitados!

— Tudo bem, mamãe, não precisa comentar nada com o papai, por favor, não quero causar preocupação desnecessária a ninguém, estou bem, de verdade, vamos aproveitar que ainda está cedo e te mostro as melhores barracas de temperos, tem muitas especiarias aqui que não chegam a Savona.

De noite, quando fiquei a sós com Claudius ele não parecia muito feliz:

— Aonde foram? — falou em tom intimidador me observando com superioridade.

— Já disse, ao mercado de frutas e verduras, viu as compras, depois de tarde mostrei os tecidos de do Sr. Bartolles e voltamos para casa.

— Se me enganar você já sabe — ele fechou o punho mostrando-o para mim.

Eu somente balancei a cabeça de um lado para o outro, baixei o olhar e pedi para que não fizesse nada comigo pelo "nosso filho". Ele mudou de semblante para um mais tranquilo e se deitou na cama, não me procurava mais com desejos desde que anunciei minha gravidez, agradeço aos céus por não ter que aceitar os toques do meu agressor. Depois que Claudius dormiu me induzi a uma projeção astral, abri meus olhos e senti que estava toda encharcada e de fato estava, olhei para o lado e me desequilibrei caindo no chão, não estava mais em meu corpo no quarto e sim em um barco em alto mar. Quando consegui me

Círculos:
Segredos e Sagrados

levantar vi a tripulação, parecia toda de origem viking menos uma integrante a qual eu conhecia bem: Isolda. Minha querida morena estava vestida igual às demais mulheres loiras e altas, uma delas de cabelo prateado estava sentada ao seu lado, pareciam ter uma conversa animada, quando a mulher saiu de perto me aproximei de Isolda mesmo sabendo que ela não poderia me ver, ainda sim, poderia me sentir:

— Isolda, sei que está trilhando seu caminho rumo ao seu destino, jamais pare de seguir o que você nasceu para ser, mas se um dia meu filho vier a precisar de ajuda e eu não estiver mais aqui, por favor, venha buscá-lo. Eu confio em você.

Ela olhou na minha direção sem me ver, embora eu saiba que conseguiu sentir cada palavra.

Capítulo 39

Diário de Tiberius 15/10/1588

Acordei com os ombros tensionados e me levantei para pegar o frasco do médico, Daniela, que estava comigo em meu quarto, percebeu que eu saíra da cama:

— O que houve? Ainda está escuro, Antonella ainda não bateu à porta — ela levantou a cabeça sonolenta, os cabelos loiros longos bagunçados estavam soltos cobrindo os seios agora um pouco mais fartos pela gravidez.

— Nada demais querida, volte a dormir, já irei pra aí.

Tomei algumas gotas misturadas com água em um só gole, escondi o frasco entre alguns perfumes e tintas e voltei para os lençóis quentes e acolhedores junto a Daniela. Assim que me deitei ela se aconchegou em meu peito e pegou no sono quase que de imediato. Quando enfim deu a hora certa, Antonella bateu à porta como de costume e nos preparamos para a primeira refeição do dia. Daniela parecia calma e pensativa, as criadas pareciam agitadas com a vinda de Varinnius, não era nenhuma surpresa, sempre que vinha ele arrancava suspiros das mais novas e despreparadas por sua postura de guerreiro confiante e desinibido. Na verdade, ele causava essa sensação em mulheres de todas as classes sociais, as mais espertas, porém, não se iludiam com um futuro juntos.

Quando terminávamos a refeição um dos criados, incumbido de ficar na torre, anunciou que um cavaleiro velho amigo tinha adentrado Triora. Direcionamo-nos para a escadaria de entrada e assim ficamos até a figura loira montada a cavalo chegar a nossa frente.

— Vejo que minha vinda era por demais esperada! — falou com empolgação descendo do cavalo e vindo até mim.

— E não era para ser, irmão? — respondi e nos abraçamos dando tapas fortes na costa um do outro rindo.

— Estou feliz de poder vê-lo feliz, Tiberius. Cassius ficaria também! — ele falou olhando com profundidade em meus olhos com as mãos em meus ombros — E a senhora, julgo ser a dona do coração de meu amigo aqui — ele virou-se totalmente para Daniela —, encantado! — beijou a mão dela e olhou de baixo para cima como que se estivesse procurando por algo.

— *Muito prazer, Tiberius me fala muito da amizade de vocês* — sua voz era aveludada e a postura a de uma dama tranquila.

— *Espero que só as partes menos ruins* — ele riu olhando de volta para mim e soltando a mão de Daniela —, *seria um pecado perturbar seus ouvidos com nossas histórias brutas e deselegantes. Permita-me perguntar... já nos vimos antes?*

— *Creio que não, passei boa parte de minha vida estudando no convento e pelo o que Tiberius me fala do senhor o convento não é o seu lugar favorito* — ela deu um sorriso travesso.

— *É verdade! Tem razão!* — riu alto — *Vejo que Tiberius está bem acompanhado, além de bela é astuta! O herdeiro disso tudo terá ótimos pais* — disse mantendo a empolgação.

— *Vamos entrando, trouxe só isso de bagagem?* — apontei para saco grande de couro amarrado à cela.

— *Sim, mas não se engane com as aparências! Pode se surpreender!* — falou gesticulando como um velho mestre que quer dar ênfase na lição para seus alunos.

Entramos os três juntos, fiz sinal para um criado pegar a bagagem do cavalo e outro levar o cavalo ao estabulo.

— *Mandei que arrumassem o quarto que tem a vista para o centro, imagino que goste da agitação dos mercados* — falou Daniela.

— *Sim gosto, embora o motivo de morar em Milão seja outro. Me adequo bem a qualquer hospedaria, os seus cuidados são um luxo para mim mesmo sendo um nobre.*

— *Se refere Às batalhas? Porque diz isso?*

— *Nas batalhas eu quase não durmo, fico entusiasmado pensando no calor do confronto e no próximo passo estratégico, digo porque sei que, vindo da mulher escolhida por meu irmão, com certeza teve afeto e carinho no preparo do cômodo* — Daniela corou quando ele disse as palavras finais.

— *Bem, já que estamos os três aqui, creio que é hora de um brinde* — falei apontando para a bebida que Antonella trazia em taças já servidas.

— *Um brinde à vida! E à senhora Daniela, que trouxe milagres às nossas vidas* — Varinnius sorriu primeiro para mim e depois para Daniela.

Durante a maior parte do dia passamos conversando sobre as astúcias e desastrosas condutas de alguns nobres regentes. Não chegamos nem mesmo a

Círculos:
Segredos e Sagrados

almoçar, cavalgamos e conversamos sobre Mayela e brevemente sobre o futuro de seu filho. Daniela foi para a igreja e ficou um bom tempo fora de casa, o que até me deixou mais tranquilo, tê-la longe dos olhos curiosos, ainda que cegos, de Varinnius distantes dela. Jogamos xadrez, estranhamente ele pareceu ficar refletindo quando pegou a peça que simbolizava a minha rainha branca e me deu um xeque mate com outra rainha preta, que era sua peça transformada de peão para a mais poderosa arma do rei.

— O que houve irmão? Você está bem? — indaguei.

—Alguns têm sorte por se casarem com uma rainha de verdade... outros têm a audácia de roubá-la... e outros não a merecem... — ele olhava para a peça em sua mão, mas o olhar em si estava vago.

— De qual rainha está falando?

— Da sua, da minha, da de outros... Veja bem, você se casou com uma mulher com todos os atributos de uma rainha de jogo, eu por outro lado, me entretenho com a rainha de alguém que não a merece.

—A rainha? Não seriam "as rainhas"?

— Claro! Você sabe como eu sou, até no xadrez tenho mais de uma rainha! — demos risadas e Varinnius encheu nossas taças mais uma vez.

De noite nos juntamos à mesa com Daniela. Varinnius não parava de olhá-la, como uma criança olha para alguém que admira.

— Essa casa realmente tem novos ares com a sua presença! — ele falou levantando as mãos, alegre, e olhando para minha esposa.

— É muita bondade sua, você quis dizer barulhenta, não é mesmo? — todos riram.

Era incrível como o semblante dela se mantinha descontraído em frente ao perigo.

—A senhora realmente tem ótimo senso de humor!

— Por isso me casei com ela.

— E por outras coisas também, não? — Varinnius falou com sarcasmo e olhar malicioso.

De repente Daniela ficou tímida e o próprio Varinnius mudou completamente o semblante.

— Desculpe os modos minha senhora, perdoe o jeito libertino de ser.

— Tudo bem, não foi nenhuma mentira — ela respondeu antes que eu pudesse dizer algo.

Quando terminamos a refeição, Daniela e eu fomos para o quarto dela e notei Varinnius se virando duas vezes no corredor para olhar para nós, seja lá o que ele estiver pensando o importante é que tudo correu melhor do que eu esperava, o feitiço deu certo, tenho meu amigo e minha mulher e filho sãos e salvos.

Capítulo 40

Diário de Diana 16/10/1588

O olhar de Varinnius para mim me causa uma mistura de culpa, compaixão e incerteza. A culpa da mesma forma como ele se coloca em posição de vingar o irmão, eu penso em minha mãe e minha família desamparadas, a compaixão porque mesmo com a raiva que ele possa ter de mim sem saber, sei que é porque nunca aceitará a causa da morte como algo natural sem ter uma verdadeira paz, mesmo que Tiberius tenha afirmado que a assassina pagou na mesma moeda seu crime. Incerteza, pois os olhos de Varinnius me rondam com tamanha curiosidade que ponho em dúvida a duração do véu do esquecimento em meu rosto. Veremos como se passará o dia aqui, ainda está cedo, acabei de voltar do café da manhã e aproveitei para escrever um pouco minhas confidências e percepções enquanto os dois amigos vão para uma reunião com aristocratas genoveses.

Diário de Diana 17/10/1588

De manhã, Tiberius acertou os planos com Varinnius para visitar algum local próximo que não me recordo bem, estava sonolenta demais pois não dormi direito, tive a sensação de ver Otávia no espelho de meu quarto, me perguntei se ela estaria em projeção ou se aquela imagem tinha sido apenas obra do meu inconsciente saudoso. Ela não estava com um semblante bom, me pergunto se Claudius tinha aprontado algo, talvez eu devesse convidá-los para cá, falarei com Tiberius mais tarde.

Escrevo agora no fim da tarde, passei um bom tempo cuidando do jardim com alguns criados. Sentei-me no banco que fica bem ao meio, em um nível mais elevado que o gramado em volta, fechei meus olhos e inclinei-me para trás relaxando o corpo. O sol quase não aparecia, embora o dia estivesse claro, o céu estava cheio de nuvens alvas, o clima era refrescante e continuaria assim nos próximos dias de outono.

— Realmente é uma bela imagem, se eu fosse pagão diria que é a imagem da deusa deles — abri meus olhos e Varinnius estava sentado ao meu lado com o mesmo olhar curioso de quando me viu como Daniela a primeira vez.

— Perdoe-me se a ofendi ou a assustei. Não era a minha intenção — disse ele se afastando um pouco.

— Não esperava uma frase dessas nem a sua companhia a essa hora, onde está Tiberius? — perguntei nervosa sem conseguir disfarçar.

— Minha senhora, espero que um dia me veja como um irmão, do mesmo modo que eu e seu marido temos um ao outro e como me relaciono com minha nora Mayela.

— Não duvido disso, mas como veio parar aqui?

— Tiberius está falando com uma plebeia na escadaria, está pedindo ajuda a ele, algo sobre como a família perdeu a colheita.... eu entrei na casa, mas ouvi um criado dizer que a senhora estava aqui e tomei a liberdade de vir vê-la.

— Entendi, bom, o senhor deve estar cansado, mandarei que preparem um banho e algo de comer para servir a vocês dois.

— Na verdade não estou com tanta fome assim, seu jardim ficou magnífico, devo dizer!

— Soa engraçado um guerreiro acostumado à brutalidade humana admirar um jardim feito por uma mulher humilde — falei virando um pouco de lado para não notar minha expressão tensa.

— Ora, ora, Daniela, posso chamá-la assim? Afinal, somos da mesma família. Bem... as pessoas se deixam levar pela aparência. Se um homem não sabe apreciar a graciosidade de uma flor, como pode se relacionar com uma?

Fiquei vermelha, Varinnius observava-me sorrindo como uma criança sapeca prestes a fazer uma travessura.

—Aí estão vocês! Varinnius, é melhor você ir tomar um banho, Daniela não gosta de lama espalhada pela casa.

Olhei para as botas do loiro, estavam absurdamente sujas.

— Onde vocês dois se meteram? — perguntei, percebendo que Tiberius também estava sujo.

— Longa história, querida, conto-lhe no banho — ele estendeu a mão para mim e me senti aliviada de Varinnius andar na frente mantendo distância de mim e de Tiberius.

Círculos:
Segredos e Sagrados

Diário de Diana 18/10/1588

Não desci para o café da manhã junto com Tiberius. Senti-me indisposta e pedi que Isotta preparasse uma bandeja para trazer em meus aposentos. Ainda de camisola ouvi uma agitação nos andares de baixo, me arrumei o mais rápido que pude com a ajuda de Antonella e desci as escadas sem fazer barulho. Quando cheguei ao térreo, Varinnius e Tiberius estavam tensos, o loiro andava de um lado para o outro, já o moreno estava com o maxilar rígido apoiado em uma das mãos com os braços cruzados, pensativo.

— O que houve? — os dois se viraram para mim.

— Uma situação desagradável, estamos pensando nos preparativos querida, depois nos falamos — notei que Tiberius segurava uma carta em uma das mãos.

— Que situação? — insisti.

— Um casal muito querido por nós e que estava dando apoio à minha nora sofreu um acidente. Eles estavam visitando a filha e no retorno foram abordados por um grupo de salteadores, tentaram fugir, mas uma das rodas da carruagem foi quebrada por um dos criminosos e a carruagem virou em um penhasco. Só o cocheiro sobreviveu — respondeu Varinnius que estava visivelmente transtornado, passando a mão nos cabelos do topo da cabeça até o pescoço como que tentando se acalmar.

— Que infelicidade! Não sei nem o que dizer... então o senhor vai encontrar a sua nora agora? — perguntei indecisa.

— Nós dois vamos — Tiberius respondeu — Mayela já teve muitas perdas nesses últimos tempos, devo prestar minhas condolências a ela e à família do casal, pelo menos os filhos já estão crescidos. Que Deus guarde e receba as almas da senhora Marika e do senhor Guido — suspirou abaixando a cabeça e fazendo o sinal da cruz, Varinnius o acompanhou no gesto.

— Você disse Marika e Guido?! — minha cabeça girou e meu coração acelerou de aflição.

— Sim, boas pessoas... — disse Varinnius, me olhando.

— Eu tenho que ir também! São os pais de Otávia! — comecei a chorar.

— Você conhece Otávia? — o loiro arregalou os olhos encarando-me.

— E você conhece Otávia, também? — rebati a ele.

— Sim, claro, sua família sempre foi convidada para as festas na casa de meu irmão, Otávia estava no último aniversário dele. Como você a conhece se passou tanto tempo no convento?

— A conheci com o marido em Mântua. Nos tornamos amigas — tentei disfarçar imediatamente — Você sabe, o coração reconhece uma alma afim, ela precisa da minha presença.

— Creio que na sua condição um enterro seja prejudicial, será muito pesado emocionalmente para você e nosso filho. Além do mais, será em Savona, não é uma boa ideia ir até lá.

— Não seja tão protetor Tiberius, sei que está no seu papel de chefe de família, mas peço à Daniela que vá conosco. Mayela também está grávida, o conforto do colo feminino entre as mulheres fará bem a todas e a nós também.

Tiberius pediu licença para falar em particular comigo em outro cômodo rapidamente.

— O que pensa que está fazendo Daniela?! Vai me fazer catar o cabelo de todas as pessoas que te conhecem em Savona?!

— Farei uma projeção antes de partirmos para avisar um amigo de confiança sobre a reação de conhecidos, é um ser mágico, dará certo, ademais ficarei o tempo toda coberta por um véu negro simbolizando meu luto. Deu certo com Varinnius, vai dar certo com os outros, confie em mim! Se negar demais aí que ele irá desconfiar, ainda estou nas primeiras semanas de gravidez e Otávia precisa de mim, não posso deixá-la sofrer sozinha! Você deixaria Varinnius sozinho quando mais precisasse de você? Creio que não também, ou estou enganada?

Tiberius respirou fundo e fechou os olhos, colocou a mão na cabeça e depois disse balançando-a:

— Está bem, mas você só sairá do quarto de véu e na hora do enterro, ficaremos pouco tempo, direi que você está evitando sair por sua condição e depois darei uma desculpa para sairmos mais depressa porque você não está se sentindo bem.

— Eu só preciso abraçar Otávia e mostrar que ela não está só, eu sei que ela faria isso por mim.

— Nada de falar com parentes ou velhos conhecidos.

— Não falarei, prometo.

Capítulo 41

Diário de Otávia 18/10/1588

    Nunca imaginei que voltaria a casa de meus pais e, ao invés da recepção de seus abraços calorosos, encontraria seus corpos deitados frios em caixões bem preparados, cercados por guirlandas compostas de flores brancas, que me aguardavam no salão de visitas. Os criados choravam pelos cantos e tentavam consolar uns aos outros, mostravam-se carinhosos comigo e meus irmãos, Massimo foi o primeiro a chegar, ele que celebrará o ritual de partida de nossos pais já que é membro da Igreja. Depois Vicenzo e Giancarlo chegaram com suas famílias, somente eu não estava acompanhada, para meu consolo próprio foi melhor que Claudius se mostrasse frio à minha perda brusca, ele partiu no mesmo dia para o sul e disse que retornaria assim que se desocupasse de suas obrigações. É claro que, todos ao meu redor cochichavam a respeito, até mesmo da possibilidade de ele ter interesse na morte dos sogros, as pessoas tentam disfarçar o assunto quando as encaro, mas sei o que estão pensando. Fui até meu quarto e me deitei em minha antiga cama, ainda estava com o mesmo perfume a base de jasmim que mamãe colocava em meu travesseiro e que fazia com que papai resmungasse o preço dos lençóis que às vezes ficavam manchados quando a essência não era misturada com um pouco de água. Aquele era o meu lugar e eu não tinha consciência disso a vida toda, ansiei por liberdade e prestígio, quando eu tinha tudo o que precisava na casa de meus pais, sobretudo o amor e apoio, tinha minhas amigas, tinha Isolda... espero que ela se lembre de mim com alegria. Toquei a mão no ventre, prometi que faria o possível para repassar todo o carinho que recebi a ele. Levantei-me e peguei um pacote bem amarrado com vários envelopes ainda selados, todos de Varinnius, não abri nenhum em Veneza por dois motivos: primeiro porque eu não queria alimentar a ilusão de um amor inexistente ou um futuro romântico desonroso, segundo que seria perigoso Claudius descobrir... eu sei que deveria ter me livrado delas antes, mas não consegui, algo em meu coração pedia para mantê-las comigo, talvez o momento de abrir fosse agora... ou talvez não, estou esgotada demais, as palavras doces de um homem podem ser manipulativas, melhor eu descansar um pouco, vou esconder o pacote e depois decido o que faço.

Diário de Otávia 19/10/1588

Por onde devo começar? Meu mundo parece de cabeça para baixo, nada faz sentido, tudo está tão mudado! Diana, Tiberius e Varinnius estão em Savona! Diana a quem devo chamar agora de Daniela é o rosto que me causa paz! Sua voz doce e aveludada cantando para mim em meu quarto clamando pela força da deusa em nós. Os três se apresentaram a minha casa logo cedo, avisei meus irmãos para que não emitissem comentário algum sobre conhecerem ela, nossa família é astuta no quesito guardar bem segredos, eles e os criados praticamente não a reconheceram considerando a mudança radical de sua postura, suas expressões, vestimentas e o véu negro levemente transparente cobrindo o rosto rosado. A senhora Mayela veio depois, uma mulher forte em todos os tempos, admiro-a muito.

— Me conforta muito a presença de todos vocês aqui, sei que no descanso eterno são mostrados os rostos e pode-se escutar as vozes de quem expressou as preces velando os corpos.

Depois de um curto tempo antes das rezadeiras chegarem, chamei Daniela ao meu quarto, foi o único momento em que ela tirou o véu e pude ver seu rosto compadecido de meu sofrimento. Deitei-me em seu colo enquanto ela afagava meu rosto e meus cabelos cantando baixinho uma música da deusa.

— Agora nossas mães formam a tríade sagrada do outro lado. Mércia, Maria e Marika. — a loira falou.

— Como consegue viver essa mentira toda, Diana? Não se sente sufocada?

— E você, Otávia? Acho que sabe a resposta já que vive o mesmo.

— Vivo como se tivesse uma faca em meu pescoço toda hora com Claudius... ele é um homem horrível — comecei a chorar — estou grata à deusa por ele não estar aqui, espero que ele morra! Assim meu filho não terá que conviver com a personificação do diabo dos cristãos! Temo que ele descubra que essa criança que há de nascer não é filho dele e o faça mal, eu já nem tenho mais medo por mim, já me entreguei ao meu destino, eu cavei minha própria cova e talvez até de meus pais... mas meu filho não merece tal sofrimento!

— Você também não merece, seja lá qual for o seu erro. Eu te conheço desde criança, você jamais faria algo na intenção de prejudicar alguém, vi como você ansiava por esse casamento, como sempre quis ter uma família, dedicou-se à preparação para a transição e, no entanto, caiu em uma armadilha. Acha que todas as mulheres casadas que sofrem abusos são más? Ou foram educadas e coagidas para pensarem dessa forma? Você conhece o poder da deusa, conhece

Círculos:
Segredos e Sagrados

a complexidade do destino e da linha da vida, ainda que não tenha feito todo o trajeto para o sacerdócio, você tem os dons e a magia em si, não deixe que ninguém te diga o contrário.

— Tenho ido mais à igreja... pedir remissão dos meus pecados... para tentar amenizar a dor... mas quando volto para casa, é como se tudo o que eu tivesse pedido para ser perdoado se transformasse na minha condenação.

— Também tenho ido à igreja... faz parte da conduta da mulher nobre, mas tive sorte em encontrar um homem com a vocação para o sacerdócio que entende os mistérios divinos. Sabe... meus dias em Triora possuem um ar doce, mas eu me sinto com uma faca apontada para o pescoço também, me escondo por trás de um personagem para não pagar um crime que não cometi e se for descoberta usarão minha conduta para aumentar a minha sentença. Eu sinto todos os dias que sou culpada pela morte de mamãe e pelo perigo que correm Gaia e papai, pela desonra de Tiberius, mas quando estou prestes a ter uma crise nervosa sinto a presença da deusa em mim e em tudo o que me cerca e isso se torna o suficiente para mim. Ainda que com dificuldades, eu aproveito cada detalhe bonito vivido, pois sei que pode ser o último.

Me levantei do colo de Diana e seguramos as mãos uma da outra dando forças de forma recíproca, até que Mayela bateu à porta pedindo para ficar em nossa companhia, pois não aguentava mais os comentários das idosas sobre os palpites de gravidez entre uma oração e outra.

Mais tarde no jardim, enquanto eu tomava um pouco de ar puro, Mayela e Daniela voltaram para a residência de Cassius. Varinnius surgiu atrás de mim:

— Eu sinto muito, sei como é perder alguém importante.

Virei-me de frente para ele e nos abraçamos fortemente, estávamos sozinhos.

— Obrigada por ter vindo, não esperava vê-lo aqui — nos afastamos um pouco.

— Minhas cartas não lhe foram entregues?

— Foram — desviei o rosto.

— Você não as leu? Claudius pegou? Por isso não está aqui? Otávia, eu não queria... ele fez mal a você de novo? — começou a tocar em mim procurando hematomas.

— Não! — me mexi bruscamente afastando as mãos dele — Não toque em mim em público!

— Desculpe, mas por que você não leu? Não quer mais me ver?

— *Varinnius, fui feliz em cada momento que passei com você, mas, por favor, se você tem alguma consideração por mim, não me procure mais, não quero me apegar a você, a minha vida já é literalmente comprometida, não quero nutrir esperanças de algo que não posso ter... você é homem e nobre, pode fazer o que bem quer e não há nada errado nisso, mas não se aproveite da minha fragilidade, você pode escolher em quem investir, eu não.*

— *Aí é que está, Otávia, todos acreditam que são presos, mas na verdade é a própria ideia de prisão que os prende.*

— *É fácil pra você dizer isso, olha pra você, francamente. Não sei como pude esperar que entendesse — comecei a andar.*

— *Espere, soube que está grávida.*

Um arreio me subiu pelo corpo e me senti gelada.

— *Sim, Claudius não poupou esforços para ter o primogênito — usei um tom de voz confiante.*

Entrei de volta em casa e deixei Varinnius estático no jardim.

Diário de Diana 19/10/1588

Ficamos hospedados na casa de Cassius e Mayela. Agora, na posição de Daniela posso/devo chamá-la pelo nome. Percebi os olhares curiosos dos criados por eu usar o véu direto e me retirar quase sempre para meus aposentos. Apesar de Mayela saber das intenções de Tiberius em relação a mim desde o início e ter deduzido o que ocorreu entre nós até eu me tornar quem sou hoje, assumindo meu papel novo, ela não toca no assunto e me trata com respeito e com certa distância, o que faz sentido por vários motivos, primeiro para não se comprometer com nossa encenação, segundo porque na teoria é a primeira vez que nos vemos. Quanto a Otávia e seus irmãos, creio que os três ruivos tiveram dificuldade em acreditar que eu sou a antiga garotinha com a qual cresceram, fiquei um tempo a sós com Otávia em seu quarto e enquanto falava com ela senti uma sensação estranha, como um pressentimento de que algo se repetiria. Sobre Varinnius, ele emitiu um comentário que me deixou intrigada no corredor antes de cada um entrar em seu quarto lado a lado.

— *Acho que já sei de onde seu rosto me é familiar! Nossos pais nos levaram ao aniversário da mãe de Tiberius em Triora quando éramos crianças, bem... eu e Tiberius estávamos começando a aparentar traços de homens, você ainda era bem pequena.*

Círculos:
Segredos e Sagrados

— Desculpe, eu não me lembro de quase nada da minha infância desde que passei a viver no convento, é como se algumas lembranças tivessem sido apagadas... — fiz um esforço para não gaguejar de medo.

— Claro, eu que peço desculpas, imagino que o sofrimento exerceu essa perda de memória.

— Sim, eu era muito pequena, como disse. Com licença — fiz uma reverencia e entrei no quarto.

Creio que amanhã Tiberius mandará o cocheiro me levar de volta para Triora antes que os olhares curiosos aumentem.

Capítulo 41

Capítulo 42

Diário de Tiberius 20/10/1588

Quantas vidas ainda serão ceifadas injustamente? Quantos sonhos interrompidos? Quantos corações partidos? Questiono-me até que ponto nós, seres humanos, somos capazes de suportar e gerar a dor, a desilusão. Uma vez, minha mãe me disse que o presente era a única coisa que importava na vida, pois os momentos vividos intensamente são os eternizados na memória, são as emoções que nos projetam, que nos impulsionam e nos travam, nos levam à glória e à derrota. Meu pai dizia que o que nos movia era a mente, o pensamento, a racionalização de nossas forças. Varinnius é movido pelo instinto, pelas paixões, pelo calor do momento, é ação pelo prazer da ação. Diana é movida pela fé, pela intuição e pela magia. Cada uma dessas motivações pode provocar justiça e também desequilíbrio como o princípio da polaridade. Assim ocorre que nossos pontos fortes também são nossas fraquezas se olharmos por ângulos diferentes[25]. A primeira vez que li os escritos antigos não entendi bem toda a sua complexidade, mas agora, o todo[26] se provou real à minha frente da pior forma possível, por isso digo: o homem deve temer a Deus, não por ser um ser supremo a ele, mas sim porque Deus é o todo e o todo está em tudo ao nosso redor e dentro de nós, sendo assim, somos divinos, criadores e criaturas, quando desequilibrados devemos temer nossa fúria, pois sendo seres divinos e cocriadores de nossa realidade, por meio de nossos pensamentos e emoções somos capazes de criar o paraíso e o inferno, a nossa fúria é a verdadeira causadora do nosso caos, o caos é sinônimo de destruição e essa destruição leva não somente nós mesmos ao tormento, mas àqueles que estão ao nosso redor. Varinnius hoje se tornou o meu diabo.

Pela manhã, enquanto eu e Daniela terminávamos de nos arrumar para ir até a casa de Otávia, uma criada bateu à porta:

— Senhor, posso retirar a bandeja?

Eu e Daniela nós olhamos estranhando a pergunta, já que o ideal seria a criada por o quarto em ordem somente após a saída dos que utilizam os aposentos. Daniela cobriu o rosto com o véu rapidamente e eu fui em direção

---

[25] Referência à lei hermética: lei da polaridade.

[26] Referência: ATKISON, Walker Willian, *O cabalion*, os três iniciados, [1908] 2018.

à porta, quando abri dois guardas me empurraram para trás, caí no chão e vi Varinnius segurando a criada pelo braço, me observando.

— Sua farsa acabou! Levem-na daqui!

— O que pensa que está fazendo? Solte-a imediatamente! — levantei-me depressa tentando me por entre os guardas e Daniela.

— Afaste-se, irmão, essa mulher é perigosa, enfeitiçou você e quase conseguiu o feito comigo, mas agora ela pagará caro por todos os crimes e pecados que cometeu.

— Você está completamente louco, largue a minha mulher!

— Não precisamos dessa cena toda — Daniela tirou o véu e levantou-se da cadeira, afastando levemente as mãos de um dos guardas —, eu vou por conta própria.

— Eu não permito isso! É um ultraje! — respondi ansioso, abraçando-a.

Daniela não falou mais nada, só retribuiu meu abraço e beijou meu rosto, sussurrando em meu ouvido "eu te amo" enquanto os guardas se atentavam para levá-la.

— Para onde ela vai? Ela está esperando um filho meu! Vai dormir tranquilo sabendo que é assassino de uma criança inocente? Filho do seu amigo?

— Sabemos disso, ela ficará na masmorra com cuidados especiais. Ninguém irá tocar nela até a criança nascer.

— Não pode deixá-la lá, ela não vai aguentar.

— Irmão, as bruxas têm suas maneiras próprias de sobreviver.

— Você está sendo injusto comigo! Matará uma alma inocente!

— Não serei eu a fazer o julgamento, os vigários já foram convocados, devem estar prestes a chegar.

As palavras vieram como um soco no estomago, fiz um esforço para me manter firme e ir em direção à saída, quando passei pelo corredor me senti tonto, olhei para trás e Varinnius disse:

— É para o seu próprio bem, sabia que ia reagir.

Então entendi, cai no velho truque da droga na bebida e desmaiei.

Acordei com Mayela e a criada que mais cedo havia batido a porta ao meu redor. Mayela sentada ao lado da cama e a criada tremendo à minha frente. Parecia que minha cabeça pesava três vezes mais e meu corpo tinha

Círculos:
Segredos e Sagrados

lutado com um batalhão. Mesmo assim, tomei força levantei o tronco, Mayela colocou a mão em meu ombro:

— Não adianta você sair assim, não resolverá nada.

— Como ele descobriu? Onde ela está?

— Na masmorra, avisei Massimo, ele se encarregou de fazer a vistoria da cela... para assegurar que não irão maltratá-la, os vigários ainda não chegaram, parece que tiveram problemas em outro julgamento, só conseguirão chegar amanhã ou quem sabe daqui a dois dias.

— Como ele descobriu?

— Não sei... todos conheciam Diana... pode ter sido qualquer um.

— Preciso tirar ela de lá imediatamente, você sabe que depois que os vigários chegarem não haverá como evitar a condenação.

— E para onde você acha que pode levá-la?

— Posso dizer que houve um equívoco, uma ofensa... o duque de Mântua e o duque de Saboia a conhecem, Galileu... todos a consideram minha esposa e não desconfiaram de nada. Posso enviá-la para lá... e depois vejo o que resolvo até a situação melhorar.

— Você acha que alguém se arriscaria por uma mulher acusada de assassinato e bruxaria? — Mayela me olhava com compaixão.

— Talvez devessem recorrer à família dela — a criada falou baixinho.

Olhamos para a jovem franzina, devia ter por volta dos 14 anos.

— Por que diz isso? — perguntei.

— A avó e a mãe dela já curaram minha tia quando era criança... elas conhecem os mistérios antigos... se o senhor está tão disposto a salvar uma strega *por ser* strega *então deveria pedir ajuda a alguém na mesma posição — a garota continuava no mesmo tom de voz, encolhendo-se de medo e vergonha.*

— Mas elas já não estão mortas?

— A mãe sim, a avó e a irmã não.

Capítulo 43

Na prisão 21/10/1588

Diana observava do alto da janela a movimentação da cidade, a cela atual ficava no último andar, diferente da primeira vez em que foi capturada e escondida em um nível um pouco abaixo que o térreo.

— Ora, ora, a grande charlatona, enfim nos vemos novamente — o portão de ferro fez um barulho ao ser aberto e Varinnius adentrou batendo palmas e usando tom de ironia com os olhos sedentos de ódio.

— Parece que minha presença sempre o anima — respondeu Diana virando-se de frente para ele.

— Sim, mais ainda quando seu corpo estiver queimando na fogueira e você estiver gritando, perdendo o ar na frente de todos, implorando perdão. Sabe... eu quase acreditei em você... devo admitir, tem real vocação para a bruxaria.

— O que você sabe sobre bruxaria pra dizer isso... — Diana falou com desdém.

— O suficiente para não deixar você escapar. Você se esqueceu de que Deus é maior que tudo e na sua arrogância acreditou que ninguém a reconheceria aqui... pois bem, um criado me abriu os olhos e tudo começou a fazer sentido. Pobre de meu amigo Tiberius, outra vítima dos encantos femininos maldosos. Sei da sua inveja em relação à vida de Mayela e Cassius, desejou tanto o poder e prestígio que persuadiu até seu algoz para mudar sua posição... como é ardilosa, é mais estratégica do que muitos dos meus adversários em guerra.

— Então é nisso que você acredita? Se um dia senti raiva ou medo de você, hoje sinto pena, como pode ser tão ingênuo e acreditar nessa mentira absurda.

Varinnius deu uma gargalhada alta e se aproximou de mim a ponto de sentirmos a respiração um do outro.

— Então nega ser uma *strega*?

— Nunca neguei minha natureza. Sou *strega*, não assassina, se menti, foi por necessidade, acaso nunca precisou mentir para evitar um mal maior?

— Não cairei nas suas armadilhas, bruxa. Hoje será a última vez que me verá antes do seu julgamento, assim que essa criança inocente vier ao mundo, sua sentença será feita.

— Se essa for a vontade de Deus, que assim seja.

— Não proclame o nome de Deus em vão! — Varinnius levantou a mão como se fosse dar um tapa, Diana não se mexeu mantendo o olhar firme, então Varinnius se conteve, abaixou a mão e o rosto, virou de costas e abriu o portão para sair.

— Até sua morte, bruxa.

— Até o inferno, cristão.

...

Diário de Tiberius 21/10/1588

Mandei um recado a Gaia pela criada para nos encontrarmos onde ela achasse mais seguro. Varinnius deixou ordens para não permitir minha entrada na masmorra, Massimo, no entanto, disse que posso ter esperanças de um "milagre" já que os vigários demorarão cerca de uma semana devido à rebeldia de parentes de condenados em outro local.

Gaia mandou a resposta por Vicenzo, um dos irmãos de Otávia, não seria possível não os reconhecer como da mesma família, já que os cabelos ruivos e os olhos expressivos são iguais. Assim como os pais, Vicenzo, Otávia e os outros irmãos costumavam ser convidados para a casa de Cassius e a presença do ruivo ao adentrar não soou estranha. Mayela deduziu rapidamente do que se tratava a visita sem aviso prévio, ela nos deixou a sós na sala de reuniões do falecido marido, o ruivo gentilmente começou a falar:

— Do que viemos tratar a sós?

— Imagino que esteja esperando pela resposta de uma dama.

— E você é o portador da mensagem?

— De fato sou, mas antes devo perguntar algo e espero que me diga com toda a verdade.

Admirei a audácia, mas me contive em apenas confirmar.

Círculos:
Segredos e Sagrados

— *Pode perguntar, a mentira é um vício que tento não alimentar em minha vida.*

— *Bom... quer dizer que o senhor não alimentou o vício da mentira ao esconder Diana como Daniela?*

— *Algumas vezes... devemos abdicar de uma conduta correta em nome de um dever maior.*

— *Então chama a sua relação com Diana um dever? Admite que ela não o enfeitiçou?*

— *Diana é uma mulher pura e digna, jamais faria isso, assim como jamais teria assassinado qualquer homem — respondi estufando o peito e encarando-o firmemente.*

— *Vá ao bosque onde capturou Diana depois que todos se recolherem para dormir, siga esse caminho — me deu um papel desenhado como se fosse um mini mapa — estarão esperando por você lá.*

...

Pedi para Mayela que minha refeição fosse servida em meu quarto, disse que não me sentia bem e que não queria ver o rosto de meu traidor. Quando as luzes do corredor foram apagadas e os passos dos criados findaram, em um silêncio profundo, saí pela sacada que não era de grande dificuldade para pular, já que a sacada por si só era baixa e a construção por fora era cheia de moldurados que facilitariam minha subida de volta. Segui as instruções e em poucos minutos me deparei com Gaia. Diferente de Diana, Gaia, tem uma beleza mais misteriosa e um tanto apavorante... é como se as trevas pudessem emergir de seus olhos, talvez por isso ela se mantivesse mais discreta, qualquer pessoa que a encarasse por muito tempo sendo um fanático religioso a interpretaria mal. Para que se reconheça a benção da luz é necessário conhecer a força das trevas.

— *Obrigado por aceitar falar comigo, imagino que você tenha um plano.*

Ela não demostrava absolutamente nada em suas feições a não ser um olhar obscuro, porém algo me dizia que aquilo fazia parte de algum teste de confiança, então ela virou de costas e falou alto:

— *Siga-me.*

Não havia tempo nem motivo para perguntar aonde íamos, ela já estava vários passos na minha frente, me esforcei para acompanhá-la, era como se ela fosse muito mais rápida do que eu ainda que estivesse descalça e sem nada para conduzir a visão, apenas eu segurava uma pequena lamparina. Chegamos então a um antigo templo pagão, havia musgo cobrindo todo o prédio abandonado, uma fonte com a imagem da deusa que carrega o mesmo nome de minha amada e uma coruja pousada em sua cabeça nos observando.

— Espere aqui — disse Gaia sem olhar para mim.

— Você já tocou a flauta? — uma voz atrás de mim perguntou.

— O que? — virei-me para ver quem mais estava ali.

— A flauta de Diana, que o elemental do labirinto deu a ela. Estou aqui em baixo, ei!

Abaixei a cabeça e um homem jovem e engraçado devia ter de 30 cm de altura me observava e balançava as mãos ao alto para mim.

— Até que enfim! Deixe-me que me apresente, me chamo Fillus, cuido dos bosques, sou um elemental da terra e amigo de Diana.

Eu deveria ter ficado assustado ou admirado, mas depois de tudo o que havia passado nos últimos meses, ver um gnomo parecia a coisa mais natural da minha vida real.

— Muito prazer, Tiberius... acho que você já deve saber quem eu sou então.

— Sim, sim, mas você ainda não me respondeu, já tocou a flauta de Diana?

— Não... mas já vi o que acontece.

— E cadê ela, agora?

— A flauta?

— Não, minha mãe! — falou com ironia revirando os olhos — Claro que é a flauta.

— Está em Triora... Diana disse que a flauta não necessariamente nos leva de corpo para outro lugar...

— Sim, quando tocada em outro lugar, que não seja abaixo da terra cavada por elementais, ela causa efeito de sensação de estar passando para outro lugar para que se possa ter outra experiência a partir de uma nova perspectiva, mas quando tocada pelo labirinto, aí a conversa muda.

— Pode entrar — Gaia apareceu rapidamente no portão e fez um sinal com a mão para mim.

O teto do templo parecia uma pintura viva e realista, na cúpula central havia um belo desenho de constelações.

— É um reflexo do seu nascimento — falou Gaia, percebendo meu olhar fixo — Vamos.

Círculos:
Segredos e Sagrados

Passamos por trás de uma imagem grande da deusa e uma porta secreta foi empurrada por Gaia, entramos com Fillus nos acompanhando. Cheguei a cogitar que fosse uma armadilha, que iriam me prender para eu morrer como vingança, mas depois de um bom tempo ali embaixo chegamos em frente a duas portas, Gaia abriu a esquerda e nós passamos por ela, foi como adentrar o paraíso, um jardim com todos os tipos de flores e plantas possíveis e diferenciadas, ao lado um poço com jarras de prata que reluziam à luz do luar, alguns bancos de madeira escura esculpidos por verdadeiros artistas e outros de mármore branco ficavam espalhados abaixo dos galhos de árvores grandiosas e exuberantes, de um verde tão vivo que mesmo no escuro era possível se notar sua beleza. Uma senhora, com uma tiara na testa igual à da deusa com o símbolo do triluna, de olhos fechados estava sentada em um desses bancos de mármore branco, o mais próximo a uma escadaria imponente cercada de fontes despejando água cristalina. Ela pareceu notar nossa presença e estendeu a mão para nós:

— Venham cá — falou delicadamente.

— Vovó, esse é o homem... esse é Tiberius — ela falou cautelosamente, baixinho sentando-se ao lado da mulher segurando sua mão.

— Paola me disse que você conseguiu ver seu mapa astral na entrada. Somente os homens que veem a deusa conseguem enxergar os encantos dela — ela falou no mesmo tom delicado e doce olhando para mim.

Pelo meu silencio, Fillus falou:

— Paola é a coruja — riu.

— Senhora, creio que saiba o porquê estou aqui.

— Eu sei, você sabe?

Respirei fundo e tentei ser objetivo.

— Senhora, serei claro, imagino que queremos a mesma coisa, afastar Diana do perigo, o que posso fazer para colaborar no seu plano?

— Afastar uma strega *do perigo é impossível meu jovem, nascemos e desenvolvemos o poder da transmutação mais destacado que a maioria teme, tudo que é diferente aos de mente ordinária se entende como perigoso e quando os outros acreditam que você é perigoso então eles se tornam igualmente perigosos aos que perseguem.*

— Mas em outros tempos vocês eram admiradas.

— Admiração não afasta o perigo, pelo contrário, o poder está atrelado ao risco de ser quem se é.

— E o que a senhora propõe? A deusa de vocês simplesmente vai esperar e ver a sua neta morrer? — alterei o tom de voz instintivamente pela revolta.

— Não será o lógico que guiará Diana a liberdade.

— Pelo visto vim aqui à toa — dei-lhe as costas.

Gaia parecia estática ao lado da avó. Desci novamente ao labirinto, notei que Fillus andava atrás de mim apesar de não dizer nada. Mal passei pela porta e tive uma visão um tanto quanto embaraçosa. Minha mãe parecia transpassar a porta direita com várias jovens de expressão amedrontada, pareciam estar com pressa, fugindo de algo, tentei falar com elas mesmo sabendo que aquilo provavelmente era algum encanto, algo irreal, ninguém me ouviu a não ser Fillus.

— O labirinto guarda suas lembranças.

— Como assim? Isso não é uma ilusão?

— O que você está vendo ocorreu em outro tempo aqui, ou melhor, está acontecendo paralelo a nós.

— Então, minha mãe teve acesso a esse lugar?

— Não apenas sua mãe, mas muitas pessoas conhecedoras da antiga fé. Aliás, essa que você está vendo é sua bisavó, sua mãe é aquela ali — ele apontou para uma garotinha com o cabelo castanho trançado andando ao lado de um gnomo sorrindo..

— Como isso é possível? — fiz a pergunta em voz baixa quase que somente para mim, Fillus, no entanto, escutou e deu um sorriso amistoso balançando a cabeça como uma afirmação.

— Você acha mesmo que se sentiu atraído por Diana à toa? Almas se reconhecem antes da mente e dos corpos. Magistas sempre encontram outros magistas mesmo que um deles não tenha consciência da sua real natureza.

Respirei fundo, fechei os olhos por dois segundos e depois segui meu caminho de volta ao bosque, refletindo. Quando, por fim, saí do antigo templo, Fillus me deu um pedaço de galho e o amarrou em minha capa, próximo ao meu pescoço, estranhamente senti que aquilo era um hábito e algo internamente me dizia que significava invisibilidade aos olhos curiosos. Do lado de fora do templo já era possível ver os primeiros raios de sol, quanto tempo eu fiquei ali? Não sei, só sei que após alguns segundos ou minutos sozinho voltei para casa de Mayela da mesma forma como saí.

Capítulo 44

Diário de Otávia 22/10/1588

Recebi uma breve carta de Claudius pela manhã

"Amada esposa, sinto pela perda de meus sogros, eu os tinha como a extensão de minha própria família, espero que corra tudo como o planejado em um velório e enterro decente, devo retornar à nossa casa em torno da segunda semana de dezembro, comporte-se.

Att., Claudius"

Concluo, assim, que somente os que morrem é que encontram a paz, os de luto permanecem no tormento. Como pude duvidar disso em algum momento? Sabe-se lá, como funciona a mente infantil. Qualquer resquício de ingenuidade que fosse foi totalmente apagada de mim. Claudius mal conheceu meus pais e os chama de extensão da família, o que deveria ser algo óbvio, já que somos casados, mas ao mesmo tempo, ele claramente não gostava da presença deles em nossa casa em Veneza. Aliás, Claudius não gosta de nada que possa me trazer conforto e alegria a não ser a ideia de ter um primogênito a caminho.

Meus irmãos me trazem notícias do mundo a fora e de Diana também. Massimo leva comida daqui para ela com a desculpa de alimentar a criança em seu ventre, já Vicenzo se mantem alerta a Gaia e Varo, Giancarlo cuida dos negócios e questões práticas, suas esposas respeitam o luto e o silêncio da minha individualidade.

Sobre Varinnius, ele se mostrou o homem que eu esperava que fosse, alguém sem coração, condenando uma amiga, uma alma inocente a um crime que não cometeu, se alguém de nosso coven *tivesse coragem de praticar tal crime, com toda certeza não seria Diana, logo a que tem vocação para o sacerdócio, seria inaceitável segui-la um dia como sacerdotisa sabendo que ela utilizou magia por motivos fúteis, nem eu, que me utilizo das poções, teria a ação de matar um homem, por vezes cogitei envenenar Claudius quando após me agredir de todas as formas possíveis se deitava e dormia tranquilamente, mesmo assim, não o fiz. Queria eu acreditar que os olhos de compaixão de Varinnius renascessem ao encontrar os olhos angelicais de Diana e enxergassem sua inocência.*

Diário de Tiberius 23/10/1588

Tentei mais uma vez sem sucesso falar com Daniela. Pedi para que Massimo lhe entregasse um bilhete para que ela saiba que em momento algum a abandonarei, bem... talvez como bruxa ela já saiba disso.

"Não importa o que houver, estarei ao seu lado, lutarei pela sua liberdade muito mais do que já fiz antes e bem menos do que você já fez por mim, pois graças a você meus olhos foram abertos para verdades duras e mistérios que eu nem imaginava carregar, ainda que tudo pareça conspirar contra nós, acreditarei no nosso futuro, nosso amor."

Enviei também uma carta para Galileu:

"Caro amigo, sei que você tem suas divergências com a Igreja, mas justamente por ter conseguido contornar pensamentos e preconceitos lhe peço ajuda ou ao menos um conselho: acusam minha esposa, Daniela, por ter conhecimentos acima do comum, de ter envenenado Cassius e me persuadido com feitiços a me casar com ela, isso não é verdade em nenhuma realidade paralela, muito menos nessa. Procuro alguém acima da posição dos vigários que possa ser a favor de Diana e impedir o julgamento feito pelos vigários, consegue me indicar um nome? Aguardo ansioso por uma resposta. Att., Tiberius."

Diário de Tiberius 24/10/1588

Recebi pela manhã uma notícia preocupante. Isotta está morta. Um cavalheiro que habita em Triora me trouxe a informação a pedido de Padre Rizzo de que os vigários estão pela região, receberam uma acusação de heresia da cozinheira e depois de três dias presa conseguiu se jogar (ninguém sabe como) do alto do prédio em que os vigários estão hospedados (ao lado da igreja). Isso significa duas coisas, a primeira é que aproveitaram a minha ausência em Triora para fazer o que bem quisessem sem me consultar, ainda mais tratando-se de uma mulher que trabalha diretamente para mim, segundo é que eles deviam saber que eu estou aqui, Varinnius deve tê-los avisado e isso significa que a qualquer momento chegarão para o julgamento de Diana.

Capítulo 45

Na cela em Savona 25/10/1588

Ainda estava escuro, as primeiras horas do dia passavam lentamente. Diana dormia profundamente, a respiração leve quase imperceptível.

— Oi mãe — sussurrou uma voz feminina ao seu ouvido.

Diana abriu os olhos e se levantou com cuidado. Ao seu lado abaixada com um braço apoiado na cama estava uma mulher idêntica a Mayela, porém os cabelos ruivos eram extremamente chamativos diferentemente dos fios negros já bem conhecidos de Mayela.

— Quem é você? — indagou Diana sussurrando.

— Quem sou eu? — risos — Você ainda pergunta? Pensei que fosse mais experta. Pergunte ao papai quem sou, ou melhor, quem fui para ele.

— Como vou perguntar isso se você não me diz quem é?

— Ora, olhe pra mim, eu sou a irmã da sua antiga senhora e noiva de quem a tirou daqui uma vez.

— Você foi casada com Tiberius?

— Vejo que ainda está dormindo. Fui noiva, não chegamos a nos casar... você sabe como o mundo é injusto para nós mulheres, quando tomamos nossas próprias decisões e agimos conforme nossa vontade acabamos sendo presas, julgadas e condenadas — ela olhou ao redor —, mesmo que a sentença seja materialmente diferente para cada uma, o significado é o mesmo.

— Por isso você morreu?

— Sim... eu nunca desejei me casar de fato. A culpa não foi de Tiberius, ele era o homem perfeito para qualquer mulher, menos para mim. Eu queria conhecer o mundo, ter experiências diferentes do que bordar e cuidar de crianças. Um dia contei isso para minha irmã, ela me olhou como se eu estivesse contando um pecado cruel. Mayela sempre foi recatada, todos queriam que eu agisse feito ela. Então me arrumaram um casamento, como o de costume. Na época eu estava em um convento sendo ensinada a agir como uma esposa deve agir... até que, por ironia do destino, os astros se moveram ao meu favor. Um marinheiro foi socorrido após um naufrágio e trazido para o convento. Ajudei as freiras e o médico em sua recuperação, velava seu sono com prazer, lia para ele, trocava seus curativos e em troca ele me contava suas aventuras em alto mar. Claro que à medida que ele foi se recuperando e ganhando mais força eu quase não podia ficar a sós com ele, somente de dia e com a porta aberta. Saí do convento para morar na casa de Mayela que já era casada com Cassius por um breve tempo, enquanto meu tio e o próprio Cassius tratavam de minha futura vida conjugal com Tiberius. Nesse breve tempo, meu marinheiro me visitava as escondidas e prometi que fugiria com ele, mas as vésperas de nossa partida ele foi morto e eu adoeci de tristeza não por amor, mas porque junto com ele todos os meus sonhos e possibilidades de ter uma vida diferente da que foi destinada para mim afundaram para sempre. E claro, eu morri de desgosto, depois vieram rumores sobre a minha morte, Cassius, Tiberius e Varinnius abafaram as mentiras e as verdades.

— Por que você quer nascer como nossa filha se seu destino seria semelhante ao seu passado? — Diana mantinha uma expressão curiosa e doce, um olhar de empatia.

— Não posso nascer... não irei nascer, mamãe. Porém, minha alma está atrelada ao corpo minúsculo dentro do seu para que de alguma forma, nossas almas entrelaçadas nos amparem uns aos outros.

— Você não vai nascer? Irei perder... essa gestação? — Diana ficou agitada.

— Posso não nascer, mas mesmo que breve, estou tendo um pouco de experiência sendo sua filha e de Tiberius. Tiberius já me ama, está sem perceber curando a mágoa que tem de mim no passado. Eu nunca o quis fazer sofrer. Você está me dando a experiência de ter uma mãe que decide por si e eu estou aqui para que você deixe de ser a face da deusa donzela para se tornar a face da deusa mãe.

Diana coçou os olhos e quando os abriu estava deitada sozinha na cela, olhou para o lado procurando Sophia e em seguida sentiu uma pontada forte em seu ventre, tirou o lençol de cima de si e estava suja de sangue. Massimo apareceu abrindo rapidamente a grade da cela, portava uma cesta com alimentos e se apressou para abraçá-la.

— Ela se foi, Massimo! — as lágrimas escorriam pelo rosto angelical.

— Não fale nada agora — disse o ruivo afagando o rosto de Diana e a abraçando — Você não está sozinha.

Diário de Tiberius 25/10/1588

Massimo me deu a notícia de que Diana perdeu nosso filho. Não tenho tempo para o sofrimento da perda agora, devo me apressar para tirá-la daqui o quanto antes.

Diário de Tiberius 26/10/1588

Hoje a sorte finalmente nos favoreceu. Um guarda novato trocou o posto com o vigia da cela de Diana. Ele aceitou o suborno para que eu pudesse falar a sós com ela. Entrei na cela sem dizer nada, Diana estava de costas para o portão, em oposição, encontrava-se de pé observando algo, estática, pela janela alta.

— O reverendo chegou? — perguntou ainda de costas.

— Não, serve eu? — respondi mais próxima a ela.

Diana se virou rápido e com leveza, estava com o rosto abatido, um semblante triste mesmo sorrindo para mim. Abraçamo-nos.

— Chegou o fim, o meu fim, o nosso fim — soluçava enquanto me abraçava mais forte.

— Não Diana, esse é apenas o começo, o começo de um novo ciclo, um novo círculo de nós dois — enxuguei suas lagrimas e falei olhando em seus olhos, segurando seu rosto com as duas mãos.

— Não estou mais grávida, eles vão antecipar meu julgamento e acabaremos de vez com essa perseguição! Ao menos você não terá o filho de uma criminosa! Imagine o quanto isso seria pesado para uma criança suportar?

— Seria pior ter a mãe morta injustamente, crescer sabendo que a arrancaram de seus braços.

Diana soltou-se de mim virou-se de costas novamente.

— Iremos para a Inglaterra depois de amanhã quando escurecer. Virei buscar você, o guarda nos dará cobertura — falei sussurrando ao seu ouvido.

— Isso é um absurdo, eu já fugi a primeira vez, não fugirei a segunda! Se eu tivesse sido morta por seu amigo de imediato teria causado menos estrago às pessoas ao meu redor e poupado minha sentença. Agora sou acusada por outros crimes sendo um deles verdadeiro! Minha família pagou e ainda paga um preço caro por isso, não vou permitir que isso recaia em você também.

— Não é você quem decide isso.

—*Ah, não é? E se eu quiser ser julgada? Já fui humilhada por um homem estranho por ser mulher e ter posição social baixa, agora de você? O homem que diz me amar não respeita a minha vontade?* — ela me olhou indignada e com a voz falha no final da frase.

Respirei fundo e prossegui com a conversa segurando a mão dela.

— *Não foi o que eu quis dizer.*

— *Mas foi o que disse.*

— *Diana, eu fiz um juramento quando casamos de que ia protegê-la, você é minha família agora, independente de termos ou não filhos, você acha que o maior preço pago por quem você ama foi a má fama, mas estar longe da pessoa que se ama é a pior punição. Sua mãe morreu antes mesmo de ser colocada na carroça e sabe por quê? Porque ela já tinha cumprido toda a missão dela na terra e estava aqui ainda apenas por amor, porque queria cuidar do marido e das filhas e isso foi concedido a ela, você no fundo tem consciência disso, não tem?*

Ela balançou a cabeça em forma de afirmação olhando para baixo onde nossas mãos estavam entrelaçadas.

— *Seu tempo acabou* — disse o guarda.

Diana beijou meus lábios brevemente com ternura e eu me despedi sussurrando que voltaria.

Diário de Otávia 27/10/1588

Recebi Mayela na casa de meus pais. Por fora sua aparência continuava tranquila e estável como sempre, a barriga mais saliente está bem perceptível mesmo com tanto tecido acima, já por dentro, bastou ficarmos a sós para que a postura desmoronasse. Apesar de não sermos amigas como Diana e Gaia são para mim, Mayela sempre me tratou com carinho e agora mais do que nunca parece fugir das formalidades comigo. Começou a chorar pela morte do marido enquanto se desculpava freneticamente pelo luto que passo.

— *Não é fácil para nenhuma de nós, mas podemos encontrar consolo na presença mútua.*

Respondi à ela com a melhor voz doce que consegui externar. Ficamos uma boa parte da tarde conversando sobre crianças e sobre a mudança da paisagem. Volta e meia o assunto se tornava melancólico, então disfarçávamos e mudávamos mais uma vez. No fim ela disse a mim:

Círculos:
Segredos e Sagrados

— *Quero que saiba que eu acredito na inocência de Diana e darei meu testemunho aos vigários em favor dela, já chega de mortes, não podem culpar alguém tão jovem pela vontade de Deus, se assim ele o quis, não há o que fazer. Tiberius me falou que vocês são amigas, entendo que não vá depor para não se comprometer também, deve se resguardar.*

— *Agradeço suas palavras, infelizmente, não tenho tanta esperança quanto ao resultado, Varinnius não permitirá que ela saia ilesa, ele só pensa em si mesmo como a maioria dos homens. Raros e abençoados são os diferentes a ponto de Deus levá-los mais cedo e poupar o sofrimento terreno.*

— *Otávia, sei que muitos assim como você enxergam Varinnius como prepotente e egoísta, mas ele não é assim e acredito que ainda há chance de ele enxergar e voltar atrás.*

— *Ele até pode voltar atrás, mas os vigários estarão aqui a qualquer momento.*

— *Tenha fé como sua mãe tinha, peço isso.*

Então as palavras ecoaram na minha mente como um despertar. Minha mãe não tinha apenas a fé, ela tinha fé em si mesma, ela sabia exatamente o que fazer, ela dizia para mim "A deusa não atenderá seus pedidos porque você se ajoelha e dá poder à ela, ela atenderá seus pedidos porque você faz parte dela, você é ela e a sua vontade é capaz de manifestar qualquer coisa, faça acontecer" e eu farei. Magia nada mais é do que a força interior projetada para o exterior.

Capítulo 46

Diário de Otávia 28/10/1588

Antes das 3h da manhã saí sem fazer barulho de casa e fui em direção ao bosque fazer meu feitiço. Não seria problema algum a criada ver, até porque muitas cresceram vendo minha mãe cuidar delas quando doentes graças ao conhecimento antigo. Fiz o máximo de silêncio possível pelas esposas de meus irmãos, pois não estão acostumadas à antiga crença de onde elas vieram, então a discrição cabia dentro de casa. A distância entre a casa e o bosque não é grande, há um caminho traçado, simplório, que leva ao meu destino em meio à plantação alta. O clima estava úmido, tinha chovido a noite toda e meus pés descalços estavam cobertos de lama. Fui com um vestido guardado de meus tempos de solteira, por um segundo quase acreditei que nada tinha mudado. Parei em frente a uma grande árvore que costumava escalar com Isolda quando era criança, é claro que ela tinha muito mais habilidade do que eu, já demostrava muita força física mesmo tão jovem. Diana me contava suas vidências com a deusa e Gaia me perturbava puxando minha tiara. Éramos tão felizes juntas. As lembranças tomaram conta de minha mente e senti uma imensa vontade de encostar a cabeça no tronco da árvore, foi então que em nome de nosso passado e pela esperança do futuro comecei:

"Guiada pela intuição e pela vontade, que se mostre a verdade, afaste a maldade e ilumine o coração de quem despreza a união, tire as vendas por mais que haja defensas, mostre a realidade e não a impiedade".

Desenhei os símbolos que minha mãe e as anciãs me ensinaram na terra úmida do bosque, bebi a água do riacho, senti a presença de Fillus e outros elementais, senti o perfume de jasmim e a sensação de flutuar, ouvi risos e cantos ao meu redor, o calor da pequena fogueira e o som dos estalos vindo dela, fechei os olhos em transe, me permiti saborear cada mínima sensação, dancei com as fadas e os pássaros, uivei como uma loba e ao fim quando o transe acabou e tive a certeza de minha manifestação, olhei para o céu, agora já claro, sorri e agradeci. Quanto ao coven? Ninguém tem coragem de aparecer no bosque já tem algum tempo, todos com medo, não julgo a eles, torço apenas para que a fé se restabeleça e enxerguem seu futuro e propósito.

Diário de Tiberius 28/10/1588

Pela manhã, saí em busca de novos cavalos sem ser os da casa de Mayela para evitar o olhar de Varinnius. Nossa fuga deve ser a mais prática possível, especialmente na saída de Savona. Tratei de separar o dinheiro, uma capa para caso Diana sentisse frio durante a noite, e no mais agi naturalmente, "revoltado", resmungão, indignado e frio, como a situação pedia. Mudar para um comportamento otimista seria como entregar o pescoço ao carrasco.

...

Por volta das 18h Varinnius encontrou comigo no corredor da casa de Mayela:

— Tiberius.

— Varinnius.

Nos encaramos mantendo a postura. Varinnius desviou o olhar para um canto insignificante e começou:

— Sei que está bravo comigo — notei que usava as palavras com cuidado —, como não estaria? Quando finalmente encontra a felicidade, alguém o desperta do melhor sonho.

— O que eu vivi, e viverei ainda, com Daniela não é um mero sonho ou ilusão, é a mais pura realidade, só você não consegue enxergar isso — nós dois mantínhamos o tom de voz sério, porém mais receptivo.

Virei-me para subir a escada principal.

— Eu sei que você a ama — ele falou, levantando o olhar para mim —, mas sabe... na maioria das vezes, não podemos ter a mulher que amamos.

— Quem é você para falar de amor? Seu passatempo é iludir corações de mulheres comprometidas ou desonrar donzelas com falsas promessas, nem mesmo amor ao título e família você tem, não foi capaz de honrar ser o primogênito, ao invés disso saiu mundo afora sem se preocupar com nada do que lhe foi dado ou é de sua responsabilidade. Agora você sente culpa e remorso por não estar do lado de Cassius, por não ter cumprido com seus deveres de irmão mais velho por toda a vida e prefere acreditar em uma loucura e ameaçar a mãe do meu filho! Você é incapaz de respeitar a morte do seu irmão ou a vida do seu melhor amigo!

Círculos:
Segredos e Sagrados

— *Como você ousa me acusar assim? Essa vadia te enfeitiçou de verdade e quem não quer ver é você! Estou dando apoio a Mayela, estou cuidando da honra do meu irmão.*

— *Dando apoio a Mayela? Acha que o que você faz é dar apoio? Você nunca deveria deixá-la sozinha nessas condições! A honra do seu irmão nunca dependeu de você e muito menos de uma mulher inocente!*

A essa altura já estávamos gritando, com o sangue subindo a cabeça. Varinnius me deu o primeiro soco e eu retruquei. Tentamos derrubar um ao outro em uma luta corporal, os dois foram ao chão, Varinnius, entretanto, portava uma adaga em sua bota, apontou-a entre minhas costelas quando eu estava por sobre ele, mas isso não me impediu de continuar socando seu rosto, ouvi gritos atrás de mim, ignorei:

— *Se quer me matar, por que não o faz logo com sua adaga hein? Me diz?*

— *Porque não machucaria de verdade um irmão.*

Ouvi passos apressados e em seguida a voz de Mayela:

— *Jesus Cristo! O que significa isso? É assim que vocês demonstram seu respeito por essa casa e por essa família? Parem já com isso!*

Afastei-me de Varinnius e depois estendi a mão para ajudá-lo a se levantar, ele aceitou e guardou a adaga novamente na bota.

— *Desculpe por essa cena — falei me dirigindo a Mayela.*

— *Também peço desculpas, não é assim que homens adultos resolvem suas divergências.*

— *Acho bom, se não por mim ou por Cassius, pela criança — ela acarinhou a barriga.*

— *Sinto muito irmão, mas sei sobre seu plano de fuga, fui eu que mandei a troca de guarda, sabia que você tentaria suborná-lo para ficar a sós com ela — Varinnius tentava usar um tom de voz de lamentação enquanto colocava a mão esquerda em meu ombro.*

— *O que? — senti meu coração voltar a disparar.*

— *Sei da Inglaterra e do bebê. Os vigários chegarão amanhã.*

— *Então é assim que você diz que não machucaria um irmão — dei as costas e saí.*

Capítulo 46

285

No prédio inquisitório 29/10/1588

Por volta das 7h da manhã em uma sala no primeiro andar.

— Bom dia, senhores — vigário Puccini.

— Gostaria de dizer que é um prazer vê-lo, porém em outras circunstâncias. Onde está o reverendo Morato? — Tiberius perguntou.

— Está no quarto dele, tivemos alguns pequenos problemas durante a viagem, a perna dele está infeccionada, vocês sabem como o demônio atiça e faz de tudo para impedir as ações em nome da vontade de Deus. Mesmo assim, isso não será um problema para o julgamento já que a própria acusada se declarou culpada.

— Como assim? — perguntaram ao mesmo tempo Varinnius e Tiberius.

— Bem, ela entregou isso ao guarda de plantão e pediu que entregasse ao vigário responsável pelo caso dela.

"Eu Diana, me declaro culpada por interpretar uma fraude, aceito minha condenação."

— Ela escreveu só isso? — Varinnius.

— Só isso? Acha pouco? — retrucou Tiberius.

— Bom, isso é mais do que suficiente para o julgamento. De qualquer forma, falarei com o reverendo Morato e nós dois daremos a sentença depois de amanhã quando ele estiver em melhores condições para se apresentar perante o povo — respondeu Puccini com uma voz tranquila e ao mesmo tempo cansada passando a mão na cabeça.

— Mas ela não admite a morte do meu irmão! — Varinnius arregalava os olhos e gesticulava com as mãos em indignação.

— É claro que não, não foi ela que matou seu irmão — Tiberius respondeu com tom de desprezo.

— Ah é? Então quem foi?

— Foi da vontade de Deus e nem a ele você respeita!

— Já chega vocês dois! Em respeito a Tiberius não usarei meus métodos tradicionais com a acusada, até porque, ela mesma se declarou culpada. Em respeito a Cassius e a Varinnius discutirei com reverendo Morato sobre como ela pagará pelos crimes, pois se era inocente não tinha porque agir feito uma criminosa.

Círculos:
Segredos e Sagrados

— Reverendo... posso falar com a acusada a sós? Ela é minha esposa até a morte, tenho o direito de me despedir dela.

— Ela nunca foi sua esposa de verdade — Varinnius se pronunciou antes que o vigário pudesse responder.

— Pode, mas deve ser breve — o vigário respondeu em tom sério entortando um lado da boca.

— Obrigado.

...

Na cela

— Porque você fez isso? — Tiberius abraçava Diana.

— Era necessário. O guarda me disse que Varinnius sabia de nossa fuga... e eu sabia que se os vigários fossem me questionar eu seria torturada, fora o fato que, se eu não me antecipasse, eles poderiam prender você também caso declarasse que me ajudou. Eu estou bem, de verdade, irei encontrar minha mãe no pós vida... nós dois fomos felizes enquanto durou, quantos casais podem dizer o mesmo? — Diana parecia tranquila mesmo com lágrimas nos olhos, a aceitação estampada no rosto.

— Eu continuarei lutando por você até o último segundo.

— Eu sei disso meu amor, é um dos motivos pelo qual eu admiro você, você é um homem bom, justo, corajoso e determinado, mesmo que tudo pareça agir contra.

— Eu te amo para além dessa vida — disse Tiberius.

— Eu te amo para além dessa vida — respondeu Diana.

Capítulo 47

Próximo ao porto de Savona 30/10/1588

A noite mostrava o céu estrelado como se a natureza falasse para os corações puros terem esperança. Varinnius caminhava observando as grandes e pequenas embarcações ancoradas no porto. Perguntava-se como não estava feliz e a resposta amarga descia pela garganta em forma de vinho. Dentro da taverna escura e fria, bebia em um canto vestindo um capuz para não ser incomodado, estava escutando bêbados ao redor cantando sem nenhuma afinação. *"In vino veritas"*[27], olhou a taça que segurava. Um homem espalhafatoso com uma cicatriz que vinha da testa e atravessava o rosto, menos marcada conforme descia a marca, sentou-se com uma meretriz perto da bancada onde Varinnius estava. No primeiro momento o nobre ignorou a presença até que o monólogo lhe parecia uma história com narrativa intrigante.

— Então, a vingança é um prato que se come frio, minha querida — deu uma palmada no traseiro da acompanhante em seu colo — Esperei a vida toda por isso e saí intacto! Uma infeliz levou a culpa, alguém tinha que levar, senão as suspeitas e investigações poderiam chegar ao seu querido aqui.

Varinnius puxou o capuz para frente cobrindo melhor o rosto e se virou para o bêbado exibicionista.

— Amigo, boas histórias é do que são feitas as tavernas!

— Vinho e mulheres também, aliás, minha taça está vazia já — respondeu sorrindo o bêbado.

— Se não tem mais dinheiro, não tem mais vinho — disse o atendente.

— Ora, não seja por isso, eu pago a nossa garrafa, não se pode interromper um grande contador de histórias, ainda mais quando tem ouvidos femininos escutando. Aqui, tome — Varinnius deu duas moedas de ouro para o atendente.

---

[27] Provérbio significa: no vinho encontras a verdade.

— Bem, como eu ia dizendo... a vingança é um prato que se come frio — ele tombou a cabeça como quem ia dormir a qualquer momento.

— E de quem você se vingou?

— Do desgraçado que acabou com a vida da minha irmã... só porque era nobre achava que podia mexer com qualquer uma... minha irmã foi trabalhar em busca de condições melhores para nossa família, tínhamos acabado de perder nosso pai, minha irmã já fazia o papel de "mãe" há dois anos quando perdemos a nossa. Depois que nosso pai morreu ficamos só nós dois no mundo, então ela arrumou trabalho na casa do tal de Cassius aqui em Savona — pronunciou o nome com um riso de desdém —, ele se aproveitou dela no primeiro momento que pode e um mês depois ela estava grávida. Ela tinha um pretendente e quando contou a ele, sabe o que ele fez? Largou-a, claro, que homem acreditaria nela além do irmão caçula que não tinha ainda como trabalhar e protegê-la? Ela pediu ajuda ao desgraçado então. Sabe o que ele fez? Nada. Ela continuou trabalhando na casa dele e ele agia como se nada tivesse acontecido. Então ela recorreu a um falso médico, que prometeu tirar o que estava crescendo em seu ventre. Ela morreu no dia que fez o procedimento de tanto sangue que perdeu. Prometi a ela que não seria esquecida. O falso médico pareceu ter pena de mim e permitiu que eu morasse com ele até ter idade para conseguir me virar sozinho.

— E como conseguiu sua vingança? — perguntou Varinnius com o corpo suando frio.

— Ah, aí que vem a parte boa. Por dias eu espionei a rotina dele. Descobri que ele visitava uma das criadas, me aproximei dela e prometi que casaria com ela mesmo sendo desvirtuosa se colocasse discretamente um veneno na comida dele assim que a esposa anunciasse a gravidez, pois eu jamais permitiria que ele fosse pai de forma honrosa. Então, a esposa começou a pedir ajuda de uma camponesa, mandei que a criada aumentasse a dose do veneno toda vez que ele bebesse a mistura do remédio feito pela camponesa, no final, acusaram-na de ser a autora do assassinato e eu me casei com a minha cúmplice e tive minha vingança.

— E a camponesa? Pretende ajudá-la? Acha justo uma garota indefesa, com boas intenções feito sua irmã, pagar por uma vingança que não é dela?

— Vingança e justiça são conceitos diferentes que as pessoas insistem em misturar.

Círculos:
Segredos e Sagrados

— Tem razão, você teve a sua vingança e agora eu darei a minha justiça. Você está preso pelo assassinato de Cassius.

— E quem é você para dar tal ordem?

— Varinnius, o irmão dele e atual regente de Savona — tirou o capuz e se levantou.

Todas as vozes se calaram e todos os olhos se voltaram para os dois homens. A essa altura a meretriz já tinha saltado do colo do bêbado e se escondido. O homem se levantou com uma expressão surpresa como se todo o álcool do seu corpo tivesse ido junto com a prostituta. Ficou parado observando, estático, Varinnius, pálido, com os olhos arregalados e a boca ressecada que foi se enrijecendo conforme a expressão mudava para de tensão.

— O que pensa que está fazendo? Acha que vou me entregar? Acha que é melhor que eu por ser nobre e eu não? Você é tão porco e imundo quanto seu irmão — cuspiu no chão.

— Quero ver toda essa bravura na forca.

— Se você se diz tão nobre e superior, defensor da justiça, porque não fazemos um duelo justo?

— O que isso tem a ver com duelo? Você admitiu a culpa, matou Cassius e deu o pescoço de Diana no lugar do seu, por que eu duelaria com você ao invés de lhe deter?

— Porque você é um homem honrado, ainda que diante de um assassino feito eu, que eu saiba a guerra não impede que a ação de tirar uma vida ou várias, mesmo que em batalha, seja considerada pecaminosa. Se ganhar eu me entrego, se perder me deixa ir embora.

— E onde isso seria?

— O porão da taverna tem uma sala de duelos — disse o atendente.

O atendente desceu primeiro pela escada estreita, seguido de Varinnius e o homem com a cicatriz no rosto, que até agora nem sabia o nome. A tal sala estava completamente vazia, tinha apenas com lamparinas espalhadas para a iluminação. Varinnius deu uma volta como um animal conhecendo o ambiente e se posicionou de frente para o adversário desembainhando a espada, quando sentiu algo pesado se quebrar em sua nuca e cair junto com ele, de joelhos, ao chão. Varinnius levou a mão livre à nuca, que sangrava, olhou para o chão pelo lado e percebeu que tinha sido uma lamparina apagada, enquanto isso o atendente e o adversário subiam os degraus da escada apressados, Varinnius os seguiu meio cambaleando, em ritmo mais lento, mas quando chegou a topo eles já haviam fechado a porta para impedir que os seguisse. Embora meio tonto, Varinnius tinha experiência em abrir qualquer porta e ali não seria diferente, arrombou-a segundos depois e correu para fora da taverna. Do lado externo as pessoas pareciam assustadas e agitadas, Varinnius olhou para os barcos procurando algum sinal de fuga pelo mar, mas todos estavam bem atracados, procurou pelas vielas próximas à taverna e nada encontrou a não ser estrangeiros ou trabalhadores da noite. De repente sentiu uma pontada de dor mais forte na nuca, a vista começou a ficar embaçada e não demorou a desmaiar.

...

Em frente à igreja matriz em Savona 31/10/1588

Um palco alto com um tronco em cima, cercado de gravetos formando um círculo, tinha sido montado. Gaia observava em meio à multidão que se aglomerava conforme passavam as horas em frente ao cenário que trazia a muitos a lembrança de perda de parentes e conhecidos. Os vigários Puccini e Morato mantinham-se sentados em cadeiras elegantes de madeira esculpida na escadaria da igreja. Gaia procurava por algum sinal de Tiberius, "será que ele virá?" se perguntava com o coração aflito. Como se ele pudesse ouvir seus pensamentos, saiu pela porta principal da igreja ao lado do padre local. Seu semblante era de um homem exausto e amargurado, com certeza seu pedido tinha sido negado, a última esperança era a intercessão do padre local, mas este se mantinha sério e neutro. Gaia sabia que ele não ousaria ir de encontro com seus colegas de vocação, ainda mais agora velho e prestes a se aposentar.

— Povo de Savona, hoje estamos aqui para julgar uma jovem diabólica, capaz dos crimes mais cruéis e pecados mais ardentes.

Reverendo Puccini se levantou e começou seu discurso com tom e gestos teatrais, um guarda surgiu em meio à multidão com uma jovem delicada e aparentemente indefesa. O rosto de feições doces de Diana não demonstrava medo ou arrependimento. O guarda a ajudou a subir a escadinha e a amarrou cuidadosamente ao tronco. Parecia hipnotizado

Círculos:
Segredos e Sagrados

por ela, as pessoas a olhavam da mesma forma e Gaia sentiu alguém tocar-lhe o ombro.

— Você veio — falou a morena sussurrando, virando o rosto para encarar Otávia.

Antes que ruiva pudesse responder após abrir um sorriso discreto alguém gritou em meio à multidão.

— Esperem! Parem o julgamento!

— Mas quem ousa interromper-me? Acaso deseja se juntar à fogueira também? Apareça! — gritou vigário Puccini.

A multidão abriu-se ao meio dando passagem a Varinnius, que corria ao encontro do palco.

— Houve um equívoco enorme! — disse o loiro ofegante — Ela é inocente, não foi ela quem matou meu irmão, eu sei quem foi!

— Ora, senhor Varinnius, pode me dizer então quem foi?

— Eu não sei como se chama, mas ontem estive com ele e ele me contou tudo na taverna, tentei alcançá-lo, mas ele fugiu... ele é casado com uma de minhas criadas, ela foi cúmplice dele, devemos ir atrás dela e chegaremos até ele.

— Senhor Varinnius, é uma acusação muito séria, vejo que sua noite foi prolongada, o vinho e os lugares pecaminosos costumam alterar nossa memória e razão — respondeu vigário Puccini com tom sarcástico —, recomendo que volte a sua casa e descanse, será bom para suas ideias — falou para Varinnius, mais próximo a ele.

— Não vai nem ao menos investigar o caso? — perguntou Tiberius com revolta.

— Já temos a sentença, a própria réu já se declarou culpada, vocês mesmo viram, ademais tenho outros casos para tratar, guardas, podem acender a fogueira!

— Isso é um absurdo! Ela se declarou culpada por mentir seu nome, não por matar um homem! — gritou Tiberius, indignado — Não cabe a você julgá-la — falou Tiberius segurando pela batina o Vigário Puccini.

— Solte-me agora, guardas!

Iniciou-se um confronto entre os guardas, Varinnius e Tiberius, era necessário quatro homens para imobilizar cada um dos dois nobres e mesmo assim havia dificuldade. Diana não esboçava reação, encarava do alto a irmã nos olhos e depois virava para Otávia. O guarda responsável por acender a fogueira com a tocha que portava a apagou imediatamente, visto que não tinha dado o tempo mínimo para o fogo se espalhar. Então, o padre local tomou a iniciativa de acender a fogueira novamente, o vigário Puccini começou a andar em direção ao padre e Tiberius conseguiu se soltar, pulando no reverendo. A multidão gritava, alguns em êxtase outros em pavor, Varinnius conseguiu se soltar também dos guardas.

— Solte-a agora! — gritou Tiberius olhando para Varinnius.

Antes que Varinnius pudesse fazer algo, vigário Puccini enterrou o terço de prata que carregava consigo no pescoço de Tiberius.

— Nãoooo! — gritou Varinnius correndo em direção ao amigo e jogando o Vigário no fogo — Seu desgraçado! Não, isso não.

— Tire-a de lá, lembre-a da flauta... tire ela de lá — a voz de Tiberius quase não saia.

— Irmão, ainda não chegou a sua hora. Desculpe-me, perdoe-me por tudo isso! — Varinnius parecia à beira de um colapso, a vista parecia ficar mais turva quanto mais tentava fixar o olhar no amigo ao chão.

— Tire-a de lá... lembre-a da flauta... você é um bom homem irmão, obrigado... eu... tive a sorte de ter você nessa vida.

Varinnius levantou o olhar procurando um modo de tirar Diana do meio do fogo. A essa altura os guardas estavam focados em conter a multidão alterada, o padre local tinha fugido em pânico de ser o próximo queimado e também o vigário Morato que, mesmo com a perna manca, se refugiaram na igreja. De repente ouviu-se um estrondo forte vindo do céu, mas estava tão limpo e azul que jamais poderia ser uma tempestade ou trovão. Todos pareciam desnorteados menos Diana, Otávia e Gaia que mantinham o olhar fixo uma na outra. Então uma onda cinzenta e fria subiu de baixo dos pés de cada pessoa até o alto da igreja. Uma mulher desesperada gritou:

— São as portas do inferno! Satanás veio nos buscar!

Todos ficaram histéricos, gritando apavorados e dando de encontro uns aos outros, com a exceção das três bruxas e do nobre loiro. Com a mesma rapidez que a onda cinzenta e fria surgiu ela desapareceu, fazendo as pessoas dobrarem seus joelhos e orarem em agradecimento aos céus e, para o espanto de Varinnius, ao fixar os olhos no tronco ele percebeu que o corpo de Diana não estava mais ali, ela sumiu.

Capítulo 48

Em Savona 28/02/1589

Na casa de Mayela

— Como está a minha sobrinha favorita? — perguntou Varinnius a Mayela entrando no quarto da bebê e indo até o berço.

— Dormindo finalmente — respondeu Mayela quase em um sussurro —, não faça barulho, ela ficou agitada a noite toda.

— Tarde demais — Daniela abriu os olhinhos meigos e esticou os dedos em direção a Varinnius rindo.

— Venha cá com o tio favorito, Pietro é muito chato, titio Varinnius vai te ensinar muitas coisas — falou carregando-a no colo.

— Não acha um pouco cedo para fazer tais promessas?

— Ora não, deixe que eu e Daniela nos entendemos bem, por enquanto posso contar algumas das minhas histórias para ela dormir de novo.

— Suas histórias são imorais para um ser tão pequeno e jovem — riu Mayela.

— O que você acha, Dani?

A criança riu e puxou o nariz de Varinnius. Uma criada entrou no quarto e Varinnius entregou cuidadosamente a sobrinha saindo em seguida com Mayela.

— Como estão as coisas em Triora?

— Estáveis... todo dia que visito o jazigo de Tiberius tem algum presente novo em frente.

— Pretende morar lá?

— Se me permitir, gostaria de voltar para essa casa definitivamente, sei que venho aqui toda a semana, mas penso que seria melhor dar atenção às demandas familiares, ainda assim, tomarei de conta de Triora honrando a memória de Tiberius.

— Permitir? Varinnius essa casa é sua por direito, além do mais eu e Daniela nos sentiremos mais seguras e felizes com a sua presença.

Varinnius sorriu e beijou a mão de Mayela enquanto ela afagava seu rosto e em seguida beijava sua testa.

— Então está decidido, de agora em diante ficarei com vocês aqui.

— Ah, mudando de assunto, você não vai acreditar na notícia que Otávia me escreveu.

— Creio que o filho dela esteja perto de nascer, não?

— Também, mas ainda tem tempo para isso, para todos os efeitos nós não sabemos que ela está grávida.

— Como assim? Não estou entendendo.

— Otávia é realmente uma mulher fora do comum, audaciosa. Sabia que o marido dela batia nela?

— Muitos maridos batem em suas esposas... é um ato covarde, porém corriqueiro — Varinnius deu de ombros evitando contato visual com Mayela.

— Bom, você acredita que Massimo conseguiu uma audiência com o Papa para anular o casamento deles?

— Com que desculpa?

Mayela riu colocando a mão na boca e olhando para o chão depois para Varinnius com uma expressão sarcástica.

— Que Claudius foi incapaz todos esses meses de consumar o casamento.

Varinnius riu para acompanhar Mayela, mas depois ficou parado e incrédulo "se Otávia está grávida como sei que está, mas teve coragem de dar um fim ao casamento, mesmo isso afetando com a herança de seu filho, isso só pode significar que o filho não é de Claudius... e sim meu".

— E o que ela fará com a criança? Irá tirar?

— Claro que não, será "adotada" como filha de Vicenzo, irmão de Otávia, lembra-se dele?

— E onde ela está agora? — perguntou nervoso.

— Em um convento não muito distante de Triora.

— Me dê o nome e a localização, preciso ir lá.

...

Círculos:
Segredos e Sagrados

No mesmo dia, ao fim da tarde, no convento.

— Senhor, a senhora Otávia se encontra impossibilitada de receber visitas, a não ser da família, infelizmente terá que ir embora.

— Madre Madalena, por favor, diga a ela que é Varinnius, sei da gravidez se esse é o motivo de eu não poder vê-la, não vim aqui atrás de fofoca ou difamação, muito pelo contrário.

A freira encarou Varinnius por alguns segundos com uma expressão curiosa e ao mesmo tempo de superioridade:

— Verei o que posso fazer, mas não prometo nada, irmã Letícia lhe trará algo para beber.

— Água. Obrigado! — com a expressão otimista.

Por cerca de dez minutos Varinnius aguardava no pátio andando de um lado para o outro pensando em quais palavras seriam mais eficazes.

— Confesso que de todas as pessoas que cogitei virem me espionar não imaginei você sendo uma delas — Otávia estava vestida discretamente e com um semblante seguro.

— Não vim espioná-la — ele olhou para a barriga dela —, fiquei surpreso por você ter findado com Claudius.

— Um homem uma vez me disse no jardim da casa de meus pais que nós somos donos de nossa própria vida e de nossas escolhas, resolvi pôr à prova — os dois se aproximaram.

— Otávia... por que não me contou a verdade?

— Para que? Um filho bastardo todo nobre tem, um filho fruto de casamento tem um papel diferente na sociedade.

— O que pretende fazer depois que a criança nascer?

— Viverei de volta na casa de meus pais e acompanharei o crescimento dele como tia. Vicenzo mora próximo a Savona, podemos nos visitar sempre que possível e meus irmãos não se importam de eu usar a casa.

— Parece um bom plano, mas e se eu tiver um melhor para oferecer?

Varinnius e Otávia encaravam um ao outro com ternura.

— Que plano?

— E se você casar comigo?

— Isso é um pedido?

— De certa forma, você é quem decide.

— E se eu não quiser?

— Por que não iria querer?

— Já fui casada antes, sei como os homens parecem doces antes de terem a mulher como propriedade, o que me assegura que não ocorrerá o mesmo com você?

— Na vida tudo é incerto, é preciso arriscar se quiser algo grande e bom de verdade, mas você me conhece muito mais do que conhecia Claudius quando o desposou, além do mais, eu estou oficialmente morando de volta em Savona, seria bom para nosso filho crescer ao lado da prima em um lar bem conhecido e nostálgico para o pai e para mãe.

— E como será nossa vida conjugal?

— Bom... isso eu não posso falar aqui em respeito às freiras, mas o Papa não vai ter como anular nosso casamento — Varinnius falou sussurrando no ouvido de Otávia.

— Ainda assim, não posso sair por aí com essa barriga.

— Você ainda não entendeu que pode tudo? Chamarei seu irmão para nos casarmos aqui e você decide se quer ter nosso filho no convento ou ir direto para Savona. Então, o que me diz? Aceita casar comigo?

Otávia abriu um sorriso e pendurou os braços em torno do pescoço de Varinnius:

— Aceito! — os dois se beijaram.

...

Em Savona 06/06/1589

— Eu disse que era muito cedo para pintar o quadro da família! Daniela e Tibério não param de se mexer — falou Mayela.

— Óbvio que não param, são bebês, por isso o desafio é fascinante — respondeu Varinnius.

— Desisto! — disse o pintor de forma tão nervosa e expressiva que sujou os cabelos de tinta com o movimento forte das mãos.

— Podemos tentar de novo no próximo mês — disse Varinnius rindo e dando um tapinha nas costas do pintor.

Círculos:
Segredos e Sagrados

— Quem sabe um ano ou mais, senhor... — respondeu o homem de olhos arregalados pegando seu material e saindo apressadamente.

— Eu só queria que Diana estivesse aqui como sempre está nos meus sonhos, por certo as crianças posariam para o retrato se ficassem dois minutos no colo dela — disse Otávia.

— Você ainda sonha com ela com frequência também? — perguntou Gaia.

— É claro! — respondeu.

— Vocês por acaso sonham com ela falando de uma flauta? — perguntou curioso Varinnius.

— Flauta? Como sabe da flauta? — retrucou Gaia.

— Tiberius me falou antes de morrer, já procurei essa flauta na casa toda em Triora e nunca vi... — respondeu.

Gaia deu um riso e disse:

— Claro que não viu e nem verá, se Diana não a pegou de volta então Fillus a pegou.

— Mas Diana está morta — falou Mayela.

— Ninguém aqui viu o corpo ou resto dele depois da onda cinzenta e fria, um corpo cremado em local fechado leva duas horas para virar pó, Diana não deve ter ficado quinze minutos na fogueira — disse Varinnius com convicção.

— Senhora Otávia, tem visita lhe aguardando na sala principal — um criado interrompeu.

— Visita? — falaram Varinnius e Otávia ao mesmo tempo.

— Deve ser finalmente seu marido, Gaia — Otávia disse.

— Meu marido está com papai no mercado, não virá agora.

— Ele ainda não — disse o criado —, mas é uma mulher que a aguarda.

Otávia seguiu para a sala principal e Varinnius foi atrás.

— Não acredito no que estou vendo, Isolda?! — Otávia falou paralisada levando a mão à boca e depois sorrindo.

— Esperava um abraço de reencontro! — Isolda riu.

As duas se abraçaram, Varinnius as deixou sozinhas.

— Parece um sonho você estar aqui, veio a tempo para meu aniversário ou já está de saída de Savona? — falou Otávia expressiva e animada.

— Não, não, eu amo navegar, mas preciso de um tempo em terra firme, não fico mais do que dois dias em cada lugar e apesar da rota ser bem pensada é claro que passar praticamente um ano inteiro em alto mar em algum momento pode causar "enjoo". Soube que teve um filho, fiquei preocupada com ele... há uns meses atrás tive a sensação de que corria perigo e vim assim que pude... — passou a mão na nuca e depois no queixo com um suspiro.

— Sim, muitas águas passaram nesses últimos meses. Como você pode notar sou casada com Varinnius agora, Tibério é nosso primeiro filho, venha conhecê-lo!

As duas entraram na sala de música onde havia os quadros de tentativa de retrato.

— Realmente... ele é a cara do pai, mas os fios ruivos não negam a origem da mãe — disse Isolda, olhando e sorrindo para Tibério no berço, e voltando a visão para Otávia, continuou — Parece que conseguiu tudo o que desejava.

Mayela, Gaia e Varinnius concentravam-se em dar atenção a Daniela e Tibério enquanto as criadas saíam da sala.

— Sim, mas não foi nada fácil, percebi que o destino não pode ser discutido, mas o caminho até ele pode ser escolhido, todo destino consiste no fim de um círculo e todo círculo tem um final feliz, se acreditar que o fim é triste é porque você ainda não o encontrou de fato — respondeu Otávia.

— Sendo assim, também fechei um círculo e iniciei outro, encontrei meu destino e iniciei mais outra jornada de outro círculo — disse Isolda que pôs as mãos na cintura com confiança e otimismo.

— Então me diga: por onde andou? O que tem feito de sua vida? Conte-me todas as suas aventuras! Tenho certeza que tem várias.

— Nem sei direito por onde começar, apesar da viagem daqui até a terra de Eda ser longa e muito diferente da minha realidade, criamos afeição uma pela outra mais rápido do que eu podia perceber, ela me ensinou muitas coisas, é uma mulher maravilhosa, deslumbrante e muito forte, tem autonomia para navegar e construímos um lar em forma de embarcação. Quanto à viagem até aqui foi a mais intensa que tive — risos — Os escandinavos não negam o mar nem mesmo no inverno rígido,

Círculos:
Segredos e Sagrados

mas os acontecimentos mais engraçados foram agora próximo ao verão. Estive na Inglaterra há pouco tempo, conheci algumas pessoas esquisitas, o mais estranho de tudo foi ter sonhado com Diana todo esse tempo. Ela me induziu a conhecer um garotinho que me pagou bem para entregar isso de presente pra você e Varinnius como presente, não entendi na hora o porquê, agora vejo que são casados.

Isolda tirou delicadamente do saco de couro marrom bordado que portava ao ombro uma caixinha e estendeu o braço para dar a Otávia.

— O que é isso? — perguntou Otávia.

— Abra pra descobrir, também não sei o que é.

Todos na sala pararam o que estavam fazendo e arregalaram os olhos, curiosos. Bem em cima havia um bilhete enrolado como canudo e uma fita cor de rosa, em baixo duas alianças extremamente bem feitas e perfeitas aos dedos do casal.

— O que está escrito? — perguntou Gaia.

"Nem tudo que os olhos da matéria veem são de fato a verdade, nem todo conhecimento é suficiente para um coração sem fé, mas toda força vinda do espírito tem sua magia particular.

Assim como o círculo é infinito, que as alianças sejam o reflexo eterno do amor de vocês como é do nosso.

Com carinho, D&T"

Otávia e Varinnius se encararam, Gaia e Mayela também.

- Ele falou mais alguma coisa além de pagar você para trazer isso aqui? — perguntou Otávia a Isolda sobre o garotinho.

- Só disse que foi um... casal amigo de vocês.... — a resposta veio em um tom diminuído.

Ninguém emitiu comentário algum a não ser elogiar a beleza dos anéis, e por que fariam? Todos ali sabiam que o universo sempre dá um jeito de mostrar aos corações o recado que anseiam.

...

Quando caiu a luz do sol e surgiu o brilho da lua todos se sentaram à mesa de jantar celebrando a vida como uma grande família, as aventuras e os amores brindando com alegria, não demorou para Otávia começar a tocar a harpa em um ritmo mais acelerado, enquanto a cada intervalo

Varinnius narrava um conto e Eda contava outro da origem de seu povo norueguês. Gaia aconchegava-se ao marido enquanto Varo e Mayela tinham Daniela e Tibério no colo observando os adultos fanfarrões. Massimo, Giancarlo e Vicenzo chegaram atrasados, os dois últimos com esposas e filhos causando maior alegria e barulho também. Nem todos os que estão lendo esse livro sabem, mas a magia não advém somente da dor, das sombras, da mágoa, a magia não é ruim, a magia é a transmutação da realidade e há magia quando há amor, fé, paixão, alegria, celebração. Acima de tudo há magia quando se reconhece o divino em si mesmo. Ser quem se é, é o verdadeiro ato de coragem, coragem é transformação, transformação é transmutar, transmutar é magia e magia é o sentido da vida. Alguns podem achar que a sorte vem do acaso, porém, aqueles que assumem o controle de suas vidas, entendem que seu papel não é escrito por uma personalidade terceira, mas sim, pela própria essência de sua alma, o universo não erra e você, caro leitor ou leitora, faz parte do universo.

Nota

Diana, nome escolhido pelo destino. Quantas vezes já o escutei, quantas vezes já o falei e não apenas em uma vida. Apesar das jornadas terrenas não se resumirem ou se limitarem ao meu nome, este nome, cada trajetória é direcionada e simbolizada por ele. Daniela, nome escolhido pelo caminho e não pelo destino. Alguns nomes se repetem para as almas a quem são atribuídos: Maria, Madalena, Lygia, Letícia, almas essas que se reconhecem em círculos mágicos, espirituais, círculos familiares e sociais. Já outros como Gaia, Otávia e Isolda ficam presos no círculo místico e misterioso deixado no passado, porém suas antigas donas são reapresentadas pelo universo e reconhecidas pelo sorriso e calor de sua vibração. Há aquelas almas que, assim como a de Varinnius, ganham uma nova expressão revelada por meio dos olhos do antigo dono em direção aos meus. Há também a alma que um dia se chamou Tiberius, e tantos outros nomes que reconheço mesmo com o véu do esquecimento colocado sobre minha mente no meu nascimento. Reconheço essa alma mesmo com a distância dos mares, com a rigidez da razão e a força da emoção, alma que reconheço de olhos fechados, em outras dimensões, em outros corpos, na luz e nas sombras, a alma de meu coração imaterial que me faz transcender e entender o motivo pelo qual o destino escolheu me chamar de Samantha.